따뜻한 손

이시모치 아사미 미스터리 연작소설

따뜻한 손

주자덕 옮김

아프로스
미디어

주자덕

대학에서 시각 디자인을 전공하고 캐나다와 일본 유학을 거쳐 컴퓨터그래픽 영상 제작 일에 종사하던 중 영상화되는 장르 문학 작품들의 매력에 빠져 대중성 있는 장르소설을 발굴하고 소개하는 출판사를 설립, 기획과 작품 선택은 물론 직접 번역과 감수에도 참여하고 있다. 옮긴 책으로 일본 SF 소설의 아버지 운노 주자의 단편 걸작선인 『18시의 음악욕』, 나오키상 수상 작가 츠지무라 미즈키의 단편집 『동그라미』, 요미사카 유지의 SF 미스터리 장편 소설 『전기인간』, 마츠오 유미의 SF 장편 소설 『스파이크』, 에도가와 란포의 장편 소설 『악마의 문장』, 아키요시 리카코의 『절대정의』, 니시자와 야스히코의 『끝없는 살인』, 『살의가 모이는 밤』, 나카타 에이이치의 『나는 존재가 공기』, 『오늘 너를 다시 만난다』, 고바야시 야스미의 『기억 파단자』, 『육식 저택』, 『안락 탐정』, 소메이 다메히토의 요코미조 세이시 대상 수상작 『나쁜 여름』 등이 있다. 편집자로서 한국 장르 소설을 기획하고 출간 중이다.

목차

溫かな手

흰색 가운

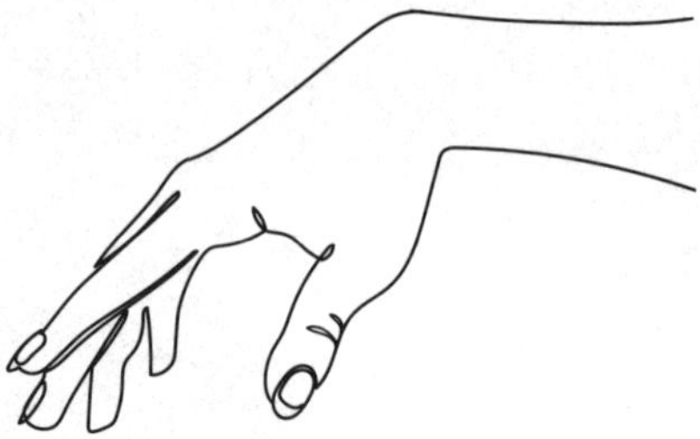

“기츠타카 씨가 왜 하타 씨의 가운을 입은 채 죽었을까? 연구실 안에 자신의 가운도 있었는데 말이야.”

긴짱이 곰곰이 생각하더니 말을 이었다.

“그 이유를 알아내면 범인을 찾을 수 있을 것 같아.”

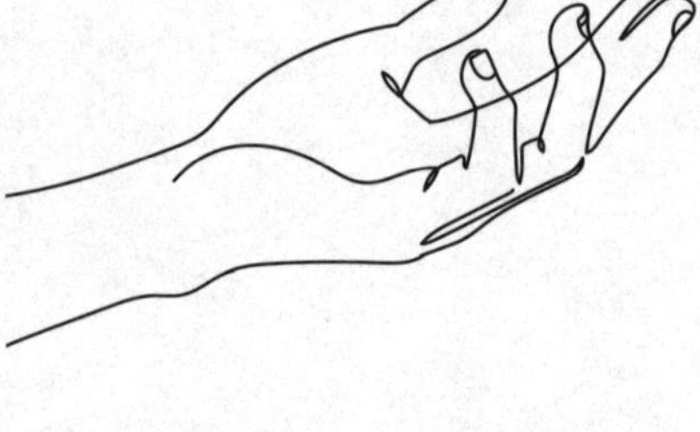

"잘 먹었습니다."

그렇게 말하며 젓가락을 내려놓았다. 테이블 위에는 밥그릇과 국그릇, 반찬 그릇, 그리고 접시 두 개가 놓여 있다. 모두 깨끗하게 비어 있다. 또 먹고 말았다. 비엔나 슈니첼을 메인으로 한 호화로운 저녁 식사, 이것만 해도 1,500Kcal는 될 것 같다. 거기에 와인까지 곁들여 마셨으니…….

이런 식사를 밤 11시가 넘어서 했다. 매일 같은 이런 식생활에 보통 사람들 같으면 몸이 망가지거나 고도 비만이 될 것이다. 이런 무분별한 식생활 때문에 점점 타락해 가는 자신을 느끼며 나는 식탁 맞은편의 웃는 얼굴을 노려보았다.

"맛있게 먹었어?"

그 웃는 얼굴이 말을 걸었다. 단정한 얼굴형, 가는 턱선, 상냥하게 감싸는 듯한 부드러운 목소리.

"맛있기야 했지. 그래 봤자 바로 긴짱한테 빼앗기겠지, 뭐."

내가 이죽거리는데도 눈앞의 남자는 표정을 바꾸지 않고 말했다.

"그러는 편이 낫잖아. 먹고 싶은 만큼 먹는데 살찌지 않으니까."

"그건 그렇지."

남자는 자리에서 일어섰다.

"차 좀 끓여 올게. 식후 휴식을 하지 않으면 속이 거북해지잖아."

남자는 가벼운 발걸음으로 부엌으로 가더니 홍차 세트를 들고 금방 돌아왔다. 나는 자리에서 일어나지 않고 기다렸다. 이것이 집에서 나와 긴짱의 역할 분담이다.

잠시 후 둘이서 소파로 이동했다.

"그래서, 7월 말에 휴가를 낼 수 있을 것 같아?"

내 찻잔에 다즐링 홍차를 따르며 남자가 물었다. 나는 고개를 끄덕였다.

"가능할 거 같아. 학회가 끝난 지도 얼마 안 됐고, 학생들은 여름방학이니까."

"그럼 오키나와 여행은 예약해도 되겠네."

나는 홍차를 한 모금 마셨다.

"기껏 오키나와까지 놀러 가 봤자 긴짱 영양 보충 시켜 주는 휴가잖아, 안 그래?"

"그런 거 아냐. 히로코는 충분히 휴식을 취해서 항상 건강한 상태를 유지해야 돼."

긴짱이 웃으며 말했다.

"그래야 내 에너지가 맛있어지기 때문이겠지?"

"그건 그렇지."

긴짱은 아무렇지도 않다는 듯 고개를 끄덕였다.

"그럼, 이제 해 볼까?"

"좋아."

싫다고 할 수도 없다. 긴짱이 사 준 맛있는 음식을 실컷 먹었으니 말이다. 나는 왼손을 들어 올렸다. 긴짱은 그 손을 잡았고 나는 눈을 감았다.

몸이 따뜻해지고, 머릿속이 멍해진다. 내 안에 채워지는 무언가가 있다. 그 양이 점점 많아지면서 몸에서 쏟아져 나올 것 같은 기분이다. 갈 곳을 찾던 그것이 왼손을 통해 긴짱에게 흘러 들어간다. 그렇게 식사로 채워진 체중이 줄어들었다.

기분이 좋았다. 온천에 몸을 담그고 있거나 스트레칭으로 몸을 펼 때 느끼는 쾌감이다. 나는 그 흐름에 몸을 맡기고 있었다. 그 흐름이 점점 약해진다. 천천히 속도를 줄이더니 결국 멈춘다. 긴짱은 살며시 내 손을 놓아주었다. 나는 가볍게 숨을 내쉬며 눈을 떴다. 눈앞에는 방금 온천욕을 하고 나온 듯한 긴짱의 얼굴이 있었다.

"잘 먹었습니다."

그가 조금 전 내가 한 말을 그대로 했다.

"얼마나 먹었어?"

나는 소파에 앉아 물었다. 긴짱의 입술이 만족스러운 표정을 지었다.

"1,000Kcal 정도? 오늘 히로코가 섭취한 게 3,100Kcal 정도니까, 빼면 2,100Kcal. 성인 여성의 하루 섭취량으로서는 괜찮은 수준이지?"

"그렇네."

나는 한숨을 쉬었다.

긴짱은 나의 생명력을 먹으며 산다.

* * *

20년 넘게 살아오면서 설마 내가 인간이 아닌 존재와 같이 살게 될 줄은 상상도 해 본 적이 없었다. 나와 동거 중인 긴짱은 사실 인간이 아니다. 그럼 뭐냐고 물어도 대답할 수는 없지만, 인간이 아닌 것만은 확실하다. 인간이라면 피부 접촉을 통해 타인의 에너지를 흡수하지 않는다.

사람의 생명 에너지를 빨아먹고 사니까 뱀파이어 같은 존재라고 생각할 수도 있지 않을까. 처음 만났을 때 농담조로 그렇게 말했더니 긴짱은 티 나게 싫은 표정을 지었다. '우리들은 이런 포식 시대에 인간의 잉여 에너지를 대가 없이 흡수해 주는 스마트한 종족이며, 목을 물어뜯고 피를 마시는 그런 괴물 같은 놈들과 비교당하는 것이 불쾌하다.'라고 했다. 진심으로 기분 나빠하는 것 같아서 그 이후로는 그런 얘기는 하지 않았다. 사실, 태양 아래서 십자가 목걸이를 하고 마늘이 들어간 파스타를 먹을 수 있는 긴짱이 뱀파이어일 리는 없다.

어쨌든 긴짱은 '우리들'이라고 했다. 그의 말에 따르면 이 세상에 자신과 같은 존재들이 꽤 있다고 한다. 그들 모두 인간들 속에 섞여 인간인 척하면서 건강해 보이는 인간에게 다가가 그 생명력을 흡수하며 사는 것이다. 인간이 아닌 긴짱이 가지고 있는 외형적 특징, 즉 인간처럼 생기기만 한 게 아니라, 훤칠한 키와 잘생긴 얼굴 등은 에너지를 제공할 인간과 가까워지기 위한 일종의 '의태'라고 한다. 물론 그런 사실을 알고 함께 사는 나는 뭔가 하는 생각도 들지만.

현관에서 신발을 신으며 뒤에 있는 긴짱에게 말했다.

"그럼, 다녀올게."

오늘은 일요일인데도 불구하고 미뤄 둔 일 때문에 어쩔 수 없이 출근해야 했다.

"고생이 많네. 어제도 늦게 퇴근했는데."

추리닝 차림의 긴짱이 다정한 목소리로 말했다. 긴짱도 인간 흉내의 일환으로 회사에 다니고 있다. 원래 이번 일요일은 긴짱과 함께 여유롭게 보낼 예정이었는데, 이렇게 출근하게 된 건 어젯밤에 있었던 일 때문이다.

토요일 저녁. 실험이 끝나고 학생과 교직원들이 하나둘씩 집으로 돌아간 밤 9시 30분. 연구실에는 세 사람만 남아 있었다. 조교인 나, 대학원 박사 과정에 있는 나이토 씨, 그리고 석사 과정에 있는 기츠타카 씨다. 세 사람 모두 여성인 건, 연구에 열중하는 학생 중 여성이 많다는 요즘 대학 분위기를 반영하는 것 같다.

그 사건이 발생했을 때, 나는 월요일 아침 일찍 필요한 서류를 작성하고 있었다. 나이토 씨는 에스프레소 캔 커피를 한 손에 들고 실험 데이터를 정리하고 있었고, 기츠타카 씨는 실험을 마치고 샘플과 기구를 정리하고 있었다.

나이토 씨는 연구실 내에서 데이터를 가장 깔끔하게 뽑아내는 영재이며, 기츠타카 씨는 그에 비해 조금 서투르긴 해도 역시 매우 우수한 학생이다. 두 사람은 서로를 라이벌로 여기고 있는 것 같았다. 겉으로는 사이가 나빠 보이지 않았지만, 항상 경쟁하고 있는 듯한 분위기였다. 그런 두 사람이 남아 있어서인지, 긴장된 분위기 속에서 우리는 사적인 이야기를 나누지 않고 각자의 작업에 몰두하고 있었다.

그러던 중 한 사람이 소리를 질렀다. 그건 기츠타카 씨의 목소리였다. 성격이 급한 그녀는 어쩌다 시험관을 깨뜨리거나 컴퓨터의 데이터를 지우는 실수를 하면 그렇게 소리를 지르곤 했지만 이번엔 목소리 톤이 달랐다. 발소리가 들려 뒤를 돌아보니 기츠타카 씨가 내 쪽으로 뛰어오는 것이 보였다.

"하타 선생님, 샘플을 잃어버린 거 같아요."

기츠타카 씨의 얼굴이 창백했다. 순간 무슨 샘플을 말하는 건지 알 수 없었지만, 곧 기츠타카 씨가 정제에 성공한 단백질 샘플이 생각났다.

"그거 큰일이네요."

기츠타카 씨의 연구 주제는 간세포 속에 존재하는 특정 단백질의 기능을 밝히는 것이다. 하지만 그러기 위한 단백질 정제 작업이 꽤 어렵다. 기츠타카 씨는 이를 성공시킨 것이다. 생화학 분야에서는 상당한 성과라고 할 수 있는데, 그런 단백질 샘플을 잃어버린 것이다.

"냉동실에 넣어 두려고 했거든요."

기츠타카 씨는 이렇게 설명했다. 샘플을 에펜도르프 튜브라는 플라스틱 용기에 담아 영하 40도의 냉동고에 보관하려고 열었더니, 안에는 이미 같은 모양의 용기가 가지런히 놓여 있었다고 했다. 그래서 어디에 둘까 생각하던 중 냉동고 가장자리에 손이 부딪혀 샘플 용기를 떨어뜨렸다는 것이다.

나는 자리에서 일어나 바로 찾아보자고 했다. 단백질 샘플을 상온에 두면 금방 쓸모없어진다. 서둘러 찾아서 냉동고에 넣어야 한다. 무슨 일이냐며 우리 쪽으로 온 나이토 씨까지 합세하여 셋이 샘플을 찾아보았지만 발견되지 않았다.

에펜도르프 튜브는 길이 4cm 정도의 총알처럼 생긴 작은 용기다. 작은 연필을 상상하면 될 것 같다. 그런 모양이다 보니 떨어뜨리면 알 수 없는 방향으로 굴러가 버린다. 그래서 우리 세 사람은 냉동실 근처는 물론이고 설마 거기까지 갔을까 할 정도의 먼 곳까지 찾아보았다. 하지만 여전히 샘플 용기는 발견되지 않았다.

한 시간 정도 찾다가 나는 일어서며 말했다.

"이 정도 시간이 지났다면 이미 쓸모없어졌을 것 같네요."

즉, 그 샘플이 발견되더라도 실험에 사용할 수 없게 되었다는 뜻이다. 나이토 씨도 기츠타카 씨의 어깨를 가볍게 두드리며 말했다.

"어쩔 수 없네. 월요일에 다시 정제해 봐. 방법은 알고 있으니 비교적 수월하겠지."

기츠타카 씨는 고개를 끄덕였다. 나이토 씨 말대로 정제법은 찾아냈으니 같은 절차로 샘플을 만드는 것은 가능했다. 그래도 힘들게 얻어 낸 샘플을 잃어버려서 허탈한 듯했다. 같은 연구자인 나로서는 기츠타카 씨의 그런 심정을 충분히 이해할 수 있었다.

시간도 너무 늦어졌기 때문에 우리는 퇴근하기로 했다. 월요일 아침에 필요한 서류가 완성되지 않았지만, 샘플 용기를 찾느라 지쳐서 그날은 더 일할 의욕이 생기지 않았다. 게다가 시간이 많이 걸리는 일도 아니라 일요일에 잠깐 출근해서 마무리하기로 했다. 내가 그렇게 말하자 기츠타카 씨는 “저 때문에 죄송해요.”라며 기운 없는 목소리로 사과했다. 나는 가볍게 고개를 저었다.

“괜찮아요. 할 일도 그리 많지 않거든요. 내일 아침에 늦잠 푹 자고 와서 여유 있게 마무리 지으면 돼요.”

데스크는 정리하지 않았다. 일요일에 작업을 계속할 것이라 그대로 두는 것이 편했다. 나이토 씨도 책상에 놓인 캔 커피를 그대로 두었다. 평소 꼼꼼한 성격인 그녀로서는 이례적인 일이었다. 나이토 씨도 꽤 피곤했나 보다. 물론 가장 지쳐 있는 사람은 기츠타카 씨였다. 그녀의 실험대는 거의 정리되지 않아 정신없는 상태였다. 하지만 그날만큼은 그것을 비난할 마음이 들지 않았다.

나는 흰색 가운을 벗어 내 의자에 걸었다. 나이토 씨와 기츠타카 씨는 가운을 복도에 있는 자신들의 사물함에 깔끔하게 걸어 두었다. 나는 보기보다 야무지지 못하다. 그렇게 우리 셋은 연구실에서 나왔다. 숙소가 다른 방향에 있는 두 사람과 헤어진 후, 나는 긴짱이 기다리는 아파트로 귀가했다.

다음 날, 나는 현관에서 신발을 신었다. 오전 10시. 평소보다 훨씬 늦은 출근이다. 기츠타카 씨에게 말한 대로 휴일의 즐거움인 아침잠만 확보한 것이다.

"점심은 어떻게 할래? 학교 근처까지 갈 테니 같이 먹을래?"

긴짱이 밝은 목소리로 물었다. 그는 인간의 모습을 하고 있을 뿐 아니라 인간처럼 먹을 수도 있다. 다만 영양 섭취에는 거의 도움이 되지 않기 때문에, 역시 인간의 생명력을 빨아들여야 살 수 있다. 그렇다면 같이 밥 먹자면서 괜히 돈을 쓰지 않아도 될 것 같지만, 긴짱은 내가 밥 먹는 모습을 지켜보는 것이 좋은가 보다. 내가 제대로 영양을 섭취하는지 확인하고 싶어서인지도 모르겠지만 말이다.

나는 긴짱의 돈으로 먹고 싶은 음식 실컷 먹고, 그렇게 축적된 에너지 중 일부를 긴짱이 가져간다. 필요 이상의 영양소는 빠져버려서 나는 살이 찌지 않고 긴짱은 안정적으로 식량을 확보할 수 있으니, 말하자면 누이 좋고 매부 좋은 윈윈의 삶이라고 할 수 있다.

"토스카나 어때? 파스타가 맛있다고 유명한 곳 말이야."

"응, 좋긴 한데……."

약간 불쾌함이 섞인 목소리로 들렸는지 긴짱의 얼굴이 흐려졌다.

"히로코, 불쾌함은 쌓아 두지 않는 게 좋아."

"뭐?"

갑작스러운 건조한 목소리에 놀라 고개를 들었더니 그의 진지한 표정이 눈에 들어왔다. 긴짱이 말했다.

"내가 히로코의 에너지를 맛있게 느끼는 건 몸만 건강해서가 아니야. 당신의 영혼이 건강하기 때문이야. 불쾌함을 쌓아 두거나 나쁜 일을 반복하면 영혼은 점점 오염돼 버린다고. 히로코가 그렇게 되면 내가 곤란해."

명색이 생물학자인 나에게는 너무도 비과학적인 얘기였다. 그게 너무 웃겨서 나도 모르게 웃음이 터져 나왔다. 내가 웃었더니 긴짱도 따라 웃었다.

"그럼, 1시에 정문 앞에 있는 서점에서 봐."

현관에 서 있는 긴짱에게 손 흔들며 아파트에서 나와 버스를 타고 대학교로 향했다. 이과대 건물에 들어가 1층 사무실을 지나쳤다. 평일이면 연구실 열쇠가 사무실에 있지만, 오늘은 휴일이라 사무실이 닫혀 있었다. 그래서 교내 비밀 장소에 숨겨져 있는 열쇠를 찾아봤다.

"어? 없네."

평소 숨겨 두었던 곳에 열쇠가 보이지 않았다. 그건 누군가 안에 있다는 뜻이다. 내가 학생이었을 때와는 달리 요즘 학생들은 일요일에도 학교에 오는 일은 거의 없다. 특히 요즘은 학회도 끝나고 비교적 한가한 시기다. 누구지?

나는 부지런한 대학원생인 나이토 씨와 기즈타카 씨를 떠올렸다. 나이토 씨가 연구실에서 가장 깨끗한 데이터를 뽑아내고, 기츠타카 씨가 뛰어난 연구 결과를 내는 건 그들의 부지런함 때문이다. 그러니 게으른 남학생들은 절대 따라갈 수 없지, 라는 생각을 하며 엘리베이터를 탔다. 연구실이 있는 4층에 서자 엘리베이터에서 내려 연구실 문의 손잡이를 잡았다. 역시 문은 잠겨 있지 않았다. 나는 그대로 열고 들어가면서 "좋은 아침입니다." 라고 외쳤다.

맨 처음 눈에 들어온 것은 신발이었다. 신발 밑창이 문을 향하고 있다. 그 신발은 누군가 신고 있었고 다리가 보였다. 스타킹을 신은 다리가 눈에 들어왔고, 새빨갛게 물든 흰색 가운과 그 위로 낯익은 얼굴이 있었다. 연구실 안에 기츠타카 씨가 쓰러져 있었다.

"기츠타카 씨!"

나는 급히 달려가서 어깨를 잡고 흔들어 봤다. 하지만 기츠타카 씨는 반응하지 않았다. 얼굴이 창백하다. 입에 손을 대 보았다.

숨을 쉬지 않아!

나는 그 자리에 주저앉았다. 기츠타카 씨가 죽었다. 어제 함께 샘플을 찾느라 헤매던 기츠타카 씨가 눈앞에 싸늘한 시신이 되어 있었다.

기츠타카 씨는 연구실 사무 공간에 쓰러져 있었다. 연구실은 실험을 하는 넓은 실험 공간과 서류 작업을 하는 좁은 사무 공간으로 나누어져 있다. 내가 어젯밤에 서류를 작성했던 것도 사무 구역에 있는 내 책상이고, 나이토 씨가 데이터를 정리하던 곳도 여기다. 기츠타카 씨는 그녀의 책상 앞에 쓰러져 있었다.

나는 멍하니 기츠타카 씨의 시체를 바라봤다. 가운의 옷깃 사이로 짙은 갈색의 여름용 스웨터가 보였다. 기츠타카 씨가 즐겨 입던 스웨터였다. 옷자락 사이로 보이는 것은 인터넷에서 구입한 스커트. 여기에 가운이 더해지면 기츠타카 씨의 평소 옷차림이 된다.

붉게 물든 흰색 가운. 피가 묻은 걸까? 피가 맞는다면 기츠타카 씨의 피일까? 기츠타카 씨는 출혈 과다로 사망한 걸까?

"어?"

나는 기츠타카 씨의 시체를 멍하니 바라보다가 문득 어떤 사실을 깨달았다. 기츠타카 씨는 가운을 입고 있다. 실험실에서는 가운 착용이 의무화되어 있다. 그래서 가운을 입고 있는 자체는 이상한 것이 아니다. 지금도 가운이 빨갛게 물든 것을 제외하면 익숙한 복장으로 보인다. 하지만 오늘 기츠타카 씨의 옷차림은 뭔가 이상했다. 가운의 오른쪽 주머니, 거기에 묻어 있는 사과 모양의 얼룩. 그 얼룩을 보고 알 수 있었다. 그녀가 입고 있는 건 내 가운이다.

그렇게 시체를 발견한 후의 기억은 실감이 나지 않았다. 연구실 전화로 경찰에 신고한 것도 기억하고, 이이지마 교수에게 연락한 것도 기억한다. 다만 실감이 나지 않는다. 이성과 감정 사이의 회선이 끊어진 느낌이었다. 나는 지금까지 실험으로 개나 쥐 등을 여러 마리를 죽였다. 동료들에게 "그래서 인간의 시체를 봐도 아무렇지 않겠지?"라고 말한 적도 있다. 하지만 그건 착각이었다. 지인의 시체를 발견한 나의 정신은 제대로 작동하지 않았다.

"……그러니까, 기츠타카 씨가 왜 학교에 온 건지 모르시겠다는 말씀이죠?"

질문하는 목소리에 정신을 차렸다. 눈앞에는 심각한 표정의 중년 남성이 있었다. 관할서 형사라고 했다.

"네, 그렇습니다. 어젯밤에 샘플을 잃어버리긴 했지만, 일요일에 나와야 할 정도로 급한 건 아니었거든요."

경찰들이 여러 명 몰려와서 연구실은 정신없는 상태였다. 연구실에 있는 모든 사람들이 소집되어 경찰들과 면담을 하고 있었다. 교수실을 임시 취조실로 정해서 사정 청취를 했다. 최초 발견자인 내가 첫 번째였다. 나는 어젯밤에 있었던 일들을 포함해 모든 질문에 솔직하게 대답했다.

형사의 질문 과정에서 기츠타카 씨 사인을 알 수 있었다. 기츠타카 씨는 날카로운 칼에 가슴을 찔려 쇼크사한 것으로 밝혀졌다. 칼에 찔린 순간에는 칼 자체가 막아서 출혈이 발생하지 않는다. 칼을 뽑을 때 발생하는 대량의 출혈로 인해 쇼크사한 것이다. 범인은 밝혀지지 않았지만, 실험실에는 동물을 해부할 때 사용하는 메스가 여러 개 있었다. 상흔에서 추정되는 흉기의 특징도 메스와 일치했다. 하지만 기츠타카 씨의 피가 묻은 메스는 아직 발견되지 않았다. 이 사실로 기츠타카 씨의 죽음이 자살이 아님을 알 수 있었다.

"하타 씨의 신고는 오전 10시 42분이었습니다. 즉시 출동한 우리가 시신을 검시한 결과, 사망 후 세 시간 정도 지났다는 추정이 나왔습니다. 즉, 사망 시간은 오전 8시 전후로 추정됩니다. 그 시각에 하타 씨는 어디에 계셨나요?"

형사는 억양 없는 목소리로 말했다.

"집에서 자고 있었습니다."

나는 간단하게 대답했다. 사실이었다. 모처럼의 일요일이라 늦잠을 자고 있었다.

"그것을 증명해 줄 수 있는 사람이 있나요?"

"같이 있었던 사람이 있으니 그분이 증명해 줄 수 있습니다."

정확하게 말하면 '사람'이 아니지만, 일단 그렇게 대답했다. 여자가 일요일 아침에 남자와 함께 있었다고 했으니 경찰은 '연인 관계' 정도로 생각할 것이다. 그러면 긴짱을 평범한 남자로 알겠지. 그의 정체를 세상에 드러내지 않는 것이 두 사람 사이의 약속이니 그렇게 생각해도 어쩔 수 없다. 나는 회선이 끊긴 상태의 머리로 그런 생각을 했다. 아니나 다를까, 형사는 이해한다는 표정으로 "알겠습니다."라고 말했다.

"아 참, 그리고 기츠타카 씨가 입고 있는 옷이 하타 씨의 가운이라고 하셨죠?"

형사의 질문에 나는 고개를 끄덕였다. 가운에는 따로 명찰이 달려 있지는 않다. 하지만 실험을 반복하는 동안 세탁해도 지워지지 않는 얼룩이 생긴다. 그것 때문에 얼룩을 보면 누구의 가운인지 알 수 있다.

예를 들어, 나이토 씨의 가운은 오른쪽 팔목에 보라색 얼룩이 있고, 기츠타카 씨의 가운은 가슴 주머니가 파랗게 물들어 있다. 내 작업복의 경우, 매직 잉크 뚜껑이 오른쪽 주머니 속에서 빠진 적이 있어서 검은색 사과 모양의 얼룩이 생겼다. 그 얼룩을 봤기 때문에 기츠타카 씨가 내 가운을 입고 있다는 것을 알아차린 것이다. 그 사실을 형사에게 설명하자 형사는 고개를 갸우뚱했다.

"그것참 이상하네요. 기츠타카 씨 역시 자신의 가운이 있다는 말씀이시죠?"

"네, 복도 로커 안에 걸려 있을 거예요. 어젯밤 거기에 넣는 걸 봤거든요."

"그렇군요. 자기 것이 있는데도 다른 사람의 가운을 입었다는 건데……. 하타 씨의 가운은 어디에 두셨죠?"

"연구실 의자에 걸쳐 놨었어요."

"의자요? 로커가 아니라?"

"네, 매번 로커에 넣기가 귀찮아서요."

칠칠치 못하다고 생각하겠지만, 사실이기 때문에 할 말은 없다. 형사는 내 얼굴을 힐끗 보더니 말했다.

"흐음, 그렇다면 가까운 곳에 있어서 그냥 입은 건 아니겠네요."

"그러게요."

나 역시 이유를 알 수 없으니 할 말이 별로 없었다. 형사가 내 얼굴을 들여다보았다. 그의 표정은 '알리바이가 증명되지 않는 한 당신이 가장 유력한 용의자다.'라고 하는 것 같았다. 하지만 입으로는 "수고하셨습니다. 이이지마 교수님을 불러 주시겠습니까?"라고만 했다.

나는 휘청거리는 발걸음으로 교수실을 나섰다. 복도에는 여러 명의 경찰관들에 섞여 연구실 사람들이 있었다. 교수, 조교수, 대학원생들, 그들 중에는 나이토 씨도 있었다. 얼굴이 창백했다. 그럴 만도 한 것이, 아무리 라이벌 의식이 있었다지만, 오랫동안 함께해 온 후배가 죽은 것이다. 나는 이이지마 교수에게 형사가 부른다는 말을 전하고 벽에 등을 기댔다.

아직도 머리가 멍했다. 이성은 있지만, 감정이 잘 작동하지 않는다. 역시 이성이 받아들인 정보가 감정에 잘 전달되지 않는 것 같다. 연구실 사람들이 나에게 어떻게 된 건지 묻고 싶어 하는 것이 보였지만, 좀처럼 말을 걸지 못하는 것 같았다. 그만큼 내가 발산하는 분위기가 정상이 아닌 듯했다.

복도 저편이 갑자기 시끄러워졌다. 시선을 그쪽으로 돌리니 제복 경찰들이 누군가를 제지하는 소리가 들렸다. 하지만 그것을 무시하고 이쪽으로 걸어오는 남자가 보였다. 날씬하고 훤칠한 키에 단정한 얼굴과 가는 턱선, 긴짱이다.

"히로코!"

긴짱은 제지하는 경찰의 손을 뿌리치고 내 앞에 섰다.

"히로코가 약속 장소에도 오지 않고 학교에 경찰이 있길래 걱정돼서 와 봤더니 난리가 아니네."

나는 반사적으로 시계를 봤다. 벌써 1시를 넘기고 있었다. 그러고 보니 긴짱과 토스카나에서 점심을 먹기로 했었다. 긴짱이 내 얼굴을 들여다보며 물었다.

"이게 대체 무슨 일이야?"

그의 부드러운 눈이 바로 앞에 있었다. 긴짱 눈을 본 순간 머릿속 회로가 연결되었다. 그리고 원래 받았어야 했던 충격이 한꺼번에 몰려왔다. 나는 긴짱의 가슴에 파고들며 울기 시작했다. 아무것도 생각할 수 없었다. 머릿속에 있는 것은 노이즈뿐이었다. 방송 시간이 끝난 TV 화면처럼 나의 뇌는 어떤 정보도 처리하지 못하고 있었다. 그런 나를 긴짱이 부드럽게 안아 주었다. 긴짱의 오른손이 내 목덜미에 살며시 닿았다. 닿은 부분이 뜨거워졌다.

아, 빨려 들어간다.

긴짱은 나의 에너지를 빨아들이고 있었다. 그러자 내 머릿속 잡음이 줄어들었다. 긴짱은 내 상태를 확인하면서 에너지 흡입량을 조절하고 있었는지, 내 머리가 완전히 맑아지자 천천히 손을 떼었다.

"이제 괜찮아?"

나는 조용히 고개를 끄덕였다. 불필요한 에너지가 극도로 상승하는 패닉 상태를 긴짱이 진정시켜 준 것이다. 내 머릿속은 마치 공기 청정기를 틀어 놓은 것처럼 맑아졌다. 나는 눈에 고인 눈물을 닦아 냈다.

"고마워."

"이제 어떻게 된 건지 말해 줄 수 있어?"

긴짱의 물음에 대답하려고 할 때 교수실 문이 열리며 형사가 나왔다. 이이지마 교수가 그 뒤를 따라 나왔다. 내 울음소리를 듣고 나온 건지 형사가 긴짱을 보며 물었다.

"누구시죠?"

"하타 히로코 씨의 친구입니다."

긴짱은 짧게 대답했다. 형사는 '아, 그렇다면…….'이라는 표정을 지었다. 그리고 긴짱에게 나의 알리바이를 간단하게 확인했다. 긴짱은 사망 추정 시간인 오전 8시 전후에 분명히 나와 함께 있었다고 증언했다. 형사는 그 말을 믿었는지 모르겠지만 "그랬군요."라고만 말했다. 그는 교수실로 돌아가지 않고 가만히 긴짱을 쳐다봤다. 긴짱은 이를 무시하고 나를 향해 고개를 돌렸다.

"이제 얘기해 줘."

나는 경찰에게 증언한 내용을 모두 긴짱에게도 말했다. 어젯밤에 일어난 작은 사건의 세부 사항부터 형사에게 들은 기츠타카 씨의 사망 원인과 사망 추정 시간까지. 긴짱은 말 한마디 하지 않고 조용히 내 이야기를 들었다. 그리고 이야기를 다 듣고 나서야 작게 고개를 끄덕였다.

"그렇구나."

긴짱은 그렇게만 말했다. 나는 조용히 다음 말을 기다렸다. 하지만 긴짱의 입에서 나온 말은 의외의 것이었다.

"이제 집에 가자."

그가 내 어깨를 잡고 나가려고 했다.

"자, 잠깐만."

"잠시만요."

목소리가 겹쳤다. 내 목소리와 형사의 목소리였다. 긴짱이 발걸음을 멈췄다.

"왜 그러시죠?"

"아직 가시면 안 됩니다."

형사가 말했다. 긴짱은 형사를 쳐다보며 물었다.

"왜 못 가는 거죠?"

"아직 수사 중입니다. 하타 씨의 증언이 필요할 수도 있거든요."

"증언?"

긴짱은 가볍게 눈썹을 치켜세우며 말했다.

"증언이라면 이미 했잖아요? 사건을 해결할 수 있을 만큼의 증언을 끝냈는데 뭐가 더 필요하죠?"

뭐라고? 나는 무심코 긴짱의 얼굴을 보았다. 평소와 전혀 다름없는 온화한 표정이었다. 하지만 그는 분명하게 말했다. 나의 증언으로 사건을 해결할 수 있다고. 내가 대체 무슨 말을 한 걸까?

"이제 가자."

긴짱은 다시 내 어깨를 안더니 나가려고 했다.

"이 사람들 막아!"

형사가 외치자 제복 경찰이 우리 앞을 가로막았다. 긴짱은 가볍게 고개를 저었다.

"이곳은 공기가 좋지 않습니다. 하타 씨를 계속 이런 곳에 있게 하고 싶지 않아요."

긴짱이 다소 비난 어린 눈빛을 형사에게 보냈다.

"인간들끼리 서로 죽이는 것에 저는 전혀 관심이 없습니다. 중요한 건 오로지 하타 씨의 건강뿐이죠. 그러니 당장 데리고 나가겠습니다."

형사는 말문이 막힌 듯했다. 아무래도 긴짱이 한 말을 잘 이해하지 못한 것 같았다. 그래도 긴짱이 인간이 아니라는 걸 모르는 형사는 '인간들끼리'라는 말을 '사람들끼리'로 이해했나 보다. 형사가 자세를 가다듬더니 입을 열었다.

"당신은 하타 씨의 증언으로 사건이 해결될 수 있다고 하셨는데요. 그렇게 말씀하신 근거가 뭐죠?"

나 역시 그게 궁금했다. 긴짱은 형사를 쳐다보더니 그대로 천천히 시선을 돌려 관계자들 모두를 확인했다.

"근거 말인가요? 기츠타카 씨가 왜 하타 씨의 가운을 입고 죽었을까요? 연구실에는 자신의 가운도 있었는데 말이죠. 그 의미를 생각해 보면 범인을 알 수 있습니다. 이상입니다."

자신 있게 말을 마친 긴짱은 다시 나가려고 했다. 제복을 입은 경찰들이 급히 제지했다.

"그게 무슨 말씀이신지 모르겠습니다."

형사가 입을 삐죽거리자 긴짱은 쓴웃음을 지었다.

"그럼 두 가지만 확인해 주시겠습니까?"

"무엇을요?"

형사가 몸을 움츠리자 그 반응에 긴짱은 또 쓴웃음을 지었다.

"시신은 아직 반출되지 않았죠? 그 시신에서 한 가지만 확인해 주시기 바랍니다. 피해자의 스웨터가 피가 아닌 다른 것으로 젖은 것 같거든요. 그것을 확인해 주세요. 가능하면 그것이 무엇인지도요."

형사가 젊은 경관에게 시선을 돌렸다. 그러자 그 경관이 연구실로 들어가더니 잠시 후 긴장한 얼굴로 나왔다. 그가 형사의 귀에 무언가 속삭이자 형사가 놀란 표정을 지었다.

"어떤가요?"

형사의 눈빛에 수상해하는 빛이 짙게 깔렸다.

"당신 말이 맞아. 가운 속에 입고 있는 스웨터 오른쪽 옆구리 부분이 젖어 있었어. 어느 정도 마른 상태이긴 하지만……."

형사의 말에서 경어가 사라졌다. 그것은 형사가 긴짱의 말에 얼마나 놀랐는지를 보여 주는 것이었다. 형사만 놀란 게 아니었다. 나 역시 놀랐다. 대체 그걸 어떻게 알았을까. 긴짱은 사람들이 동요하는 것을 무시하고 말을 이어 갔다.

"커피 냄새가 났죠?"

형사는 대답하지 않았다. 그의 침묵은 긍정을 의미했다.

"어떻게 알았지?"

잠시 침묵하던 형사가 따지듯이 물었다.

"당신 말대로 스웨터는 커피에 젖어 있었어. 하지만 시신을 처음 발견한 하타 씨는 그런 증언을 하지 않았어. 그런데 어떻게 당신이 그걸 알고 있지?"

어느새 제복 차림의 경찰들이 긴짱을 둘러싸고 있었다. 결국 긴짱 옆에 있는 나까지 포위당한 것이다. 위압감이 느껴졌지만 긴짱은 태연한 표정으로 말했다.

"조금 전에 말씀드렸듯이 기츠타카 씨가 가운을 입고 있었기 때문입니다."

"그게, 무슨 소리야?"

"그래도 모르시겠다면, 설명드리기 전에 알려 주세요. 기츠타카 씨는 가운을 자신의 의지로 입었는지 아니면 범인이 입힌 건지, 가운을 입힌 건 칼에 찔리기 전인지 후인지. 이것들은 아까 있었던 확인 항목은 아닙니다. 시신을 검시할 때 알 수 있었을 겁니다."

형사는 잠시 망설이는 듯했다. 외부인에게 수사 정보를 알려야 할지 말지 고민하는 것 같았다. 하지만 잠깐의 망설임 끝에 결심한 표정으로 말했다.

"가운은 피해자가 칼에 찔린 후 다른 사람이 입힌 것으로 추정돼."

긴짱은 만족스러운 표정으로 고개를 끄덕였다.

"역시 그랬군요."

"그게 어쨌다는 소리야?"

형사가 다시 물었다. 긴짱은 형사의 찡그린 얼굴을 향해 여유로운 미소를 지었다.

"입고 있는 것이 코트가 아닌 가운입니다. 가운이라는 것이 중요합니다."

알쏭달쏭한 말이었다. 내가 그래도 모르겠다고 하자 긴짱이 설명을 시작했다.

"가운은 무엇을 위해 입는 건가요? 아시다시피 실험을 하다

보면 약품이나 동물의 피가 튀는 경우도 있으니 그로부터 옷을 보호하기 위해 입습니다. 기츠타카 씨에게 가운을 입힌 사람도 그게 목적이었어요. 그럼 답이 나온 거죠."

"그래도 모르겠어."

형사의 말에 나 역시 동감했다. 기츠타카 씨가 자신의 의지로 입은 것이 아니라면 나의 가운을 기츠타카 씨에게 입힌 사람이 범인이라고 보는 것이 맞을 것이다. 하지만 그것이 가운의 본래 목적과 무슨 상관이 있다는 말인가. 긴짱은 이야기를 계속했다.

"기츠타카 씨의 옷을 무언가로부터 보호하기 위해 가운을 입혔다. 가운 본래의 용도를 생각하면 그런 결론에 도달하게 됩니다. 그렇다면 무엇으로부터 옷을 보호하고 싶었을까요? 피일까요? 그럴 리가 없겠죠. 피는 외부에서 튀어 묻는 것이 아니라 기츠타카 씨 본인의 몸에서 흘러나온 거니까요. 그럼 뭘까요?"

긴짱은 주위를 둘러보았다.

"이 삼엄한 분위기, 누구든지 이 자리에 있으면 알 수 있습니다. 범인은 경찰의 눈으로부터 기츠타카 씨의 옷을 보호하고 싶었던 것 같습니다. 다시 말하면, 경찰의 눈으로부터 기츠타카 씨의 옷을 숨기려고 한 겁니다."

나는 주위를 둘러보았다. 경찰들의 시선이 집중되어 있었다. 나는 긴짱의 말을 이해할 수 있을 것 같았다. 긴짱은 설명을 이어 갔다.

"그렇다면 옷의 무엇을 숨기려고 했을까요? 경찰은 바보가 아닙니다. 범인이 경찰의 눈을 피해 뭔가 숨기려고 가운을 입혀 봤자 가운은 쉽게 벗겨집니다. 그때 옷에 어떤 흔적이 남아 있다면 금방 들통나겠죠. 그런데도 범인은 가운을 입혔습니다. 왜 그랬을까요? 만약 범인이 이성에 따라 행동했고, 그 행동이 합리적이었다면 범인은 경찰이 가운을 벗겨도 문제없다고 생각했을 겁니다."

"……."

"범인은 가운으로 스웨터에 있는 무언가를 숨기고 싶었다. 하지만 가운을 벗겨서 확인해도 문제는 없다. 그런 모순된 일이 있을 수 있을까요? 물론 있을 수 있다고 생각했겠죠. 예를 들어, 숨기고 싶었던 것이 수분이었다고 가정해 봅시다. 수분은 시간이 지나면 증발해 버립니다. 그때까지만 숨기면 되는 거죠. 그리고 기츠타카 씨의 스웨터는 짙은 갈색입니다. 저는 하타 씨의 이야기를 듣고 바로 알 수 있었습니다. 그 수분은 커피가 아닐까 하고요."

문득 떠오르는 것이 있었다. 그래, 커피. 어젯밤의 연구실 광경이 생각났다. 나이토 씨가 에스프레소 캔 커피를 한 손에 들고 데이터 정리를 하고 있었다. 그리고 그녀는 퇴근할 때 캔 커피를 책상 위에 그대로 두고 나갔다. 슬쩍 나이토 씨를 봤다. 나이토 씨의 얼굴이 새파랗게 질려 있었다.

"저는 기츠타카 씨가 스웨터에 커피를 흘렸다면 이 조건에 해당되는 것이 아닐까 생각했습니다. 기츠타카 씨는 일요일에 학교에 왔습니다. 일할 예정이 아니라 가운을 입지 않았습니다. 그런 상태에서 찔린 것입니다. 그때 근처에 있던 커피를 옷에 흘렸습니다. 그렇다면 연구실에 커피가 정말 있었을까요?"

긴짱의 말에 나는 바로 대답했다.

"있었어. 나이토 씨의 책상 위에 캔 커피가 있었어."

줄곧 우리에게 향하던 시선들이 일제히 나이토 씨 쪽으로 이동했다. 하지만 긴짱은 신경 쓰지 않고 이야기를 계속했다.

"범인은 기츠타카 씨가 칼에 찔릴 때 커피를 흘린 것을 숨기고 싶었습니다. 그래서 가까이에 있던 가운을 입힌 것이죠. 그것이 바로 의자에 걸려 있던 하타 씨의 가운이었던 겁니다. 꽤 순발력 있는 대처였습니다. 기츠타카 씨가 연구실에서 가운을 입는 것은 자연스러운 일이니, 사람들이 그 가운 안에 숨겨진 비밀이 있다고 생각하기 어려웠을 테니까요. 물론 그 가운이 하타 씨의 것임을 알게 되면 뭔가 이상하다고 생각할 수 있겠죠. 하지만 기츠타카 씨가 영안실로 이송된 후라면 이미 커피는 다 마른 상태. 그것이 바로 범인이 노린 것이었습니다. 그런 의미에서, 시신 발견 직후에 가운이 이상하다는 것을 간파한 하타 씨의 안목은 대단한 것입니다. 경찰이 그녀의 증언을 제대로 이해하고 가운을 벗겨 보면 사건은 해결될 것입니다. 그러니 경찰은 하타 씨에게 감사해야 합니다."

형사는 복잡한 표정을 지었다. 형사는 내 증언을 듣고도 기츠타카 씨의 가운 속을 보려고 하지 않았다. 하지만 나 역시 비슷한 표정을 짓고 있었겠지. 나 역시 내 증언의 중요성을 전혀 인식하지 못하고 있었으니까.

"다시 말씀드리지만, 커피가 마를 때까지의 임시방편이었습니다. 일단 말라 버리면 얼룩을 발견하더라도 언제 생긴 건지 알 수 없으니까요. 게다가 스웨터가 짙은 갈색이라 얼룩 자체가 눈에 띄지 않을 수도 있습니다. 그때까지 경찰이 커피의 존재를 알아차릴 수 있을지는 미지수였습니다. 하지만 가운을 입지 않았다면 경찰은 분명 피가 아닌 것에 물들었다는 걸 발견했을 겁니다. 범인은 모험을 할 수밖에 없었죠."

긴짱은 여기서 경찰관들이 주시하고 있는 나이토 씨 쪽으로 시선을 돌렸다.

"범인은 기츠타카 씨의 사망 시 스웨터가 커피에 젖는 것을 숨기고 싶었습니다. 왜 그랬을까요? 나이토 씨의 책상에 캔 커피가 놓여 있었다고 하지만, 그것만으로 나이토 씨가 범인이라고 하긴 어렵겠죠. 기츠타카 씨가 칼에 찔렸을 때 캔 커피를 건드려서 남은 커피가 스웨터를 적셨다면, 그것은 살해당한 장소를 파악할 수 있는 근거가 될 수 있지만 범인을 특정하는 결정적인 증거는 되지 않으니까요. 그럼에도 불구하고 범인은 그것을 숨기려고 했습니다. 칼에 가슴을 찔렸을 때는 피가 나지 않지만, 뽑을 때는 대량 출혈이 발생한다고 합니다. 범인은 기츠타카 씨를 나이토 씨의 책상 앞에서 찌른 상태로 기츠타카 씨의 책상 앞까지 이동한 후(두 사람의 자리는 몇 걸음만 걸으면 된다.) 칼을 뽑은 것입니다. 그렇게까지 해서 살해 장소를 숨기고 싶었던 이유가 뭘까요? 나이토 씨의 자리가 범인을 특정하는 데 중요한 위치가 아니라면 말이죠. 하지만 범인은 기츠타카 씨를 찌른 곳을 숨기고 싶었습니다. 정확히 말하면, 칼로 찌르는 순간 기츠타카 씨가 나이토 씨의 책상 앞에 있었다는 것을 숨기고 싶었던 겁니다. 왜 숨기고 싶었을까요? 여기서 다시 생각해 봐야 하는 건 기츠타카 씨의 행동입니다. 기츠타카 씨는 일도 하지 않을 거면서 왜 일요일에 학교에 왔을까요? 나이토 씨의 책상 앞에서 무엇을 하고 있었던 걸까요?"

긴짱은 다시 형사를 보았다.

"또 하나 확인하기 위해 이번엔 경찰이 아닌 연구소의 협조가 필요합니다."

"무슨 협조?"

"기츠타카 씨가 잃어버렸다는 샘플이 담긴 용기의 위치입니다."

"그건 무리야. 어젯밤에 나와 나이토 씨까지 합세해서 한 시간 동안 찾아봤는데 없었다고 했잖아."

내가 무심코 말했지만 긴짱은 조금도 동요하지 않았다.

“맞아. 하지만 찾아보지 않은 곳이 있어. 그곳을 봐 줬으면 좋겠어.”

“어디를 말하는 거지?”

우리는 구석구석 다 찾아봤다. 찾아보지 않은 곳이 있을 리가 없다. 내 말에 긴짱은 부드럽게 미소 지으며 대답했다.

“한 군데 있잖아, 냉동실 안.”

“뭐? 무슨 바보 같은 소리야. 기츠타카 씨가 샘플을 냉동실에 넣으려다 떨어뜨려서 그런 건데.”

내가 항변했지만 긴짱은 여전히 침착한 목소리로 말했다.

“기츠타카 씨가 그렇게 말한 것뿐인 거 아냐? 기츠타카 씨가 샘플을 떨어뜨리는 것을 직접 본 건 아니지?”

“그건 그렇지만…….”

나는 여전히 이해할 수 없었지만, 형사는 조교수를 불러 냉동고를 열어 보게 했다. 조교수는 기츠타카 씨의 지도 담당이라 어느 것이 기츠타카 씨의 샘플인지 알고 있었다. 우리는 이동해서 냉동고 앞에 있는 조교수를 보았다. 조교수는 냉동고 안으로 장갑을 낀 손을 뻗었다.

“안에 있었습니다.”

조교수는 복도로 돌아와 오른손을 펴 보였다. 손바닥 위에는 에펜도르프 튜브가 올려져 있었다. 라벨에는 낯익은 기츠타카 씨의 글씨가 적혀 있었다. 찾고 있던 샘플이 맞았다.

"자, 잠깐만. 이게 어떻게 된 거지?"

나는 혼란스러웠다. 기츠타카 씨는 샘플을 떨어뜨리지 않았다. 샘플은 냉동실에 잘 넣어 두었던 것이다. 그런데도 나에게 떨어뜨렸다고 거짓말을 했으며, 나이토 씨까지 끌어들여 한 시간 동안이나 연구실을 뒤지게 했다. 도대체 왜?

형사도 혼란스러운 건 마찬가지인 것 같았다. 그가 긴짱을 노려봤다. '어떻게 그런 것까지 알고 있지?' 하고 추궁하는 눈빛이었다. 형사가 말했다.

"냉동실에서 잃어버렸다고 했던 샘플이 발견되었어. 이번에도 당신 말이 맞았어. 조금 전에도 물어봤지만, 그걸 어떻게 알았지?"

아까보다는 말투가 부드러웠다. 긴짱의 얘기를 진지하게 들으려는 자세가 보였다. 긴짱은 변함없이 차분한 표정으로 대답했다.

"간단합니다. 아무리 찾아봐도 샘플이 나오지 않았습니다. 그렇다면 처음부터 잃어버리지 않았다고 생각해도 되지 않을까요?"

"기츠타카 씨 본인이 잃어버렸다고 했잖아."

형사의 반박에 긴짱은 고개를 저었다.

"인간은 믿을 수 없습니다. 실제로 기츠타카 씨는 거짓말을 했지 않았습니까."

"왜 그런 거짓말을……."

긴짱은 또 고개를 저었다.

"글쎄요. 죽은 사람에게 물어볼 순 없으니 상상해 보겠습니다.

기츠타카 씨가 샘플을 잃어버린 결과 어떤 일이 벌어졌죠? 하타 씨는 마무리하지 못한 일을 남겨 두고 퇴근해야 했습니다. 그것이 오늘의 휴일 근무의 원인이 되었죠. 그렇다면 나이토 씨는 어떨까요? 나이토 씨 역시 일을 다 끝내지 못한 채로 귀가하지 않았을까요? 어젯밤 나이토 씨가 하던 일은 데이터 정리였습니다."

나이토 씨의 얼굴은 창백했다. 긴짱은 그런 나이토 씨를 지그시 바라보며 "인간은 믿을 수 없습니다."라고 또 말했다.

"나이토 씨는 연구실에서 가장 깨끗한 데이터를 낸다고 들었습니다. 그 이야기를 들었을 때, 저는 그렇게까지 잘할 수 있을까 하는 생각이 들었어요. 깨끗하면 깨끗할수록 어떤 가공이 가해졌다고 생각하게 되거든요. 어쩌면 기츠타카 씨도 그렇게 생각했을지도 모릅니다."

등골에 소름이 돋았다. 말도 안 돼. 나이토 씨가 데이터 조작을 했다고? 연구실에서 가장 깨끗한 데이터를 내놓는 나이토 씨가? 모두를 속였다고? 아니야, 그럴 리 없어. 나이토 씨는 우수한 학생이다. 깨끗한 데이터는 그녀 자신의 노력에 의한 것일 것이다. 그렇게 말해 주길 바라며 나는 나이토 씨를 바라보았다. 나이토 씨는 반박하지 않았다. 그저 얼굴이 새파랗게 질린 채로 서 있었다.

"지금까지 들키지 않았다는 건 그만큼 교묘하게 그 흔적을 숨겼기 때문일 것입니다. 기츠타카 씨도 지나치게 깨끗한 데이터를 의심했지만 증거가 없었습니다. 그래서 꼬리를 잡으려고 한 가지 계략을 생각해 낸 것입니다. 그것이 바로 샘플 분실 소동입니다. 나이토 씨가 데이터를 가공하는 도중에 샘플을 잃어버렸다고 난리를 칩니다. 그리고 하타 씨에게 함께 찾아 달라고 부탁합니다. 조교가 찾기 시작하면 대학원생인 나이토 씨가 도와주지 않을 수 없습니다. 지칠 때까지 찾게 하고, 일을 다 끝내지 못한 상태로 귀가하게 만듭니다. 그렇게 하면 나이토 씨의 책상에는 가공 중인 데이터가 남게 됩니다. 그렇게 해 놓고, 다음 날인 일요일에 몰래 연구실에 와서 나이토 씨의 책상에서 데이터 조작 증거를 찾아내는 것입니다. 그것이 기츠타카 씨의 계획이었습니다. 하지만 나이토 씨는 이를 눈치챘습니다. 그래서 일요일 아침 서둘러 연구실로 왔을 테고, 자신의 책상에서 데이터를 확인하고 있는 기츠타카 씨를 발견한 것입니다."

나이토 씨의 몸이 덜덜 떨렸다.

"그것을 본 순간 나이토 씨는 절망에 빠졌습니다. 데이터 조작이 들통난 겁니다. '이제 내 연구 인생은 끝이구나.'라고 생각했을 때, 거의 무의식적으로 근처에 있던 메스를 집어 들었습니다. 그리고 기츠타카 씨를 찌르고 만 것입니다. 그런데 그 순간 생각지도 못한 일이 일어났습니다. 책상 위에 있던 캔 커피가 쓰러져 기츠타카 씨의 옷에 커피가 묻은 것입니다. 그때 나이토 씨는 제정신이 들면서 자신이 큰일을 저질렀다는 것을 깨닫고 무서웠겠죠. 하지만 스스로를 진정시키며 몰래 왔기 때문에 아무도 자신을 못 봤을 거라 생각했을 겁니다. 나이토 씨의 책상을 뒤지던 기츠타카 씨도 그랬을 것이라 생각했겠죠. 그래서 빨리 그 자리에서 벗어나 계속 집에 있었던 척하기로 했을 겁니다. 그런데 한 가지 신경 쓰이는 것이 바로 커피였습니다. 책상이나 바닥에 흘린 것은 손수건이나 휴지로 닦아 내면 됩니다. 하지만 스웨터 섬유에 깊숙이 스며든 것은 얘기가 다르죠. 마를 때까지 기다릴 수밖에 없습니다. 나이토 씨는 기츠타카 씨가 자신의 책상에 있었다는 사실을 사람들에게 알리고 싶지 않았습니다. 살인 사건의 증거로써는 부족하지만, 자칫 데이터 조작이 들통날 실마리가 될 수 있었기 때문입니다. 그래서 가운으로 감추기로 한 겁니다."

긴짱이 일단 말을 끊고 사람들을 둘러보았다. 그 누구도 말이 없었다. 교수도, 조교수도, 형사도, 수많은 제복 경찰들도 할 말이 없었다. 나이토 씨 역시 입을 다물고 있었다.

"제가 방금 범인은 젖은 스웨터가 마를 때까지 가운으로 숨기려고 했다, 라고 말씀드렸습니다. 그런데……."

긴짱이 다시 이야기를 시작했다. 그와 함께 굳어 있던 공기가 움직이기 시작했다.

"그런데 좀 이상한 부분이 있습니다. 왜냐하면 오늘은 일요일이기 때문입니다. 원래대로라면 기츠타카 씨의 시신이 발견되는 건 월요일 아침이어야 했을 겁니다. 그렇다면 커피든 뭐든 가운으로 숨길 필요가 없습니다. 월요일 아침이 되면 이미 말라 버릴 테니까요. 그러면 기츠타카 씨가 나이토 씨의 책상 앞에서 칼에 찔렸다는 사실도 숨겨지고, 나이토 씨의 데이터 조작도 드러나지 않게 되었을 겁니다. 그런데 왜 그렇게 했을까요? 그건 범인이 일요일 이른 시간대에 기츠타카 씨가 발견될 것을 예측하고 있었기 때문입니다. 하타 씨가 휴일에 출근하는 것을 알고 있었던 거죠. 그걸 누가 알고 있었을까요? 하타 씨 본인과 사망한 기츠타카 씨가 알고 있었죠. 그리고…….”

“나이토 씨.”

나는 중얼거리듯 말했다. 어제저녁이 생각났다. 기츠타카 씨의 샘플을 찾으려고 바닥을 기어 다니고 있었다. 그때 데이터를 조작하려던 나이토 씨와 그것을 폭로하려던 기츠타카 씨, 라이벌로 여기고 있는 두 연구원이 서로의 속셈을 간파하고 있었던 걸까. 나는 그런 걸 전혀 눈치채지 못하고 있었다.

나는 긴짱을 보았다. 긴짱은 연구실 사람을 아무도 모른다. 나이토 씨의 이름도, 기츠타카 씨의 이름도 오늘 처음 들었을 것이다. 그런데도 내 애매모호한 이야기를 바탕으로 현장을 조사하거나 관계자의 말을 듣지도 않고 사건의 수수께끼를 푼 건가. 얼마나 대단한 두뇌를 가진 거지? 인간이 아닌 다른 생명체라 지능도 인간 이상인가?

내가 그렇게 놀라는 사이에 형사가 조용히 나이토 씨를 향해

한 발짝을 내디뎠다. 그때 갑자기 고통스러운 신음이 들렸다. 처음엔 누구의 목소리인지 알 수 없었다. 그건 인간의 소리라기보다 짐승의 울부짖음 같았다. 나이토 씨였다.

형사의 몸이 크게 튕겨 나갔다. 나이토 씨가 돌진하면서 몸을 부딪친 것이다. 나이토 씨는 그 기세를 몰아 무언가를 휘두르며 긴짱을 향해 돌진해 왔다. 오른손에 쥐고 있는 것은 메스였다. 곳곳이 검게 변색되어 있었다. 이것이 범행 도구인가.

나이토 씨는 긴짱의 얼굴을 향해 메스를 휘둘렀다. 너무 갑작스러운 일이라 주변에 있던 경찰관들이 움직일 겨를이 없었다. 메스가 찌르려는 순간, 나이토 씨의 움직임이 멈췄다. 긴짱이 오른손을 번쩍 들어 나이토 씨의 손목을 잡은 것이다. 그다지 힘을 준 것 같지 않은데도 불구하고 나이토 씨는 꼼짝도 하지 못했다. 긴짱이 나이토 씨를 보며 말했다.

"당신은 영혼이 오염되어 있네."

그렇게 중얼거리는 순간, 긴짱의 오른손에서 빛이 나는 듯했다. 주위의 사람들은 무슨 일이 벌어지고 있는지 전혀 알 수 없을 것이다. 긴짱의 위세에 눌려 경찰들은 가까이 다가갈 수 없었다. 그래도 나는 알 수 있었다. 긴짱은 나이토 씨의 생명력을 빨아들이고 있다는 것을. 그건 나에게 하는 것처럼 부드러운 방식이 아니었다. 진공 펌프로 빨아들이듯 강압적인 흡입 방식이었다. 마지막 한 방울까지 짜내려는 기세로 나이토 씨의 에너지를 강탈하고 있었다.

나는 눈이 휘둥그레졌다. 이 남자는 이런 방법도 할 수 있구나. 나이토 씨의 눈이 뒤집히면서 몸이 경련을 일으키기 시작했다. 그래도 긴짱은 멈추지 않았다. 나이토 씨의 생명력을 모조리 흡수하고 나서야 긴짱은 손을 뗐다. 나이토 씨는 바닥에 주저앉았다. 거의 빈사 상태였다.

하지만 경찰은 알 수 없었다. 긴짱은 그저 나이토 씨의 손목을 잡고 있었을 뿐이었다. 사람들은 나이토 씨가 자기 혼자 기절한 것으로 봤을 것이다. 형사들은 그런 나이토 씨를 공무 집행 방해와 살인 미수 현행범으로 체포했다.

들것에 실려 나가는 나이토 씨를 보며, 긴짱은 나에게만 들리는 목소리로 말했다.

"역시, 오염된 영혼은 맛이 없어."

어두운 숲에서

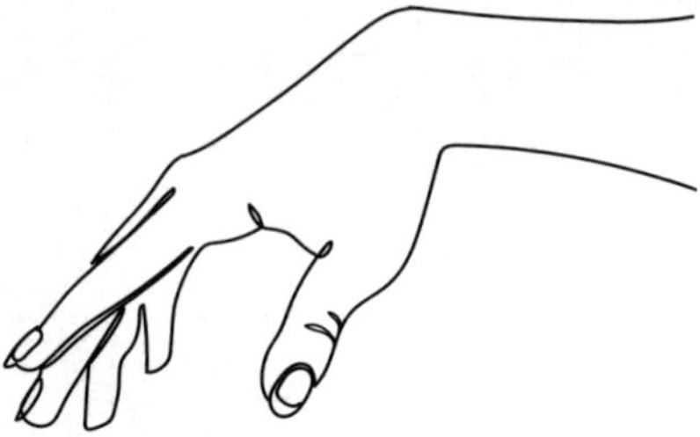

"테츠로 씨가 죽은 것을 발견한 하나에 씨가 뒤따라 자살했습니다."

어두운 숲에서 긴짱은 우리에게 이렇게 말했다.

"만약 그것이 사실이라면, 우리랑은 상관없이 두 사람에서 끝나는 일이죠. 하지만 그렇다고 믿기에는 좀 걸리는 부분이 있습니다."

긴짱은 료코 씨를 봤다.

"하나에 씨는 어떻게 테츠로 씨의 칼을 가져갔을까요?"

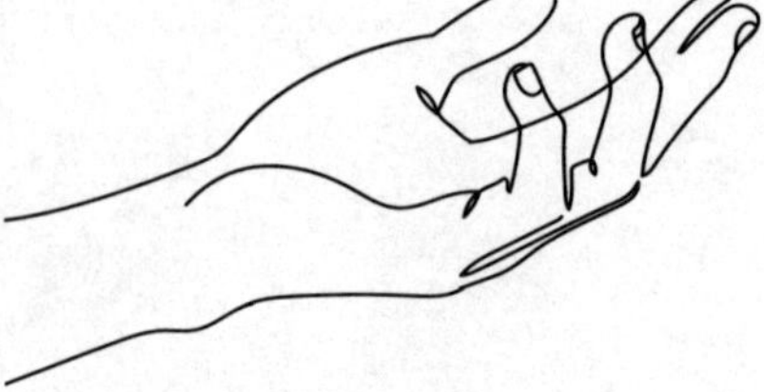

깍지 낀 손가락을 살며시 풀자 나는 안도의 한숨을 내쉬었다. 손바닥에 온기가 남아 있는 듯했다. 긴짱의 손바닥의 온기가 아니라, 에너지가 빠져나간 후 그 잔재가 남아 있는 것 같았다. 눈앞에 있는 긴짱이 걱정스러운 표정으로 내 얼굴 보며 물었다.

"괜찮아?"

"응, 괜찮아."

나는 작게 고개를 끄덕였다.

나와 같이 살고 있는 긴짱은 인간이 아니다. 인간의 모습을 하고 있지만, 사실은 다른 생명체이다. 그는 인간의 생명 에너지를 흡수하며 살아가고 있다. 그에게 매일 에너지를 공급하고 있는 내가 하는 말이니 틀림없다. 방금도 그는 맞잡은 손바닥을 통해 나의 생명 에너지를 흡입했다.

어떻게 그런 생물이 존재하는 걸까? 도대체 어떤 생체 메커니즘일까? 물론 생물학자로서 궁금하지만, 그에 대해서 캐묻지 않는다는 것이 두 사람 사이에 맺은 약속이다. 그래서 '그런 생물도 있다.' 정도밖에 말할 수 없다. 지금 현재 내가 처한 상황에서 중요한 것은 그의 정체가 아니라, 긴짱이 내 에너지를 흡입해 주고 있다는 사실이다.

올봄, 내가 근무하는 대학 연구실에서 살인 사건이 발생했다. 사건은 그 자리에서 긴짱이 해결해 줬지만, 우리 연구실 직원들의 마음에는 상처가 남게 되었다. 연구실 내에서 학생이 살해당하는 충격적인 사건은 그 동기의 특수성 때문에 대학 전체를 큰 혼란에 빠뜨렸다. 교수와 조교수는 물론이고 조교인 나도 그 문제에 대응하느라 제대로 된 연구를 할 수 없을 정도였다.

당연히 연구실 이미지도 나빠져서 여름 하반기에 치러진 대학원 입학시험엔 외부에서 지원자가 한 명도 없었다. 그런 위기 상황 속에서 나는 정신적으로도 스트레스 때문에 궁지에 몰린 상태였다.

그때 내가 마음의 안정을 유지하기 위해 했던 것이 폭식이었다. 케이크를 무제한으로 먹는 것부터 시작해서, 유명 라멘집 순회도 하고 회전 초밥집에서는 쌓아 놓은 접시가 무너질 때까지 먹는 등, 균형 잡힌 식생활과는 거리가 먼 식사를 이어 갔다. 다른 사람 같았으면 살이 쪄서 보기에도 심각한 비만의 몸매가 되었을 것이다. 하지만 내 체형은 전과 다름없이 날씬하게 유지되고 있었다. 왜냐하면, 잉여 칼로리를 긴짱이 계속 빨아들이고 있기 때문이었다. 그래서 그는 현재 나의 건강 유지 장치 역할을 하고 있다.

실례되는 행동인 건 알고 있다. 생각해 보면, 내 무절제한 식사의 뒤처리를 그에게 떠넘기고 있는 셈이니 당연히 미안한 마음이긴 하다. 게다가 폭식으로 얻는 생명 에너지는 그다지 맛있지는 않다고 한다. 그에게는 맛없는 음식을 억지로 먹이는 것과 같을 것이다. 겉으로 드러내진 않지만, 속으로는 짜증 내고 있을지도 모른다.

가을로 넘어가는 시기가 되어 사건의 여파도 가라앉고, 폭식 요법이 어느 정도 효과가 있었는지 모르겠지만 내 정신 건강도 꽤 회복되었다. 이제는 폭식도 그만두고 그동안 신경 써 준 긴짱에게 뭔가 보답을 해야겠다고 생각했다. 그 기회가 찾아온 것은 추분의 3일 연휴를 앞둔 주말이었다. 한 친구가 '캠핑 같이 안 갈래?'라는 메시지를 보냈다.

"이 캠핑장은 숨겨진 명소랍니다."

야마시로 마사토 씨가 긴짱에게 말했다. 긴짱은 사람을 끌어

당기는 부드러운 미소를 지으며 대답했다.

"숨겨진 명소요?"

"네."

마사토 씨 역시 미소 지으며 은근히 자랑하는 듯한 표정으로 말했다.

"근처에 온천이나 레저 시설도 없고 그다지 잘 정비된 곳도 아니라 캠핑 오는 사람들이 많지 않습니다. 하지만 물도 있고 화장실도 있으니 이용하기에는 좋습니다. 여유 있게 캠핑을 즐길 수 있으니 숨겨진 명소 맞죠."

"말씀대로 그런 것 같네요."

우리는 캠핑장에 갔다. 주변이 숲으로 둘러싸인 조금은 쓸쓸한 느낌의 캠핑장이었다. 마사토 씨의 말대로 연휴인데도 불구하고 우리 말고는 캠핑 온 사람이 없었다. 주변에서 들리는 건 새소리와 바람에 나뭇잎이 흔들리는 소리뿐이었다. 끔찍한 사건으로 정신적 데미지를 입은 나에게는 힐링이 될 수 있는 환경이라 감사했다.

대학에서 조금 떨어진 곳에 사케가 맛있는 이자카야가 있다. 가격이 좀 비싸지만 긴짱과 함께 사는 나는 생활비가 많이 들지 않아서 가끔 들르는 곳이다. 이번 캠핑은 그 가게에서 알게 된 친구들이 기획한 것이었다.

캠프 참가자는 나 하타 히로코와 긴짱을 포함한 여섯 명이었다. 주동자인 야마시로 마사토 씨, 자동차를 몰고 온 마키하라 테츠로 씨와 그의 약혼녀인 모리야 하나에 씨 그리고 마키하라 씨의 여동생이자 내가 다니는 대학의 졸업생인 마키하라 료코 씨. 모두 술도 잘 마시고 좋은 친구들이다. 그들도 나를 그렇게 생각했는지, 보도 등을 통해 사건에 휘말린 사실을 알고는 기분 전환을 하라며 이런 기회를 마련해 주었다.

나로서는 그런 친구들이 있다는 사실에 그저 감사할 따름이다. 게다가, 긴짱에게 작은 보답의 기회가 되어 좋았다. 대학 교직원은 휴가를 잘 가지 못한다. 간신히 계획했던 오키나와 여행도 사건의 여파로 인해 무산되고 말았다. 그래도 언젠가는 그와 함께 기분 좋은 곳에서 시간을 보내고 싶었다. 긴짱도 대자연 속에 몸을 담그는 것을 좋아하는 듯했다. 평소보다 그의 표정이 더 온화하게 느껴졌다.

"너무했어, 이렇게 멋진 남자 친구를 지금까지 숨겨 두고 있었다니. 가게에 같이 왔으면 좋았을 텐데."

하나에 씨가 웃으며 입을 삐죽이 내밀었다.

"그래도 테츠로 오빠한테는 다행이지. 하나에 씨가 오빠 두고 한눈팔지 않아서 말야."

료코 씨가 장난기 어린 얼굴로 말했다.

"그 말이 정답이네."

테츠로 씨가 진지한 표정으로 고개를 끄덕이자 캠핑장은 웃음

바다가 되었다.

이른 저녁을 먹고 나니 하늘이 벌써 어두워지고 있었다. 캠핑장에서는 어두워지면 할 일이 많지 않다. 우리는 모닥불을 피우고 둘러앉아 술을 마시기로 했다. 오늘은 내 기운을 북돋아 주기 위한 캠핑이지만 그렇다고 이 멤버들이 술을 안 마실 리가 없었다. 쿨러 박스를 들여다보니 720ml 사케가 다섯 병이나 들어 있었다.

마사토 씨가 그중 한 병을 꺼내서 열었다. 료코 씨는 안주로 홋카이도에 출장 갔을 때 사 왔다는 연어 육포를 꺼냈다. 테츠로 씨가 능숙한 솜씨로 모닥불을 피우고 여섯이 둘러앉았다.

"모닥불이 대단하네."

나는 높이 타오르는 모닥불을 보고 눈을 동그랗게 떴다.

"잼버리 하는 거 아니니까…… 나는 이 정도가 좋아."

웃음 짓는 테츠로 씨가 장갑을 벗으며 말했다.

"미적 감각이 없네. 내 이상은 모닥불 가운데가 은은하게 붉게 타오르는 건데."

마사토 씨가 한숨을 내쉬었다. 테츠로 씨가 짙은 안경 너머로 마사토 씨를 보며 말했다.

"조명 역할도 하니까 이런 게 낫잖아."

"오빠랑 마사토 씨는 모닥불을 피우면 꼭 이 부분에서 대립한다니까요."

료코 씨가 슬쩍 말해 줬다. 이미 여러 번 같이 캠핑을 했다는 것을 짐작할 수 있었다. 그들은 술을 같이 마시는 건 물론이고 캠핑도 자주 같이 가는 사이인 듯했다. 캠핑 장비가 전혀 없는 우리에게 입을 옷만 가지고 오면 된다고 말한 것을 보면 남에게 빌려줄 수 있을 만큼의 캠핑 장비를 가지고 있는 것 같다. 그러고 보니 우리를 여기까지 태워다 준 테츠로 씨는 여덟 명이 넉넉하게 탈 수 있는 대형 미니밴을 가지고 있다. 가격도 비싸고 일상생활에서 그렇게 큰 차는 필요 없을 텐데 친구들과 함께 캠핑 갈 때를 위해 구입한 건지도 모르겠다.

활활 타는 모닥불을 둘러싸고 조촐한 술자리가 시작되었다. 료코 씨가 긴 꼬치를 모두에게 건네면서 "적당한 크기로 자른 연어 육포를 여기에 꽂아서 모닥불에 살짝 구워 먹으면 맛있어."라고 알려 주었다. 실제로 그렇게 해서 먹어 보니 연어의 기름기가 열에 녹아서 깔끔한 맛의 사케와 잘 어울렸다. 그러고 있었더니 안도의 한숨이 저절로 나왔다.

편안한 마음으로 모닥불을 보며 사케를 마시다가 무심코 주위를 둘러봤다. 밤의 야영장은 조용했다. 이 일대는 대부분 잣나무, 떡갈나무 등 상록 활엽수림이었다. 소나무 같은 햇볕을 충분히 받아야 하는 나무는 성장이 빠르지만 숲이 커지면 어린 나무가 햇볕을 받지 못해서 쇠퇴한다. 반면 상록 활엽수는 햇볕이 잘 들지 않아도 자라는 음지 식물이다. 그런 나무는 성장이 느린 대신 오랜 시간 동안 숲의 주역이 된다.

우리가 있는 곳에 바로 그런 나무들이 있고, 숲속 조금 트인 곳에 캠핑장이 생긴 것이다. 나무에 대한 지식은 학창 시절 생태 수업을 들은 것이 전부지만, 내가 알고 있는 것이 틀리지는 않을 것이다.

숲에 둘러싸인 캠핑장 모닥불의 분위기를 즐기며 홀짝홀짝 술을 마셨다. 여유롭게 사람들과 담소를 나누고 있으니 마음 한구석에 꽉 조여 있던 것이 풀리는 듯했다. 조용히, 아주 조용히 무언가가 재생되는 것 같았다. 역시 오길 잘했어, 하는 생각이 들었다.

"그나저나, 히로코 씨가 건강해 보여서 다행이야."

마사토 씨가 자신의 컵에 술을 따르면서 말했다. 나는 왼손을 뺨에 대면서 물었다.

"어머, 내가 그렇게 아파 보였어?"

"아니, 그 정도는 아니고 그냥……."

"그야, 사랑하는 사람이 곁에 있으니 금방 회복하는 거지. 역시 의지가 되는 사람이 있다는 건 좋은 거야. 결혼 날짜는 잡았어?"

벌써 볼이 붉어진 하나에 씨가 웃으며 말했다. 나는 당황스러웠지만 웃을 수밖에 없었다. 같은 인간이 아닌 긴짱과 결혼을 하다니, 인간인 나로서는 있을 수 없는 일이다. 그래도 일단 반응하기로 했다.

"하나에 씨가 먼저 해야지. 언제야?"

자신이 먼저 꺼낸 얘기고, 이야기의 흐름으로 볼 때 당연히 예상할 수 있는 질문인데도 불구하고 하나에 씨는 당황한 표정을 지었다.

"아…… 내년 1월쯤……."

"어머, 곧이네."

"그렇지 뭐. 내가 2월생이잖아. 20대를 넘기기 전에 하려고."

하나에 씨가 어색한 미소를 지으며 말했다.

그렇다면 지금이 행복의 절정일 것이다. 키 큰 테츠로 씨와 아담한 하나에 씨는 대조적인 외모와 성격에도 불구하고 정말 잘 어울리는 한 쌍이다. 그러고 보니 하나에 씨가 최근 살이 약간 찐 것 같다. 원래는 더 날씬했는데, 좋아하는 사람과의 결혼이 결정돼서 살짝 방심한 걸까? 더 이상 외모에 신경 쓸 필요가 없다고 느꼈는지도 모르겠다. 그것을 증명이라도 하듯 지금도 술을 마음 놓고 마시고 있다.

"잘 생각했어. 테츠로 씨는 일하는 은행 지점에서 대단한 성과를 내고 있잖아. 인품이나 궁합도 중요하지만, 역시 탄탄한 미래가 있는 사람을 선택해야지."

마사토 씨도 고개를 끄덕였다. 마치 친척 어른 같은 말투였다. 접이식 나이프로 연어 육포를 자르던 테츠로 씨가 당황한 표정으로 고개를 들었다. 그러더니 나이프를 다시 접어서 가슴 주머니에 넣고 지퍼를 닫았다.

"탄탄한 미래는 무슨, 언제 좌천될지 몰라서 전전긍긍하고 있는 처지야."

테츠로 씨는 지역 은행에서 대외 협력 담당 일을 하고 있다고 들었다. 생물학과 조교인 나는 은행이라면 ATM 정도밖에 모르고, 대외 협력이 무슨 일인지도 모른다. 하지만 그런 일을 하는 사람과도 친구가 될 수 있는 것이 술의 묘미다. 마사토 씨는 분위기를 띄우기 위해 없는 말까지 하는 사람이 아니라 아마 사실일 것이다.

"게다가 버블(1980년대 후반 일본의 주식과 부동산 시장 전반에 나타났던 거품 경제 시기) 때와 달리 월급도 적고 힘든 일만 많아."

테츠로 씨가 겸손하게 고개를 저으며 말했다. 정말 겸손한 것 같다. 단골 술집에서도 유난히 비싼 사케를 아무렇지 않게 주문하고, 비싼 자동차도 가지고 있다. 재수 없는 엘리트는 아니지만 돈을 잘 버는 것은 사실 같았다. 그런데도 '월급이 적다'는 말은 지나친 겸손 같다. 진정한 저임금이란 나 같은 대학 조교가 받는 월급을 말하는 건데.

"우리는 그렇다 치고, 히로코 씨 커플도 분위기 좋은 것 같은데. 참, 마사토 씨가 궁금하네. 어때, 요즘 좋은 일 없어?"

테츠로 씨가 화제를 돌리려는 듯 말했다.

"그런 말 하지 마. 전혀 인연이 없어. 당신들처럼 좋은 만남이 있었으면 좋을 텐데 말이야."

마사토 씨가 양 귀를 누르는 제스처를 취했다. 그 말을 들으니 가전업체 기술 센터에 근무하는 마사토 씨가 전에 "우리 회사에는 남자들과 50대 사무직 여성들밖에 없어."라고 한탄하던 것이 떠올랐다.

하지만 나는 알고 있다. 마사토 씨에게 직장 환경 같은 건 중요하지 않다는 것을. 그의 마음속에 있는 건 오직 료코 씨뿐이다. 지금도 그는 서글픈 척하면서 시선은 은근슬쩍 료코 씨 쪽으로 향하고 있었다. 테츠로 씨와 하나에 씨가 단골 술집에서 만나 결혼까지 이르렀으니, 자신도 료코 씨와 그렇게 되길 기대하는 것이 훤히 보인다.

그는 순박한 남자다. 나는 그런 마사토 씨가 마음에 들었고, 응원하고 싶은 마음도 있지만, 안타깝게도 료코 씨는 마사토 씨의 그런 마음을 알아차리지 못하고 있다. 그녀는 다른 사람이 자신을 어떻게 생각하는지에 대해 무심한 편이기 때문이다. 똑똑한 사람은 가끔 그런 경향이 있다. 료코 씨는 지금도 긴짱에게 일본인의 두뇌 유출에 대한 이야기를 하고 있었다.

"역시 히로코 씨와 같은 우수한 연구원이 일본에 남아 있는 것이 중요해요."

료코 씨의 말에 긴짱도 웃으며 고개를 끄덕인다.

"그렇군요. 저도 그러는 편이 좋다고 생각합니다."

"그나저나, 긴짱도 히로코 씨가 선택한 분이라 그런지 대단하신 것 같아요. 대학에 남아 있는 친구한테 들었는데, 경찰에서 인정받고 있다면서요?"

나는 그 말에 깜짝 놀랐다. 내가 연루된 '봄의 사건'은 표면상 경찰이 해결했지만, 실제로 그들이 한 일은 확인을 위한 수사뿐이었다. 무엇을 어떻게 조사해야 하는지 실제로 알려 준 것은 긴짱이었다. 언론은 그런 사실을 모르지만, 대학 내에는 나의 남친이 사건을 해결했다는 소문이 알게 모르게 퍼져 있는 듯했다. 사건 현장에 있던 연구실 교수나 학생들이 퍼뜨린 것 같은데, 료코 씨는 그런 소문을 들은 모양이었다. 다른 사람들도 하던 대화를 멈추고 일제히 료코를 봤다.

"그게 무슨 소리야?"

갑자기 주목을 받게 된 료코는 당황한 표정으로 말했다.

"아, 자세한 건 모르지만, 그 사건 당시 히로코 씨의 남자 친구분 얘기를 형사가 심각한 표정으로 듣고 있었다고 하더라고요. 긴짱의 얘기를 듣고 사건을 해결한 것 같다던데요. 그래서 인정받았을 것이라고요."

모두의 시선이 긴짱에게 집중되었다. 긴짱은 전혀 당황하지 않은 표정으로 말했다.

"아니, 저는 그냥 히로코가 경찰의 수사에 힘들어하지 않을까 걱정되어 보호하려던 것뿐입니다. 그랬더니 '요즘 젊은 사람치고 됨됨이가 좋네.'라고 했어요. 그것뿐입니다."

긴짱은 있지도 않은 이야기를 지어냈다. 그래도 그 얘기는 사람들의 마음을 움직인 듯했다. 다들 "히로코 씨, 참 좋은 사람을 찾으셨네요."라며 칭찬을 아끼지 않았다. 사실은 '사람'이 아닌데 말이다.

밤이 점점 깊어지고 기온도 낮아졌다. 그래도 모닥불 앞이라 따뜻했고, 술이 속을 데워 주니 춥다는 느낌은 별로 없었다. 사케도 다섯 병 중 세 병을 거의 다 마셨고, 다들 어느 정도 취해 있었다. 술집에서 마실 때처럼 막차 걱정할 필요도 없고, 캠핑장에는 우리밖에 없어서 약간 시끄럽게 해도 크게 신경 쓸 필요가 없었다. 그래서인지 술이 더 잘 넘어가는 듯했다.

화제도 극히 일상적인 것까지 나왔다. 마사토 씨와 테츠로 씨가 최근 자동차 업계의 미니밴 붐에 대해 열띤 토론을 벌였고, 나는 술에 전혀 취한 것 같지 않은 긴짱 그리고 료코 씨와 셋이서 최근 연예계의 결혼 러시에 대해 이야기하고 있었다. 긴짱은 인간들 사이에 잘 섞이기 위해 일반적인 잡담에 끼는 데 문제가 없도록 최신 화제들을 틈틈이 업데이트하고 있다. 그래서 전혀 관심 없는 중년 남자 배우와 아이돌 여가수의 약혼 발표에 대해서도 자기 생각을 그럴듯하게 말했다. 그러는 사이 하나에 씨가 상당히 취한 듯했다. 가끔씩 이야기에 끼어들 뿐 대부분의 시간을 혼자서 조용히 술을 마셨다.

그렇게 별거 아닌 바보 같은 이야기꽃을 피우게 된 것이 나로서는 오히려 잘된 일이었다. 그렇지 않고 이 자리가 나를 격려하기 위한 캠프라는 의식에 고정되면 아무래도 화제 선택이나 말투가 평소처럼 편해질 수 없었을 테니까. 내가 걱정했던 것처럼 우울하지 않다는 것을 확인했기 때문에, 안심하고 평소처럼 아무 얘기나 할 수 있었던 것이다. 술에 적당히 취한 나는 그런 생각을 하며 흐뭇한 미소를 짓고 있었다.

그렇게 즐거운 시간이 이어져 네 번째 사케 병도 바닥을 드러내려는 순간 일이 터지고 말았다. 마사토 씨와 테츠로 씨는 여전히 자동차에 대해 이야기하고 있었다.

"테츠로 씨는 이렇게 잘 몰고 있긴 하지만, 대부분의 사람들은 큰 차를 사더라도 어지간해선 일곱 명이나 태우고 다니지는 않잖아. 출고할 때 그대로 세 번째 열 시트가 접힌 상태로 계속 타고 다니는 경우가 많을 거 같아. 아무래도 연비가 안 좋은 2톤이나 되는 차를 몰고 다니는 건 심한 낭비라는 생각 안 들어? 나는 꼭 큰 차가 필요한 경우가 아니라면 작고 기름 덜 먹는 자동차를 타는 게 낫다고 생각해."

하이테크를 좋아하는 마사토 씨는 소형 하이브리드 자동차를 탄다. 미니밴을 좋아하는 테츠로 씨가 마사토 씨 의견에 반박했다.

"아직은 미니밴이 대중적이지 않아서 다들 사용법을 모색하는 단계라고 생각해. 좀 더 익숙해지면 더 효율적인 사용법을 찾게 될 거야. 그게 바로 인간의 지혜 아니겠어? 마사토 씨는 신기술의 선구자로서 하이브리드 자동차를 샀지만, 나는 새로운 자동차 사회의 선구자로서 대형 미니밴을 구입한 거라고 생각해 볼 수 있지 않겠어?"

그렇게 생각할 수도 있겠구나. 나는 어쩌다 두 사람의 대화에 귀 기울이게 되었는데, 문득 하나에 씨가 툭 던지듯이 말했다.

"고객의 돈으로."

다들 하던 말을 멈추었다. 나는 순간 그 말이 무슨 뜻인지 이해할 수 없었다. 술에 취해서 하나에 씨가 한 말의 의미를 뇌에서 파악하는 데 시간이 걸렸다. 싸한 분위기를 느낀 나는 슬며시 주위를 둘러봤다. 마사토 씨는 눈을 크게 뜨고 하나에 씨를 바라보고 있었다. 료코 씨도 마찬가지였다. 긴짱은 하나에 씨의 말을 못 들었다는 듯 술을 마시고 있었다.

하나에 씨는 자기가 무슨 말을 했는지 모르겠다는 듯 멍하니 있다가 잠시 후 놀란 표정을 지으며 오른손으로 자신의 입을 막았다. 그리고 테츠로 씨를 봤는데 그의 얼굴에서 표정이 사라졌다. 술과 모닥불로 달아오른 얼굴이 순식간에 새파랗게 변해 있었다.

그제야 나는 비로소 상황을 파악할 수 있었다. 고객의 돈. 그 말인즉, 테츠로 씨가 은행원이라는 지위를 이용해 고객의 예금을 가로챘다는 것을 의미한 것이다.

침묵이 이어졌다. 가끔씩 장작 타는 소리만 들릴 뿐 아무도 입을 열지 않았다. 다들 어떻게 반응해야 할지 몰랐던 것이다. 나 역시 마찬가지였다. 하나에 씨의 말에 어떤 반응을 보여야 할지. 아니, 그 전에 테츠로 씨가 왜 아무런 말도 하지 않는 걸까.

테츠로 씨가 스윽 일어섰다. 나도 모르게 몸이 움츠러들었다. 키가 큰 그가 갑자기 움직여서 위압감을 느낀 것이다. 테츠로 씨는 천천히 이 자리에 있는 사람들을 둘러보았다. 그러다 긴짱에게서 잠시 시선이 멈춘 듯했다. 하지만 이내 마지막 한 명까지 다 보더니 억양 없는 목소리로 "취했나 봐. 머리 좀 식히고 올게."라고 말하곤 손전등 하나를 들고 걸어갔다.

테츠로 씨가 자리를 비운 뒤에도 침묵은 계속되었다. 마사토 씨가 술병을 기울여 컵에 따랐지만 조금밖에 남아 있지 않았다. 그는 말없이 마지막 남은 한 병을 따더니 다른 술인데도 컵에 남은 술 위에 부었다.

곁눈질로 하나에 씨를 봤는데, 그녀는 무릎을 감싼 자세로 가만히 모닥불만 보고 있었다. 몇 분이 지났는데도 그 자세로 꼼짝하지 않고 있었다. 옆에 있던 료코 씨가 말을 걸려고 하다가 생각에 잠긴 듯한 하나에 씨의 눈빛을 보더니 포기했다.

다들 말없이 술만 마셨다. 아무리 앞에 모닥불이 있다고 해도 밤이 되면 산속은 급속히 추워진다. 사람들은 돌아가면서 화장실에 갔지만 술 마시는 건 멈추지 않았다. 몇 분이 더 지나고 나서 긴짱이 입을 열었다.

"테츠로 씨, 좀 된 거 같은데 안 오시네요."

그 말을 들으니 정신이 번쩍 들었다. 확실히 그랬다. 시계로 확인한 건 아니라 확실하진 않지만, 테츠로 씨가 머리를 식히러 간 지 벌써 20분 가까이 지난 것 같다. 그는 왜 돌아오지 않는 걸까. 긴짱의 말에 그동안 꼼짝도 않고 있던 하나에 씨가 벌떡 일어섰다.

"제가 찾으러 가 볼게요."

그리고 불안한 걸음걸이로 모닥불에서 멀어져 갔다. 하나에 씨의 모습이 보이지 않자 마사토 씨가 내 쪽으로 몸을 돌렸다.

"히로코 씨, 미안해."

"어?"

나는 무심코 되물었다. 그가 왜 사과를 해야 하는지 그리고 무엇에 대해 사과하는지 알 수 없었다. 마사토 씨는 그 성실한 성품을 보여 주듯 정말 미안한 표정을 짓고 있었다.

"오늘은 히로코 씨를 격려할 생각으로 활기찬 모임으로 만들고 싶었어. 그런데 이런 분위기가 되어 버렸네. 기획한 사람으로서 미안한 마음이야."

마사토 씨는 나를 향해 고개를 숙였다. 나는 당황스러웠다. 마사토 씨 탓이 아니라고 했지만 그는 고개를 절레절레 흔들었다.

"왜 하나에 씨가 그런 말을……."

료코 씨가 결심한 듯 입을 열었다.

"이상한 건…… 오빠가 그 말을 부정하지 않았다는 거야."

료코 씨의 강렬한 눈빛에 마사토 씨가 기죽은 듯 움츠러들었지만 조심스럽게 말을 꺼냈다.

"정말 그랬다는 뜻일까?"

료코 씨는 애매하게 고개를 저었다.

"가족으로서는 믿고 싶지 않은 일이지만, 오빠가 자주 그런 말을 했어. 은행에서 일하는 거 때문에 친구들이 '돈 마음대로 쓰는 거 아냐?' 하고 농담을 한다고 말이야. 은행업계에서 그런 얘기는 극히 흔한 농담이잖아. 그런데 가장 마음이 통해야 할 하나에 씨의 말에 오빠는 정색을 했어. 그게 대체 무슨 뜻일까?"

마사토 씨는 심각한 표정을 지으며 입을 다물었다. 믿고 싶지는 않지만 료코 씨의 의견은 설득력이 있었고, 나 역시 전적으로 동의했다. 테츠로 씨는 확실히 돈을 잘 쓰는 사람이었다. 그동안은 단순하게 월급을 많이 받기 때문이라 생각했지만, 사실은 은행 돈을 유용했던 건 아닐까.

하나에 씨는 그것을 어렴풋이 눈치채고 있었던 걸까. 그런 의심은 점점 커졌고 불안한 마음에 결혼에 대해서도 회의적이었을지도 모른다. 혹시 하나에 씨가 최근 살이 찐 것도 그런 불안에 의한 스트레스로 폭식을 했기 때문은 아닐까. 내가 그랬던 것처럼 말이다. 하나에 씨에게는 나처럼 긴짱이 없어서 몸매를 유지하지도 못했고, 아무리 먹어도 불안은 사라지지 않았을 것이다. 결국, 한계에 다다라서 그런 말을 내뱉게 된 것일 수도 있다.

모닥불 주변에는 다시 침묵이 흘렀다. 네 명 남은 우리는 술을 더 마셨다. 하지만 아무도 얘기는 하지 않았다. 사람이 내는 소리라곤 술을 컵에 따르는 소리와 가끔씩 화장실 가려고 일어나는 소리뿐이었다.

"걱정이군요."

무거운 침묵을 깬 사람은 이번에도 긴짱이었다. 다른 세 사람은 마치 가위에서 풀려난 듯 긴짱을 바라봤다. 긴짱은 그가 한 말과 다르게 전혀 걱정스럽지 않은 목소리로 말했다.

"찾으러 간 하나에 씨까지 돌아오지 않아요. 화장실이나 수돗가, 주차장 정도는 가 보는 것이 좋을 거 같은데요."

나는 그제야 깨달았다. 긴짱의 말대로 하나에 씨 역시 돌아오지 않았다. 하나에 씨가 자리를 비운 지 얼마나 되었더라?

이곳 캠핑장은 모닥불을 피울 수 있는 장소가 지정되어 있다. 숲속 야영장이란 당연한 얘기지만 중앙에 있는 광장 같은 곳에서만 모닥불을 피울 수 있다. 한편 수돗가와 화장실은 야영장 입구 부근에 있어 여기서 언덕을 조금 내려가야 한다. 모닥불은 밝지만 수돗가와 화장실의 조명은 전구가 하나 매달려 있는 것이다라서 이곳에 있으면 어두워서 잘 보이지 않는다.

"한번 가 볼까?"

아무래도 걱정이 되는 듯 마사토 씨가 일어서며 말했다. 우리도 같이 가기로 했다. 나, 긴짱, 마사토 씨, 료코 씨 네 명은 캠핑장 입구로 향했다.

하지만 수돗가에도 화장실에도 두 사람의 모습은 보이지 않았다. 혹시나 하는 마음에 주차장에 세워 둔 테츠로 씨의 자동차도 확인했지만 두 사람의 모습은 보이지 않았다. 차가 잠겨 있지 않아서 문을 열고 좌석은 물론이고 트렁크 안까지 확인해 봤으나 사용하지 않은 블루 시트만 고이 접혀 있었다. 네 사람 사이에 무거운 침묵이 흘렀다. 테츠로 씨와 하나에 씨는 대체 어디로 간 걸까?

"숲속까지 찾아보는 게 좋을까요? 여기 없다면 숲에 들어갔을 가능성이 있잖아요."

료코의 목소리가 약간 떨렸다.

"흐음."

마사토 씨가 팔짱을 끼고 고민했다. 판단을 망설이는 듯했다.

"날이 밝을 때까지 기다리는 방법도 있습니다. 밤에 숲속을 다니는 건 위험합니다. 우리는 술까지 마신 상태라 함부로 돌아다니지 않는 게 좋을 듯합니다. 같은 이유로 그분들 역시 걱정되긴 하지만요."

긴짱이 말했다. 마사토 씨는 계속 고민하다가 힐끗 료코 씨를 봤다. 료코 씨는 무언가 바라는 눈빛으로 마사토 씨를 보고 있었다. 그 눈빛을 보고 결심했는지, 마사토 씨는 고개를 크게 끄덕이며 말했다.

"찾아봅시다."

우리는 모닥불이 있는 곳으로 돌아갔다. 텐트 안에서 헤드램프를 꺼내고, 청바지 주머니에서 낮에 땔감 모을 때 쓰던 군용 장갑을 꺼내 양손에 끼웠다. 숲속에 들어가면 손에 상처가 생기기 쉽다. 그래서 군용 장갑을 꼭 껴야 한다고 마사토 씨가 말했다.

내 마음은 불안으로 가득 찼다. 두 사람은 어떻게 된 걸까. 왜 돌아오지 않는 걸까. 내 머릿속에 봄에 겪었던 사건이 되살아났다. 피투성이의 흰색 가운이……. 갑자기 어지러웠다. 휘청하며 쓰러질 것 같은 나를 긴짱이 받쳐 주었다.

"히로코, 천천히 크게 심호흡해 봐."

나는 긴짱의 가슴속에서 그의 말대로 했다. 몇 번 심호흡을 했더니 안정이 되면서 의식이 돌아왔다.

"고마워. 이제 괜찮아."

긴짱에게 기대던 몸을 움직여서 혼자 힘으로 섰다. 어떻게든 갈 수 있을 것 같았다. 하지만 긴짱은 내 팔을 잡고 놓아주지 않았다.

"히로코는 나와 함께 가자."

긴짱은 마사토 씨와 함께 계획을 정리했다. 마사토 씨는 휴대용 라디오의 볼륨을 최대로 높여 모닥불 옆에 두었다. 모두 5분 정도 찾아보고 라디오 소리가 나는 쪽으로 돌아오기로 했다. 그런 식으로 돌아가면서 방향을 바꾸며 찾아보기로 했다. 그렇게 약속하고 마사토 씨는 료코 씨와 함께 찾아보자고 했지만, 료코 씨는 "저 혼자 가도 괜찮아요."라며 사양했다.

이런 산속에서도 라디오 전파는 잘 잡힌다고 한다. 심야 방송에서 터져 나오는 웃음소리를 뒤로하고 나와 긴짱은 숲속으로 들어갔다. 다른 두 사람도 각자 알아서 숲으로 들어갔다.

숲속은 그야말로 암흑이었다. 깊이 들어가면 하늘도 나무에 가려져 잘 안 보이고, 그 하늘조차 짙은 구름에 뒤덮여서 달빛도 별빛도 볼 수 없었다. 나는 오늘 밤의 비 올 확률이 80퍼센트라는 일기 예보가 생각났다.

그런 상황에서 우리는 숲속을 향해 조심스럽게 발걸음을 옮겼다. 헤드램프 불빛이 없었다면 금방 길을 잃었을 것이다. 아니, 그 전에 나무에 부딪히고 걸려서 넘어졌을 것이다. 이런 곳을 혼자 걷는다는 건 상당한 용기가 필요하다. 살인 사건의 후유증에서 벗어나지 못한 나 혼자서는 절대 못 할 일이다. 긴짱이 있어서 가능한 것이다.

긴짱과 나는 큰 소리로 두 사람의 이름을 부르며 숲속을 걸었다. 멀리서 마사토 씨가 부르는 소리도 들렸다. 어떤 상황에서도 침착함을 잃지 않는 긴짱과 달리, 마사토 씨에게는 숲에 대한 두

려움이 있기 때문에 큰 소리로 외쳐서 용기를 북돋는 것 같았다.

그렇게 5분이 지났다. 우리는 예정대로 모닥불이 있는 곳으로 돌아갔다. 다른 방향에서도 마사토 씨가 나타났다. 그리고 조금 후에 료코 씨가 숲속에서 나왔다. 둘 다 무사했다. 우리는 다음 장소를 찾기 위해 숲속으로 다시 들어갔다. 그리고 또 5분이 지난 후 다시 모닥불이 있는 곳으로 돌아가려던 그 순간, 료코 씨의 목소리가 들렸다.

"여기예요!"

그것은 절규에 가까웠다. 나와 긴짱은 얼굴을 한번 마주 보고는 서둘러 모닥불이 있는 곳으로 갔다. 그곳에는 마사토 씨가 이미 와 있었다. 우리는 큰 소리로 료코 씨를 부르며 돌아온 대답이 들리는 곳을 향해 숲으로 들어갔다.

긴짱이 헤드램프를 손에 들고 흔들자 어둠 속 저편에서 역시 불빛이 움직이는 것이 보였다. 그곳은 숲속에서 약간 트인 곳이었다. 뜻밖에 화장실과 가까운 위치였다. 화장실에서는 보이지 않지만 화장실 뒤쪽에서 숲으로 들어가면 그리 멀지 않았다.

꽤 가까운 거리까지 갔더니 드디어 료코 씨의 뒷모습이 보였다. 오빠를 닮은 훤칠한 키에 곧게 뻗은 료코 씨가 우뚝 서 있었다. 우리는 료코 씨 뒤에 서서 료코 씨가 보고 있는 것을 보았다.

"료코 씨!"

그곳에는 테츠로 씨와 하나에 씨의 시체가 있었다.

우리는 그저 멍하니 그 광경을 바라보고 있었다.

숲속 캠핑장. 키 큰 참가시나무의 가지에 테츠로 씨가 목을 매고 있었다. 거기서 약간 떨어진 곳에 하나에 씨가 옆으로 쓰러져 있었다. 하나에 씨는 가슴에서 많은 피를 흘리고 있었다. 칼이 깊숙이 박혀 있었다. 둘 다 죽은 것이 분명했다. 그런 처참한 광경을 전등 불빛이 비추고 있었다.

믿기지 않았다. 방금 전까지만 해도 함께 떠들던 사람들이 어쩌다 이렇게 된 걸까. 머리가 핑 돌았다. 대량 출혈. 봄의 사건이 떠올랐다. 어지러웠다. 왜 또 이런 일이…….

갑자기 목덜미를 잡혔다. 긴짱이었다. 긴짱은 자신의 손으로 내 에너지를 빨아들이고 있었다. 완급을 조절하며 조금씩. 그것이 마치 정류기(교류를 직류로 바꾸는 기기) 같은 역할을 하며 혼란에 빠진 나의 사고를 정리해 주었다. 덕분에 패닉에 빠지지 않게 되었다. 나는 나의 머릿속을 점검했다. 양호했다. 사고력도 집중력도 잘 유지되고 있었다.

나는 마음을 가다듬고 현장을 살펴보았다. 우선 테츠로 씨부터. 헤드램프를 손에 들고 테츠로 씨를 비추어 봤다. 그의 다리는 땅에서 50cm 정도 떨어진 높이에서 흔들리고 있었다. 그 바로 안쪽에 작은 접이식 사다리가 쓰러져 있었다.

“차 안에 있던 건데…….”

마사토 씨가 떨리는 목소리로 말했다.

발밑을 비췄더니 헤드램프가 하나 떨어져 있었다. 스위치를 꺼 놓았는지 불이 켜져 있지 않았다. 테츠로 씨가 목을 맸을 때의 충격으로 머리에서 떨어진 건지도 모르겠다.

그것을 보다가 이상한 점을 발견했다. 헤드램프도 접이식 사다리도 뭐가 묻었는지 더럽혀져 있었다. 그것이 뭔지 궁금해하던 중, 주변에서 독특한 냄새가 난다는 걸 깨달았다. 알고 보니 그건 테츠로 씨의 배설물이었다. 사람이 목을 맬 때 배설한다는 얘기를 어디선가 들은 적이 있다. 테츠로 씨가 배탈이라도 났던 걸까. 작은 물방울과 끈적끈적한 변이 여기저기 흩뿌려져 있었다.

사다리에서 뛰어내린 후 나뭇가지에 묶인 끈과 함께 테츠로 씨의 몸이 공중에서 흔들렸을 것이다. 그래서 배설물이 바지 밑단을 통해 마치 소나기처럼 이리저리 쏟아져 내린 것이다. 테츠로 씨의 이런 멋지지 않은 죽음은 이것이 틀림없는 현실이라는 것을 알려 주고 있었다.

헤드램프 불빛을 더 올려서 목 부분을 비추었다. 짐 쌀 때 쓰는 비닐 끈이 감겨 있었다. 그것 역시 마사토 씨가 차 안에 있었던 것 같다고 했다. 료코 씨도 고개를 끄덕였다. 접이식 사다리와 비닐 끈, 그것을 차에서 꺼냈다는 건 테츠로 씨가 확고한 자살 의지로 행동했음을 시사하고 있었다.

그렇다면 하나에 씨는 어떻게 된 걸까? 가슴에 꽂혀 있는 건 접이식 칼이었다. 그 칼자루의 무늬를 어디선가 본 적이 있는 듯했다.

"테츠로 씨 꺼네, 연어 육포를 저 칼로 자르던 게 기억나."

긴짱이 옆에서 말했다.

봄의 사건을 겪고 칼은 찔리는 것만으로는 대량 출혈이 발생하지 않는다는 것을 알게 되었다. 칼을 빼거나 찔린 상태에서 칼날을 비틀지 않으면 피가 나지 않는다. 내 머릿속에 그림이 떠올랐다. 가슴이 찔려 앞으로 쓰러진 하나에 씨. 하지만 그대로 엎어지지 않았다. 칼자루가 땅에 닿아 균형을 잃었기 때문이다. 그 충격으로 칼이 비틀리면서 다량의 출혈이 발생한 것이다. 균형을 잃은 하나에 씨는 그대로 옆으로 눕는 자세를 취하게 되었다. 그렇게 말도 안 되는 상상은 아닌 것 같았다. 작은 목소리로 그런 생각을 긴짱에게 말했더니 '그럴듯한 추리'라고 말해 줬다.

하나에 씨는 얼굴의 절반이 땅에 긁힌 상태로 죽어 있었다. 그 얼굴에서는 아무것도 읽을 수 없었다. 하나에 씨가 죽기 직전에 무슨 생각을 했는지 알 수 없었다. 나는 고개를 젓던 중 무언가를 발견했다. 하나에 씨의 목덜미에 무언가가 놓여 있었던 것이다. 자세히 보니 안경이라는 것을 알 수 있었다. 테츠로 씨의 안경이었다. 다시 한번 매달려 있는 그의 얼굴을 올려다봤다. 그는 안경은 쓰고 있지 않았다.

그럼 이렇게 된 것일까. 테츠로 씨는 약혼자에게 은행 돈을 착복한 사실을 고발당한 것 때문에 자살을 결심했다. 술기운도 한 못했을 것이다. 그는 차에서 사다리와 비닐 끈을 들고 숲속으로 들어갔다. 헤드램프는 모닥불 곁에 있다가 떠날 때 가져갔을 것이다. 그리고 자살하기에 적당한 장소를 찾았다. 접이식 사다리 위에 서서 가장 가까운 나뭇가지에 비닐 끈을 건 다음 자신의 목에 감았다. 그리고 사다리를 걷어찼다.

그 후, 하나에 씨가 이곳에 나타났다. 그리고 걱정하던 약혼자가 목을 맨 것을 발견했다. 동기는 금방 알 수 있었다. 자신이 그를 궁지에 몰아넣은 것이다. 테츠로 씨가 죽은 것을 보고 하나에 씨도 자살을 결심한 것 같다. 테츠로 씨로부터 칼을 꺼내 배설물이 뿌려진 곳을 피해 약간 벗어난 곳에서 자신의 가슴을 찔렀다. 그녀는 땅에 엎드리며 쓰러졌다. 그때 목을 맬 때의 충격으로 테츠로 씨의 얼굴에서 떨어진 안경 위로 그녀가 쓰러졌다.

나는 이 자리에 있는 사람들을 가만히 보았다. 친구를 이런 식으로 잃은 성실한 마사토 씨, 오빠와 미래의 시누이가 될 여자가 갑자기 죽어 버린 료코 씨의 심정이 어떨지 생각해 봤다.

마사토 씨는 이를 악물고 장갑을 낀 두 주먹에 힘을 주고 있었다. 그는 절대 시선을 돌리면 안 된다는 듯이 눈앞의 광경을 응시하고 있었다. 료코 씨는 얼굴 앞까지 깍지 낀 손을 들어 올리고 눈을 감고 있었다. 그들을 위해 기도라도 하는 걸까. 그녀의 잘 다듬어진 손톱이 두세 번 떨렸다.

긴짱이 슬며시 앞으로 걸어갔다. 눈을 가늘게 뜨고 매달려 있는 테츠로 씨를 올려다보더니 몸을 숙여 하나에 씨를 살펴보았다. 조심스럽게 두 사람의 주위를 빙글빙글 돌면서.

"하나에 씨의 몸 어디에도 배설물이 묻어 있지 않네요."

긴짱이 말하며 우리가 있는 자리로 돌아왔다. 하늘을 올려다봤더니 나무 사이로 살짝 보이는 하늘은 여전히 짙은 구름으로 뒤덮여 있었다. 긴짱은 시선을 돌려 우리들에게 말했다.

"핸드폰들 가지고 계시죠?"

마사토 씨와 료코 씨가 그제야 정신을 차린 듯이 긴짱을 보았다.

"네? 네……."

어리둥절하며 마사토 씨는 허리춤에 손을 얹었다. 거기에는 핸드폰 홀스터가 있었다. 료코 씨의 핸드폰 역시 청바지 벨트에 고정된 홀스터 안에 있었다. 두 사람은 핸드폰을 꺼냈고 나도 셔츠 주머니에서 핸드폰을 꺼냈다.

"어때요? 안테나가 뜨나요?"

"저도 마찬가지입니다. 그러니까 여기서 핸드폰으로 경찰을 부를 수 없다는 뜻이군요."

나는 그 말을 듣고서야 깨달았다. 맞다. 사람이 죽었으니 경찰을 불러야 한다. 하지만 핸드폰을 쓸 수 없다.

"그렇다면 누군가가 테츠로 씨의 자동차를 몰고 전파가 닿는 곳까지 가야 합니다. 음주 운전이 되겠지만, 비상시라 어쩔 수 없죠."

"알겠습니다. 제가 갔다 오겠습니다. 긴짱은 여기서 두 여자분을 지켜 주세요."

마사토 씨가 단호하게 말했다. 긴짱은 살짝 표정을 풀며 대답했다.

"네, 부탁드립니다. 그럼 경찰을 부르기 전에 우리 모두의 의사를 통일시키는 것이 좋겠네요."

나는 긴짱의 말뜻을 알 수 없었다. 의사를 통일하다니, 무슨 뜻일까. 내 표정을 보고 알아차렸는지 긴짱이 자신이 한 말에 대해 설명했다.

"테츠로 씨가 죽은 것을 보고 하나에 씨가 따라 죽은 것으로 보이지? 그런데 이상하게 설명이 안 되는 부분이 있어. 나중에 그것 때문에 경찰이 추궁해서 당황하지 말고 미리 준비해 두자는 뜻이야."

료코 씨가 날카로운 눈빛으로 긴짱을 보며 물었다.

"설명이 안 되는 게 뭐죠?"

긴짱은 료코 씨를 보더니 차분한 목소리로 말했다.

"하나에 씨는 어떻게 테츠로 씨의 칼을 가져갔을까요?"

"네?"

어리둥절해하는 료코 씨에게 긴짱은 다시 강조하며 말했다.

"칼 말입니다. 하나에 씨가 자살할 때 사용한 것으로 추정되는 테츠로 씨의 칼 말입니다. 테츠로 씨가 그 칼로 연어 육포를 자른 다음 가슴 주머니에 넣는 것을 봤습니다. 아마 자살했을 때에도 가슴 주머니에 있었을 겁니다. 지금은 그렇지 않아도 키가 큰 테츠로 씨는 목을 맨 상태라 키가 50cm 정도 더 큽니다. 키가 작은 하나에 씨는 아무리 손을 뻗어도 테츠로 씨의 가슴 주머니에 닿지 않을 겁니다."

"아……."

그래, 모닥불 앞에서 술을 마시던 때가 생각난다. 긴짱이 말한 대로 테츠로 씨는 칼을 가슴 주머니에 지니고 다녔다. 하지만 그건 큰 문제가 아닌 듯했다. 왜냐면 그 해답이 눈앞에 있기 때문이었다.

"긴짱, 저기 접이식 사다리가 있잖아. 높은 곳에 있는 칼을 빼갈 때 사용하기에 최적의 물건인데, 하나에 씨가 그걸 안 썼겠어?"

긴짱은 내 말에 전혀 동요하지 않았다. 그는 천천히 고개를 끄덕이고 나서 가로저었다.

"맞아. 사다리만 있으면 되지. 하지만 하나에 씨는 저 사다리를 사용하지 않았어."

"그걸 어떻게 알 수 있지?"

"저걸 자세히 봐."

긴짱은 접이식 사다리를 가리켰다.

"사다리에는 테츠로 씨의 배설물이 묻어 있어. 저걸 사용해서 올라갔다고 치자고. 그런데 저렇게 사다리가 쓰러져 있다면 하나에 씨가 내려오다 넘어졌을 수도 있고 쓰러뜨렸을 수도 있겠지. 넘어졌으면 하나에 씨의 몸에 배설물이 묻었을 테고 아니라고 해도 신발 밑창에는 배설물이 묻어 있을 수밖에 없어. 그런데 확인해 보니 그녀의 몸 어디에도 배설물이 묻은 곳이 없었어. 결정적으로 신발 밑창에도 묻어 있지 않았고."

"정말?"

"응. 사다리가 없다고 쳐도 마찬가지야. 하나에 씨가 테츠로 씨의 가슴 주머니에서 칼을 꺼내려면 가까운 위치에 있어야 하는데, 보다시피 테츠로 씨가 있는 바닥에는 배설물이 뿌려져 있잖아. 그렇다면 하나에 씨의 신발 밑창에 배설물이 묻어 있지 않다는 건 말이 안 돼."

긴짱의 말이 끝나자 숲속에 침묵이 흘렀다. 네 사람은 두 명의 시체를 바라보고 있었다. 이윽고 긴짱이 침묵을 깨며 말했다.

"하나에 씨는 정말 자살한 걸까요?"

숲속은 고요했다. 간간이 불어오는 바람에 흔들리는 나뭇가지에서 나뭇잎이 부딪히는 소리가 들릴 정도였다. 바람이 불 때마다 매달려 있는 테츠로 씨의 몸도 조금씩 흔들렸다. 죽은 사람은 그렇게 움직였지만 살아 있는 우리 네 사람은 미동도 하지 않았다. 그 자리에 서서 긴짱이 방금 한 말을 반추하고 있었다.

"하나에 씨는 정말 자살한 걸까요?"

자살일 수밖에 없다. 내 마음은 그렇게 말한다. 하지만 이성은 긴짱의 의견에 귀를 기울이며 자살이 아닐 수 있다고 한다. 마사토 씨가 드디어 입을 열었다.

"하나에 씨는 테츠로 씨의 배설물이 떨어지지 않은 위치에서 죽었어요. 아무리 약혼자의 것이라도 오물을 피하려는 것이 사람의 자연스러운 행동이라고 생각합니다. 그렇다면 하나에 씨는 배설물이 묻지 않는 방법으로 칼을 뺀 것일 수도 있지 않을까요?"

아무리 생각해도 동의할 수 없는 의견이었다. 긴짱은 고개를 저으며 말했다.

"히로코가 조금 전에 말했듯이 저곳에 접이식 사다리가 있습니다. 저걸 사용하지도 않고, 게다가 배설물도 묻지 않는 방법으로 칼을 빼낼 수 있는 방법은 없습니다. 말씀드렸듯이 어떤 방법을 쓰더라도 접근을 해야 칼을 뺄 수 있으니까요."

긴짱의 말에 수긍했는지 마사토 씨는 입을 다물었다. 그러자 이번엔 료코 씨가 말했다.

"칼을 주머니에서 빼낸 게 아닐 수도 있지 않나요?"

"그게 무슨 말씀이시죠?"

"오빠가 목을 맬 때 헤드램프와 안경이 떨어졌습니다. 가슴 주머니에 있던 칼도 그때 떨어졌다고 볼 수 있지 않을까요?"

긴짱은 날렵한 자신의 턱을 한 손으로 괴며 말했다.

"흐흠, 그럴듯한 생각이네요. 만약 테츠로 씨가 평범한 옷을 입고 있었다면 저 역시 그 가능성을 생각했을 겁니다."

'평범한 옷'이란 무슨 뜻일까. 긴짱은 테츠로 씨의 가슴 주머니에 헤드램프의 빛을 비췄다. 그 주머니에는 지퍼가 달려 있었다.

"저는 테츠로 씨가 칼을 넣을 때 주머니의 지퍼를 닫는 걸 봤습니다. 그래서 칼이 떨어질 가능성은 생각할 수 없었습니다."

료코 씨는 아쉬운 듯 입술을 깨물었다. 긴짱은 사람들의 반론을 하나하나 깨뜨렸다. 그는 도대체 어떤 결론에 도달하려고 하는 것일까. 내가 질문을 던졌다.

"그럼, 하나에 씨가 살해당했다는 거야?"

"그게 가장 자연스러운 가능성이 아닐까 해."

숨이 멈추는 소리가 동시에 들렸다. 마사토 씨와 료코 씨였다. 긴짱은 그런 두 사람을 한 번씩 쳐다보며 말을 이어 나갔다.

"하나에 씨가 살해당했다고 한다면, 이곳에서는 대체 무슨 일이 있었던 걸까요. 테츠로 씨가 자살한 건 분명한 것 같습니다. 목에 방어흔도 없고, 여기서 보기로는 부자연스러운 끈의 흔적도 없습니다. 그렇다면 문제가 되는 건 하나에 씨의 죽음입니다."

긴짱은 숲을 둘러보았다.

"물론 이곳은 공공장소라 누구든 들어올 수 있습니다. 그러니 우리 외에 다른 사람이 있었을 가능성도 있습니다. 그 사람이 하나에 씨를 찌르고 도망쳤을 가능성도 배제할 수 없습니다."

나는 그것이 말이 안 되는 가설이라고 생각했다. 아니나 다를까, 긴짱은 자신의 말을 부정하는 듯 고개를 저었다.

"하지만 그렇게 되려면 그 사람이 테츠로 씨의 가슴 주머니에 접이식 칼이 있는 것을 알아야 하고, 목을 맨 시체에서 칼을 꺼낸 다음 하나에 씨를 찌르고 달아나야 합니다. 이 가능성은 버려도 괜찮을 거 같은데, 어떻게 생각하세요?"

그에 대한 반론은 없었다. 긴짱은 고개를 끄덕이며 말을 이어나갔다.

"그럼 내부 사람은 어떨까요? 이 자리에 있는 우리들 말입니다. 우리는 테츠로 씨가 자리를 비운 후에도, 하나에 씨가 그분을 찾으러 간 후에도 계속 술을 마셨습니다. 도중에 번갈아 가며 화장실도 몇 번이나 갔죠. 다들 술에 취해 있어서 누가 언제, 얼마 동안 화장실을 갔다 왔는지 기억하기 어렵습니다. 그러니 만약 우리 중에 화장실 간다고 자리를 비웠을 때 살인을 저질렀다면, 그 용의자는 모두라고 할 수 있습니다."

긴짱의 말은 이번에도 반론의 여지가 없었다.

"그럼 어떤 일이 있었는지 제가 상상해 볼까요? 우리 중 범인이 화장실에 갔다가 뭔가 수상한 것을 보게 됩니다. 아마도 불빛이 숲속에서 이동하는 것이었겠죠. 그것은 테츠로 씨의 헤드램프 불빛이었을 겁니다. 그 누군가는 빛을 따라 숲속으로 들어갑니다. 따라가 보니 그곳에는 테츠로 씨가 목을 매고 숨져 있었습니다. 그것을 발견한 범인은 어떤 생각을 했을까요? 우리 모두 하나에 씨의 말을 들었죠. 약혼자의 불법 행위를 고발하는 듯한 한마디를요. 범인은 테츠로 씨를 죽음으로 몰아넣은 사람은 하나에 씨 역시 죽어야 한다고 생각했을 겁니다. 그래서 접이식 사다리를 이용해 테츠로 씨의 가슴 주머니에서 칼을 꺼냈고, 때마침 테츠로 씨를 찾던 하나에 씨가 그 자리에 나타난 겁니다. 테츠로 씨의 처참한 모습을 보고 넋이 나간 하나에 씨는 거의 무방비 상태였고, 범인은 들고 있던 칼로 찔렀습니다."

마사토 씨가 침을 삼키는 소리가 들렸다. 리얼했다. 긴짱의 얘기는 압도적인 리얼리티와 함께 내 귀에 들어왔다.

그렇다면 범인은 누굴까? 나와 긴짱은 범인일 리가 없다. 마사토 씨 아니면 료코 씨, 둘 중 하나다. 그것을 논리적으로 생각하려고 내 머리는 한발 앞서 결론을 내리고 있었다.

만약 긴짱의 얘기가 사실이라면, 문제는 동기다. 살해 동기는 복수라고 생각할 수 있을 것이다. 범인을 마사토 씨라고 가정해 보자. 마사토 씨에게 테츠로 씨는 친한 친구다. 하지만 그에게는 하나에 씨 역시 친구다. 친구의 복수를 위해 또 다른 친구를 죽이는 것이 말이 될까? 그런 생각을 하는 것보다 더 적절한 범인 후보가 있다. 테츠로 씨의 여동생.

나는 료코 씨의 옆모습을 보았다. 료코 씨는 무표정이었다. 긴짱의 이야기를 듣고 있는 건지 아닌지. 그저 오빠의 시체를 바라보고 있었다. 긴짱은 한숨을 내쉬었다.

"테츠로 씨는 자살했습니다. 동기는 고객의 예금을 착복한 것이 들통날 것 같았기 때문입니다. 생각해 보면 참 이상한 이야기죠. 증거도 없고 하나에 씨의 말 한마디로 모든 것이 끝났다고 생각한 이유는 뭘까요? 아무리 인간이 나약한 존재라 해도 그 정도로 자살을 결심할 수 있을까요? 하지만 테츠로 씨는 정말 자살했습니다. 그래서 저는 그 이유를 생각해 봤습니다. 그랬더니 의외로 가까운 곳에 그 이유가 있더라고요."

"가까운 곳?"

내가 되묻자 긴짱은 살짝 웃는 듯한 표정을 지었다.

"내가 그 이유였어."

"뭐?"

"테츠로 씨에게는 이번 캠프에서 나만 초면이었잖아. 다른 멤버들은 친분이 있지만 내가 어떤 사람인지는 몰랐던 거지. 그런데 그가 그런 나에 대한 정보를 듣게 됐지."

"아! 그랬구나. 경찰에서 인정받고 있다."

마사토 씨가 놀라며 중얼거렸다. 긴짱은 쓴웃음을 지었다.

"현실은 그렇지 않은데, 나를 전혀 모르는 사람이 그런 말을 들으면 어떻게 생각하겠어요? 제가 경찰과 밀접한 사이라고 생각하지 않을까요? 테츠로 씨는 그런 사람에게 횡령에 대한 의심을 받게 되었다고 생각했을 겁니다. 이 캠핑이 끝나면 제가 경찰에 신고할 것으로 알았겠죠. 그리고 일하는 은행에서 감찰 조사가 들어가면 모든 게 탄로 나게 되겠죠. 쉽게 들키지 않도록 교묘하게 착복을 해 왔겠지만, 특정 개인을 타깃으로 철저하게 조사하면 들통나는 건 시간문제일 겁니다. 술에 취한 그의 머릿속에 그런 생각들이 떠오르면서, '이제 안 되겠다. 체포되어 감방에 들어갈 것이고, 직장도 결혼도 모두 끝이야.' 하며 절망한 테츠로 씨가 결국 죽음을 선택하지 않았을까요?"

아무도 말이 없었다. 테츠로 씨의 절망, 그건 정말 단 하나의 모호한 정보에서 비롯된 걸까? 그 정보, 아니 정확하게 말해서 소문을 테츠로 씨에게 말한 사람이 누구였지?

긴짱은 료코 씨를 보았다.

"당신은 오빠분 앞에서 저를 경찰에서 인정받고 있다고 했어요. 결국 그것 때문에 오빠가 자살한 것이 마음에 걸리지 않으세요? 오빠에게 미안한 마음이 컸기 때문에, 하나에 씨는 죽어야 한다 생각했나요?"

료코 씨는 대답하지 않았다. 그저 죽은 오빠의 시체만 바라보고 있었다. 나는 뭐라고 말을 할 수 없었다. 료코 씨가 범인이란 말인가? 료코 씨가 오빠의 복수를 위해 시누이가 될 사람을 죽인 건가?

"아니야!"

소리를 지른 건 료코 씨가 아니었다. 마사토 씨였다. 마사토 씨는 한 걸음 앞으로 나아갔다.

"긴짱, 지금 료코 씨가 하나에 씨를 죽였다는 거예요? 그럴 리가 없어요! 저는 료코 씨를 잘 알고 있어요. 무슨 일이 있어도 살인 같은 짓을 할 사람이 아니에요. 전혀 말도 안 되는 소리입니다. 료코 씨는 범인이 아니에요!"

그것은 영혼의 외침이었다. 자신이 사랑하는 사람을 믿는다는, 마사토 씨의 진심에서 우러나온 말이었다. 그런 마사토 씨를 긴짱은 눈이 부신 듯한 표정으로 바라봤다.

"그렇죠."

그는 차분한 어조로 말을 이었다.

"말씀하신 대로, 그건 정말 말도 안 되는 소리죠."

숲속은 다시 고요해졌다. 하지만 이번 침묵은 조금 전의 질식할 것 같은 무거운 침묵이 아니었다. 오히려 '뭉클'하다는 표현이 어울리는 기묘한 침묵이었다. 마사토 씨도, 료코 씨도, 그리고 나도 멍한 표정으로 긴짱을 바라보고 있었다. 긴짱은 재미있다는 표정으로 우리들의 얼굴을 바라보며 말했다.

"왜 그러시죠? 저는 마사토 씨의 말이 맞는다고 생각합니다. 료코 씨가 범인이라는 건 말도 안 되는 소리라고요."

두 사람은 어리둥절한 표정을 지었다. 나 역시 마찬가지였을 것이다. 긴짱이 무슨 말을 하려는 건지 알 수 없었다. 긴짱은 고개를 저으며 미소를 지었다.

"히로코?"

"왜?"

"조금 전에 내가 길게 설명한 범인의 행동 말이야. 그게 가능하다고 생각해?"

"응."

나는 솔직하게 대답했다. 긴짱의 말에는 압도적인 현실감이 있었다. 충분히 그럴 수 있다는 생각이 들었다. 나의 대답을 들은 긴짱은 한숨을 푸욱 내쉬었다.

"히로코는 역시 아직 회복하지 못했구나. 그런 시답지 않은 얘기를 믿다니."

"시답지 않은 얘기?"

그 말은 무슨 뜻일까. 나는 곁눈질로 마사토 씨를 봤다. 그 역시 무슨 소린지 모르겠다는 표정을 짓고 있었다. 긴짱은 어쩔 수 없다는 듯 얘기를 다시 시작했다.

"잘 들어? 테츠로 씨는 목을 맸어. 목을 매는 자살 방법에는 한 가지 특징이 있어. 그 특징이 뭔지 알아? 준비가 필요하다는 거야."

그 말을 들으니 무언가 머릿속을 스쳐 지나가는 느낌이 들었다. 그것이 구체화되기도 전에 긴짱은 말을 이어 갔다.

"조금 전 제가 한 얘기에서 범인은 테츠로 씨의 헤드램프를 보고 뒤쫓아 갔다고 했습니다. 정말로 범인이 테츠로 씨를 따라갔다면 그는 아직 자살을 준비하던 상황이었을 것입니다. 그렇다면 범인은 테츠로 씨가 목을 매는 걸 기다렸다가 그 후에 하나에 씨를 죽였다는 말인가요?"

"아……."

듣고 보니 맞는 말이었다.

"만약 총기로 자살했다면 그럴 수 있습니다. 쫓아간다고 해서 막을 수 있는 게 아니니까요. 하지만 테츠로 씨는 목을 매달았습니다. 바로 죽은 게 아니라고요. 그러니까 제가 상상했던 범인은 존재할 수 없습니다."

나는 아무 말도 할 수 없었다. 조금 전에 그토록 현실적이라고 생각했던 가설이 마치 카드로 만든 탑처럼 쉽게 무너지고 말았다. 하지만…….

하지만 그렇게 생각하면 문제가 생긴다. 긴짱은 조금 전까지만 해도 하나에 씨의 자살을 부정했다. 그리고 지금은 타살 가능성도 부정하는 것 같다. 그러면 하나에 씨는 어떻게 죽었다는 말인가. 내가 그 부분을 지적하자 긴짱은 온화한 미소를 지었다.

"범인은 내부에 있다고 했잖아?"

"나는 그 뜻을 모르겠어. 긴짱은 료코 씨 범인설을 부정했잖아? 같은 논리로 마사토 씨도 범인일 리가 없어. 그렇다면 범인이 없다는 얘기잖아."

내가 따졌지만 긴짱은 태연스럽게 말했다.

"잘 생각해 봐. 또 한 명 있잖아, 죽은 사람이……."

머릿속에서 불꽃이 튀었다. 그 순간 나는 사건의 구도가 보이기 시작했다.

"그렇구나. 테츠로 씨가……."

긴짱은 조용히 고개를 끄덕였다.

"그래. 내가 말했던 내용을 잘 생각해 봐. 나는 범인이 테츠로 씨의 헤드램프를 쫓아갔다고 말했어. 그런데 그 범인이 하나에 씨 자신이었다면 어때? 모든 의문이 풀리겠지? 하나에 씨는 목을 매어 자살하려는 테츠로 씨를 찾아낸 거야."

소름이 돋았다. 그리고 하나에 씨가 테츠로 씨를 발견했을 때의 광경을 상상했다. 하나에 씨가 받았을 충격을 떠올렸더니 토할 것 같은 공포가 나를 덮쳤다.

"물론 하나에 씨는 테츠로 씨의 자살을 그냥 지켜보기만 한 것도 아니고, 테츠로 씨가 죽은 다음 여유롭게 자살한 것도 아니야. 하나에 씨를 죽인 것은 테츠로 씨였으니까."

료코 씨가 고개를 들더니 눈을 질끈 감았다. 절망적인 분위기였다. 하지만 긴짱은 말을 멈추지 않았다.

"죽지만 않았다면, 하나에 씨에 대한 살인 동기가 가장 확실한 사람은 테츠로 씨였어. 경찰의 하수인이 있는 곳에서 자신의 죄를 고발한 여자. 가장 믿었던 약혼자에게 배신당했다고 생각한 것 역시 그가 자살을 택한 이유 중 하나였을지도 몰라. 어쨌든 당시 테츠로 씨의 정신은 이미 정상이 아니었을 것이고, '그래, 너도 같이 죽자.' 하며 테츠로 씨는 칼을 꺼내 들었던 거야."

긴짱은 작게 한숨을 쉬었다.

"사랑하는 여자를 찔러 죽인 테츠로 씨에게는 역시 자살 외에 다른 선택이 없었어. 자신이 죽인 하나에 씨가 불쌍했었는지 아니면 무서웠는지 모르지만, 테츠로 씨는 하나에 씨가 쓰러진 장소에서 약간 떨어진 곳에서 목을 매고 숨을 거뒀어. 마사토 씨는 하나에 씨가 테츠로 씨의 배설물을 피했다고 했지만, 사실은 그 반대였던 거야. 테츠로 씨가 자신의 배설물을 하나에 씨에게 묻히지 않기 위해 피했다고 보는 게 맞을 거 같아."

마사토 씨는 떨고 있었다. 친구들에게 생긴 끔찍한 비극에 떨고 있었다. 하지만 그는 견뎌 냈다. 감정이 폭발하려는 것을 겨우 참아 낸 듯했다.

테츠로 씨가 하나에 씨를 죽였다. 그것이 사건의 진상인 것 같다. 모두가 수긍할 수 있는 가설이 완성된 것이다. 이제 경찰에 신고만 하면 된다. 나는 그렇게 생각했다. 하지만 긴짱의 이야기는 아직 끝나지 않았다.

"료코 씨?"

료코 씨는 한동안 아무런 반응을 보이지 않았다. 하늘을 향해 고개를 들고 눈을 감은 채 움직이지 않았다. 긴짱이 다시 부르자 겨우 "네." 하고 대답했다. 긴짱은 그런 료코 씨를 담담한 표정으로 바라보았다.

"료코 씨, 장갑은 어떻게 하셨어요?"

뭐? 장갑?

나는 놀라며 료코 씨를 봤다. 료코 씨는 자신의 손바닥을 바라보고 있었다. 그 손에는 장갑이 끼워져 있지 않았다. 우리는 테츠로 씨와 하나에 씨를 찾으러 갈 때 모두 장갑을 끼어야 했다. 어두운 밤에 숲속은 손을 다치기 쉽다며 마사토 씨가 제안한 것이다. 그때는 료코도 장갑을 끼고 있었다. 그런데 왜 지금은 안 끼고 있는 걸까?

나는 테츠로 씨의 시체를 보고 있던 료코 씨의 모습을 떠올렸다. 얼굴 앞까지 들고 맞잡은 두 손, 그 손의 손톱이 두세 번 떨렸다. 그래, 손톱. 료코는 시체를 발견하기 전에 이미 장갑을 벗고 있었던 것이다. 긴짱의 말투는 여전히 부드러웠다.

"태워 버리셨군요."

료코 씨는 천천히 고개를 들어 긴짱을 바라봤다. 마사토 씨가 물었다.

"태웠다고요?"

"네. 조금 전에 제가 말씀드린 테츠로 씨 범인설, 아마 이것이 정답인 거 같네요. 하지만 그것을 믿기에는 석연치 않은 점이 두 가지 있습니다. 하나는 칼에 하나에 씨의 지문이 묻지 않았다는 점입니다. 다른 하나는 테츠로 씨의 안경이 하나에 씨의 목 아래에 있었다는 점이죠. 지문은 뭐, 일단 제쳐 둡시다. 현 단계에서는 조사할 방법이 없으니까요. 문제는 안경입니다. 테츠로 씨는 도수가 높은 안경을 쓰고 있었습니다. 이런 어두운 숲속에서 안경 없이 자살을 준비했을 것으로 생각하기는 어렵죠. 하지만 그는 하나에 씨가 죽은 후 목을 맸습니다. 그때의 충격으로 안경이 떨어졌다면 그것이 하나에 씨가 있는 곳에 있을 리가 없지요. 하지만 안경은 하나에 씨 밑에 있었습니다. 당신이 그렇게 한 거군요."

료코 씨는 다시 눈을 감고 긴짱을 보지 않았다. 하지만 긴짱은 신경 쓰지 않고 료코 씨를 향해 계속 말을 이어 갔다.

"당신은 처음 숲에 들어갔을 때 죽은 테츠로 씨와 하나에 씨를 발견하셨을 겁니다. 물론 크게 놀라긴 했지만, 어느 정도 예상하셨던 일이라 완전히 이성을 잃지는 않았겠죠. 그리고 현장의 상황을 보고 어떻게 된 건지 알게 되셨을 것 같습니다. 저와 같은 경로로 오빠의 범죄의 전모를 알게 되셨겠죠."

료코는 말이 없었고 긴짱 역시 대답을 기대하지 않는 듯했다.

"그 사실을 알게 되었을 때, 당신은 고민에 빠졌을 겁니다. 오빠가 업무상 횡령을 한 데다가 살인까지 저질렀다면 마키하라 가문은 큰 타격을 입게 되겠죠. 결국 료코 씨 자신의 미래에도 엄청난 악영향을 미칠 것이고 말입니다. 그런 일은 어떻게든 피해야 한다고 생각하셨을 겁니다. 그래서 바닥에 떨어져 있던 테츠로 씨의 안경을 주워서 하나에 씨 밑에 놓으셨습니다. 료코 씨가 한 건 그것뿐입니다. 그것만으로 테츠로 씨가 먼저 죽고 하나에 씨가 나중에 죽은 것으로 보이게 한 것입니다. 결과적으로 테츠로 씨가 한 살인의 증거가 사라졌으니 정말 순발력 있는 판단이셨습니다. 상당히 똑똑하고 용기 있는 조치였다고 생각합니다. 하지만 그렇게 하느라 당신의 손에는 하나에 씨의 피와 테츠로 씨의 배설물이 묻고 말았습니다. 조작의 증거가 되니 폐기해야 했겠죠."

긴짱은 천천히 료코 씨에서 모닥불이 있는 방향으로 시선을 옮겼다.

"5분이 지나면 모닥불이 있는 곳으로 돌아가는 규칙, 찾으러 갔다가 함흥차사 되지 않기 위한 대책이었지만 당신은 그것을 잘 활용하셨습니다. 5분이 조금 지나서 모닥불로 돌아와서 다른 사람에게 자신의 건재함을 보여 주는 척하며 모닥불에 다가가 피와 배설물이 묻은 장갑을 불 속에 던져 버렸죠."

결국 쓸 만한 증거는 모두 사라졌다는 건가? 료코 씨가 오빠의 범죄 사실을 알리고 싶지 않아서 작은 조작을 했다는 사실에 나는 놀라움을 금치 못했다. 오빠의 죽음과 그 연인의 죽음을 보고 진실을 간파한 료코 씨의 두뇌도 그렇지만 최선의 대응책을 생각하고 실행에 옮긴 그녀의 배짱 역시 대단하다는 생각이 들었다.

"료코 씨."

긴짱이 다시 말을 걸었다. 이번에는 료코 씨가 바로 대답했다.

"네."

"하나만 가르쳐 주세요. 테츠로 씨의 안경은 어디에 떨어져 있었습니까?"

료코 씨는 시선을 떨어뜨렸다. 그 너머에는 하나에 씨의 시체와 그녀가 깔고 있는 안경이 있었다.

"하나에 씨, 몸 위에 있었습니다."

사건의 진상은 완전히 밝혀졌다. 봄의 사건과 마찬가지로, 긴짱은 현장만 보고 모든 것을 파악했다. 나머지는 경찰의 몫이었다. 마사토 씨가 결심한 듯 입을 열었다.

"긴짱, 당신은 이 일을 경찰에 신고할 건가요?"

긴짱은 흥미롭다는 표정으로 마사토 씨를 보았다.

"저는 인간 사회에 정의 같은 건 없다고 생각합니다. 그러니 저 정도쯤은 진리의 사도가 되어도 상관없지 않을까요?"

마사토 씨는 또 무언가를 말하려다 입을 다물었다. 료코 씨는 모든 것을 포기한 듯 담담한 표정을 짓고 있었다. 긴짱은 고개를 끄덕이며 말을 이었다.

"경찰은 두 사람의 시신을 조사하겠죠. 그들은 하나에 씨의 신발 밑창에 배설물이 묻지 않았다는 것을 알아낼 겁니다. 만약 료코 씨가 '오빠가 연어 육포를 자를 때 칼을 하나에 씨에게 빌려준 것을 봤다.'고 증언해도 다른 사람이 부인하면 끝입니다. 결국 료코 씨의 작은 증거 조작은 실패로 돌아갈 것입니다. 신발 밑창을 씻어 내어 배설물이 묻었는지 아닌지 판단할 수 없게 만드는 것 외에는 방법이 없습니다. 하지만 그렇게 하면 일부러 증거를 인멸한 것으로 의심을 사게 되겠죠."

마사토 씨는 아무 말 없이 긴짱을 가만히 보고 있었다. 마사토 씨는 료코 씨가 궁지에 몰리는 것을 어떻게든 막고 싶을 것이다. 나는 그걸 알 수 있었다. 횡령 사실은 어쩔 수 없다. 테츠로 씨가 죽었으니, 금액에 따라 다를 수 있겠지만 무혐의로 끝날 가능성도 있다. 하지만 살인자의 오명은 사라지지 않을 것이다. 비록 본인은 죽었다고 해도, 그 사실은 가족 역시 불행하게 만들 것이다. 마사토 씨는 그런 료코 씨를 구출하려 했다. 하지만 정의의 이름으로 기염을 토하는 긴짱에게 대항할 수 있는 방법은 없다.

긴짱의 입술이 살짝 일그러졌다. 그가 문득 하늘을 올려다보았다.

"오늘 밤에는 비가 온다죠? 산간 지역의 비는 세차게 내리는 경우가 많습니다. 현장 보존을 위해 자동차 안에 있는 블루 시트를 시체 위에 덮어 놓는 것이 좋겠네요."

그 말을 듣자마자 마사토 씨의 눈빛이 바뀌었다. 긴짱이 하고 싶은 말을 이해한 것이다. 그가 용기 내어 말했다.

"긴짱, 두 사람의 시신은 이대로 두면 안 될까요?"

긴짱이 과장스럽게 눈썹을 찡그렸다.

"속이시려고요?"

마사토 씨는 바로 반론했다.

"그런 뜻이 아닙니다. 우리는 시체가 비에 젖는다는 것이 어떤 의미인지 몰랐을 뿐입니다."

아, 그런 거였구나. 나는 겨우 이해했다. 긴짱이 말한 '의사를 통일시키는 것'이 무슨 뜻인지 말이다. 그것은 테츠로 씨가 하나에 씨를 죽였다는 사실을 감추고, 둘 다 자살했다고 증언하는 것이었다. 물론 인간이 아닌 긴짱에게 그런 건 아무런 이득이 되지 않는다. 그는 마사토 씨를, 즉 인간을 시험하고 있는 것이다. 사랑하는 사람을 위해 위험을 감수할 수 있는지를 말이다. 진실이 밝혀졌을 경우에 대해 각오가 되어 있는지를 알고 싶었던 것이다.

긴짱은 가만히 마사토 씨를 바라보았다. 마사토 씨는 긴짱의 시선을 피하지 않고 마주 보았다. 그의 표정은 지금까지 내가 본 것 중 가장 남자다웠다. 두 사람은 한동안 그렇게 서로를 바라보았다.

"역시 인간 사회에 정의는 없다니까."

긴짱이 그렇게 말했을 때, 뺨에 무언가 차가운 것이 떨어졌다. 빗방울이었다. 비가 내리기 시작한 것이다. 긴짱은 하늘을 보며 말했다.

"자, 어서 텐트로 돌아갑시다. 산에서 비를 맞는 건 몸에 좋지 않습니다."

자업자득

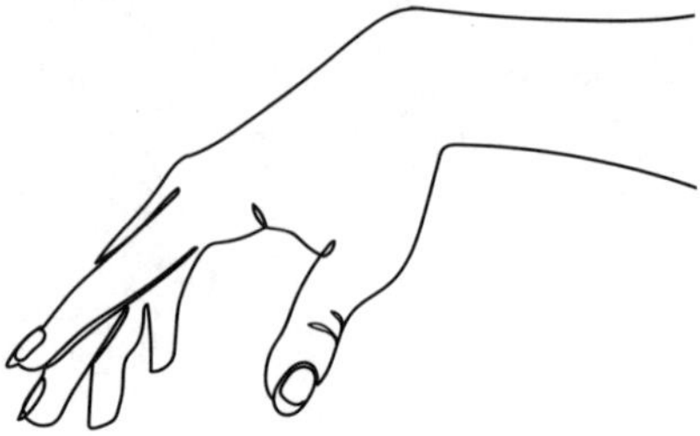

성추행범을 전철에서 끌어내 철도 경찰에 신고하려는데, 어느새 그 성추행범이 죽어 있다니. 누가 그 입장이라도 패닉에 빠질 만하다. 나는 그녀가 안됐다는 생각이 들었다. 물론 성추행 피해자인 그녀가 죽인 것이 아니라는 전제에서 말이다.

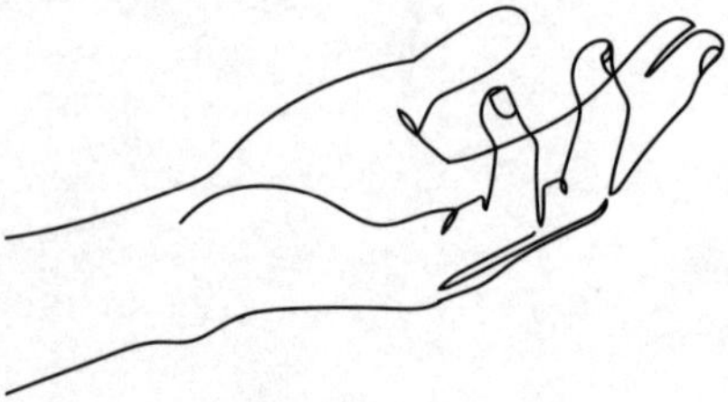

오늘도 전철은 콩나물시루처럼 꽉 차 있었다. 벌써 몇 년째 이런 전철을 타고 통근을 하고 있는 걸까. 회사에 가는 것도 싫지만, 만원 전철을 타는 것은 더 싫다. 아니, 정확히 말하면 싫었다. 하지만 지금은 다르다. 전철 안에는 즐거운 일이 기다리고 있기 때문이다.

취미, 만원 전철에서의 성추행 행위. 자기소개서에 쓸 수 있는 내용은 아니지만, 그 즐거움으로 하루하루를 보낸다는 것은 인정할 수밖에 없다. 그것이 있기에 회사에서의 힘든 일도 견딜 수 있다고 생각하니 역시 취미가 맞는 것 같다.

대도시의 만원 전철의 위압감은 시골에서 살 때 상상했던 것과는 차원이 달랐다. 주변 승객들이 사방에서 몸을 밀어붙여 정말 꼼짝할 수 없는 상황이었다. 움직일 수 있는 건 목부터 위쪽, 그리고 손목과 손 정도였다. 어느 날 그 손목이 우연히 오른쪽 대각선 앞쪽에 서 있던 여성의 엉덩이에 닿는 순간, 그 취미에 눈을 뜨게 되었다.

잡힐 거라는 생각은 해 본 적도 없다. 사람들이 빽빽하게 들어찬 전철 안에서는 자신의 몸조차 볼 수 없다. 그래서 누가 만졌는지 확인하는 것은 거의 불가능하고, 손이 붙잡혀도 힘없는 여성의 손아귀라면 쉽게 풀고 도망칠 수 있다. 만일 붙잡힌 손을 벗어나지 못한 채 전철 밖으로 끌려가더라도 누명이라고 주장하면 된다.

최근 성추행으로 체포된 회사원이 억울한 누명이라며 재판을 청구하는 일이 늘고 있다. 피해자 여성 역시 만진 손을 눈으로 확인하고 붙잡은 것이 아니라 더 그렇다. 누명과 명예 훼손으로 소송을 걸어 받아치면 피해자는 자신감을 잃고 뒤로 물러날 수밖에 없다. 그런 것을 알고 있기에 뻔뻔함에는 자신이 있었다. 그래서 지금도 성추행에 열중하고 있다.

오늘 아침, 목표 대상을 전철역 홈에서 찾았다. 작은 체구의 젊은 여성이다. 평소에는 보지 못했던 얼굴이다. 평일인데도 사복을 입고 있는 걸 보니 대학생인가. 동안의 얼굴에 갈색 머리를 포니테일로 묶었다. 눈은 동그랗고, 턱선이 날카롭다. 표정도 딱

딱하지 않고, 온몸에서 여성스러운 분위기를 풍기고 있었다.

나는 그 여성스러운 모습에 성욕이 불타오르는 것을 느꼈다. 그녀를 만져 보고 싶다는 생각이 들자마자 그녀의 바로 뒤에 섰다. 그리고 무관심한 척하며 신문을 펼쳤다. 1분도 채 지나지 않아 뒤에는 더 긴 줄이 생겼다. 이 많은 사람들이 모두 같은 차량에 타려는 것이다. 매일같이 지겨운 일이지만, 오늘처럼 좋은 먹잇감을 찾았을 때는 다른 승객들이 내 범죄를 숨겨 주는 바리케이드처럼 느껴진다. 나는 즐거운 기분으로 전철을 기다렸다.

잠시 후 전철이 드디어 왔다. 나는 신문을 접어 가방에 넣었다. 무거운 소리와 함께 전철이 멈추고 문이 열리더니 수많은 승객이 내렸다. 그렇게 생긴 공간에 빨려 들어가듯 기다리던 사람들이 전철에 올라탔다. 나는 사람들에게 밀리는 척하며 그녀의 바로 뒤에 섰다. 역전의 용사라 그런지 몸놀림이 경쾌했다. 딱 좋은 위치에 자리를 잡은 나는 왼손으로 손잡이를 잡았다. 그녀는 내 쪽을 전혀 신경 쓰지 않았다.

전철이 움직이기 시작했다. 처음에 약간 흔들리더니 곧 속도를 올렸다. 그런 움직임 속에서 승객들은 흔들리면서 미세한 위치 조정을 했다. 이윽고 어느 정도 자세가 안정되었다. 승객들은 그 자세로 꼼짝도 못 하고 일단 다음 정거장까지 가야 한다. 게다가 이 전철은 출퇴근 쾌속이라 다음 정거장까지 시간은 충분했다.

그녀의 포니테일이 턱 밑을 간지럽혔다. 머리카락에서 나는 꽃향기가 코를 자극했다. 그것만으로도 이제부터 시작할 성추행에 대한 기대감이 높아졌다. 내리고 있던 오른손은 손목을 한 번만 돌려도 목표물에 닿을 수 있도록 미리 위치를 조정해 놓았다. 약간 휘어져 있던 손목을 자연스러운 각도로 되돌리자 손바닥이 그녀의 엉덩이를 덮었다.

너무 좋았다. 젊음의 팽팽함과 탄력이 오른손을 통해 뇌에 전달되었다. 성추행을 하길 잘했다는 생각이 드는 순간이었다. 특히 오늘의 먹잇감은 최고였다. 옷 위에서도 알 수 있는 탄탄한 육체의 느낌. 그것을 만지는 것만으로도 생명력을 얻는 듯했다. 짜릿한 기분이었다. 계속 이 상태로 있고 싶다는 생각마저 들었다.

그런데 갑자기 오른손의 움직임이 멈췄다. 손목에 힘이 느껴졌다. 누군가에게 내 손목이 잡힌 것이다. 딴 사람한테 들킨 건가? 잠깐 쫄긴 했지만 바로 그것이 아님을 알아차렸다. 이 혼잡한 상황에서는 내가 성추행을 하고 있다는 건 당하는 사람만 알 수 있다. 이제 봤더니 내 손목을 잡고 있는 건 앞에 있는 여자였다.

하지만 그녀는 자세를 전혀 바꾸지 않고 머리도 돌리지 않은 채 앞만 보고 있었다. 그렇다면 손을 뒤로한 상태에서 내 손을 잡았을 테니 힘을 별로 쓸 수 없을 것이다. 그래서 침착하게 손을 떼려고 했다. 하지만 내 손은 꼼짝도 하지 않았다. 그다지 세게 잡고 있다는 느낌은 들지 않는데도 손목이 기계에 끼인 것처럼 빠지지 않았다. 그래서 주변 사람들에게 들키지 않게 신경 쓰며 온 힘을 다해 손목을 빼려고 해 봤다. 하지만 오른손을 잡은 손에서 벗어날 수 없었다. 어쩔 수 없이 더 힘을 주려고 했다.

그 순간, 주위의 기온이 갑자기 뚝 떨어진 느낌이 들었다. 그 느낌은 곧 온몸에 소름이 돋게 했다. 도대체 이게 무슨 일인가, 생각할 겨를도 없이 몸에서 힘이 빠져나간다. 손끝 발끝이 차가웠다. 얼굴이 새파랗게 변하고 입술도 보라색으로 변한 것을 거울을 보지 않아도 알 수 있었다. 온몸이 조금씩 떨리기 시작했다. 뼈마디가 쑤시고 아파 왔다. 메스꺼움도 느껴졌다. 시야가 어두워지더니 이상한 작은 빛들이 반짝였다. 이미 왼손은 손잡이를 잡고 서 있을 수 있는 상태가 아니었지만, 다행인지 불행인지 이곳은 만원 전철 안이라 몸에 힘이 전혀 없는 상태에서도 서 있는 자세를 유지할 수 있었다.

덜컹, 하고 차체가 크게 흔들렸다. 전철이 멈춘 것이다. 다음 역에 도착한 듯했다. 문이 열리더니 사람들이 일제히 문 쪽으로 향했다. 움직일 힘이 남아 있지 않은 나는 내리려는 사람들에 밀려 차량 바닥에 쓰러졌다. 앞에 있던 그 여자 역시 전철을 내리려고 움직이는 기척이 느껴졌다. 하지만 그녀를 쫓아가기는커녕 일어날 힘도 없었다.

차 안에는 쓰러진 사람을 피해 지나갈 수 있을 만큼의 공간이 없었다. 앞 사람이 멈춰 서려고 해도 뒤에서 내리려는 사람들에게 밀려 앞으로 전진할 수밖에 없었다. 사람들은 멈출 수도 피할 수도 없이 쓰러진 나를 밟고 지나갔다. 희미해지는 의식 속에서 등을 밟히는 극심한 통증을 느꼈고, 나를 짓밟는 빨간 하이힐이 전철에서 내리는 모습만 선명하게 보였다.

* * *

"사실 말이야."

무짱이 그릇에 밥을 담으며 말을 꺼냈다.

"나, 오늘 아침에 성추행당했어."

밥그릇을 받으려는 손이 멈추었다.

"뭐? 성추행?"

"응."

무짱은 천진난만한 표정으로 웃었다. 그 얼굴을 보고 있으니 어쩌면 저렇게 인간같이 생겼을까 하는 생각이 들었다.

"내가 오늘 아침에 일찍 나갔었잖아. 평소보다 20분 일찍 전철을 탔는데, 뒤에 서 있던 남자가 내 엉덩이를 만지는 게 아니겠어. 살짝 열이 받아서 혼을 좀 내 줬지."

"혼내 줬다고?"

나는 작은 한숨을 내쉬었다. 무짱이 어떻게 혼냈는지 짐작이 가지만, 일단 확인해 보기로 했다.

"빨았어?"

무짱은 빙그레 미소 지었다.

"그랬지 뭐."

아이고, 맙소사.

나와 같이 살고 있는 여성은 사실 인간이 아니다. 겉모습은 인간-그것도 그냥 예쁜 여자아이-처럼 보이고, 호적까지 제대로 되어 있다. 그런데도 무짱은 인간이 아니다. 그럼 도대체 인간이 아니면 뭐냐고 물어도 나는 대답할 수 없다. 내가 대답할 수 있는 것은 현상적인 것뿐이다. 그녀는 '인간의 생명 에너지를 흡수해 살아가고 있다'는 것이다.

사실은 어떤 생명체인지, 어떻게 그런 생명체가 존재할 수 있는지 나는 알 수 없다. 다만, 무짱이 내 잉여 에너지를 빨아 준 덕분에 나는 학생 때와 다름없는 날씬한 몸매를 유지할 수 있다는 것 하나만은 확실하다. 게다가 손바닥을 맞대고 무짱이 에너지를 빨아들이고 있는 동안은 마치 온천에 들어간 것처럼 편안함을 느낄 수 있다. 그래서 나는 그녀가 어떤 사람이든 상관없다. 같이 살기 곤란한 상대가 아닌 것은 분명하기 때문이다.

그래도 무짱이 나에게 피해를 주지 않기 위해 적당히 조절해서 빨고 있다는 건 알고 있었다. 작정하고 빨면 내 생명력을 뿌리째 뽑아 버릴 수 있을 것이다. 하지만 무짱은 다 빨아먹고 다른 상대를 찾는 것이 아닌, 나를 안정적인 생명력 공급원으로 선택한 것 같다. 그래서 내가 이렇게 살면서 건강을 유지할 수 있는 것이다. 그래도 무짱이 본색을 드러내면 어떻게 될지 궁금하지 않다고는 못 하겠다. 그런데 오늘 그 실험 대상이 된 사람이 있었던 모양이다.

"그래서 그 불쌍한 녀석의 최후는 어떤 꼴이었지?"

나는 무짱이 만들어 준 가쿠니(돼지고기를 사각 썰기 해서 가다랑어로 달게 졸인 요리)를 젓가락으로 자르면서 물었다. 인간과 같은 식사가 필요 없는 무짱은 식탁에 양 팔꿈치를 올리고 손가락 깍지를 낀 위에 턱을 괸 자세로 대답했다.

"앞으로 쓰러진 상태에서 사람들이 밟고 지나갔어."

그 말은, 서 있을 수 없을 만큼의 데미지를 입었다는 뜻이다.

"무짱이 작정하고 빨면 상대는 어떤 기분일까?"

"그러게."

무짱은 고개를 살짝 갸우뚱했다. 포니테일이 오른쪽으로 흔들렸다.

"잘 모르겠지만, 지독한 독감과 최악의 숙취를 동시에 겪는 기분일 거 같아."

말만 들어도 끔찍하다. 하지만 그건 내가 경험한 것도 아니고 어차피 남의 일이다.

"하지만 역시 성추행하는 사람의 에너지는 별로야. 따끔한 맛을 보여 주려고 에너지를 빨긴 했지만, 오염된 영혼이라 정말 맛이 없었다니까."

무짱은 손을 뻗어 젓가락을 들고 있는 내 오른손을 잡았다.

"그래, 빨아."

나는 가볍게 말했다.

"역시 기타니시의 에너지가 최고야. 너무 맛있어."

"다행이네."

무짱의 말에 따르면 인간은 영혼이 맑은 정도에 개인차가 있고, 영혼이 깨끗할수록 그 생명 에너지가 '맛있다'고 한다. 그녀가 나와 함께 살면서 나를 '양식'하고 있는 것도 그런 이유 때문인 것 같다. 인간으로서 '영혼이 맑다'는 말을 들으면 기쁘지만, 어느 정도 어른이 되면 그냥 '바보 같은 놈'이라는 말 같아서 솔직히 기뻐할 수만은 없다.

"그 성추행범도 이번 일을 계기로 반성하고 그런 짓 안 하겠지."

내가 그렇게 말하자 무짱은 "그랬으면 좋겠네." 하며 웃었다. 그날, 그렇게 그 성추행범 얘기는 끝날 줄 알았다. 그랬는데…….

3주 후의 아침. 나는 평소와 같은 시간에 아파트를 나섰다. 내가 다니는 회사는 플렉스타임제(출퇴근 시간을 일률적으로 정하지 않고 근로자가 근무 시간대를 각자 자유롭게 선택할 수 있도록 운영하는 제도) 같은 센스 있는 생각을 하지 않는다. 그래서 오늘도 만원 전철을 타야 한다. 나는 진절머리를 내며 현관에서 구두를 신었다. 뒤이어 무짱이 스니커즈를 신었다.

무짱은 인간 사회에 섞이기 위한 일환으로 대학을 다니고 있다. 그녀의 실제 나이는 알 수 없지만, 동안이라 어려 보인다. 그래서 고등학생이나 대학생이라고 해도 믿을 것 같다. 고등학생은 학교생활에 제약이 많으니 대학생 정도가 적당했을 것 같다.

"시험 준비용 리포트를 전달해 주기로 약속했거든."

무짱은 지난번에 일찍 나간 이유를 이렇게 설명했다. 무짱은 같은 과 친구들과 학점을 잘 받기 위해 각 과목의 담당을 정했다고 한다. 그리고 자신이 담당한 강의는 제대로 출석해서 완벽한 리포트를 작성한다. 그것을 서로 공유한 다음 시험을 본다는 것이다. 그렇게 함으로써 자신이 담당한 강의 하나만 제대로 듣고 나머지는 대충 들어도 시험 준비에 문제가 없단다. 그런 것에 참여하고 있다는 것을 보니 무짱이 인간 사회에 꽤 잘 적응하고 있는 것 같다.

우리는 나란히 역으로 향했다. 가장 가까운 역에서 직장이 있는 도심까지는 환승하지 않고 갈 수 있다. 꽤 편리한 노선이지만 그만큼 혼잡한 것이 단점이다. 게다가 수도권에서 성추행이 가장 많이 발생하는 노선이라고도 한다. 당한 무짱에게는 불쾌한 경험이었겠지만, 무짱 덕분에 성추행범이 한 명이라도 줄었다면 그나마 다행이다. 그런 생각을 하면서 개찰구를 통과했다. 무슨 일인지 구급차인지 경찰차인지 사이렌 소리가 뒤에서 들렸다.

우리는 계단을 올라 승강장으로 갔다. 그리고 거기서 뭔가 이변이 발생했음을 알게 되었다.

승강장에 있는 사람들의 수가 평소보다 월등히 많았다. 전철은 정차되어 있지만 문을 열어 둔 채 출발할 기미가 보이지 않았다. 예전에 비슷한 광경을 본 기억이 있는데, 사고나 고장으로 지연되어 운행 시간이 어긋났을 때였다. 그렇게 되면 평소처럼 제시간에 전철을 타지 못하게 된다. 그래도 역에서 지연 증명서를 받으면 지각 처리되지 않지만, 아침에 해야 할 일이 있는 나로서는 스케줄에 지장이 생겨서 싫었다.

"저기 무슨 일 있나 봐."

무짱이 승강장 끝을 가리켰다. 앞에서 두 번째 차량 부근에 사람들이 밀집해 있었다. 내가 항상 타는 차량 앞이었다. 역무원들도 많이 보였다. 무짱의 말대로 그쪽에서 무슨 일이 있었던 것 같다. 급한 환자라도 있나 싶었다. 살인적인 만원 전철에서는 갑자기 몸이 안 좋아지는 사람들도 많다. 차 안에서 발병하여 다음 역에서 구급차에 실려 가는 승객도 간혹 있다. 나 역시 그런 전철을 탄 경험이 있다. 그럴 때는 그 승객이 내리고 역무원이 제대로 대처할 때까지 전철은 출발하지 않는다. 그러고 보니 개찰구를 빠져나갈 때 비상 차량의 사이렌 소리를 들었던 것 같다. 응급 환자가 발생했나 보다.

사람 많은 곳에 들어가는 것도 싫었고, 그렇다고 다른 차량에 타는 것도 내키지 않았다. 그 차량을 타면 목적지 역에 도착했을 때 개찰구가 가깝다. 이제 어떻게 해야 하나 고민하는데, 뒤쪽 계단에서 시끄러운 소리가 들렸다. 뒤돌아보기도 전에 수많은 경찰관들이 우리를 앞질러 사람들이 모인 곳을 향해 돌진했다. 그러자 모여 있던 사람들이 흩어지면서 우리가 있는 곳에서도 그곳의 상태가 잘 보였다.

양복을 입은 남성이 쓰러져 있었다. 그 주위를 역무원들이 둘러싸고 있었다. 역무원 중 두 명은 젊은 여성을 사이에 두고 서 있다. 그 여성은 역무원에게 부축받고 있는 것처럼 보였다. 하지만 보였던 건 잠시뿐, 바로 경찰관들이 주변 사람들을 물리치고 쓰러진 사람을 중심으로 큰 원을 만들며 둘러쌌다. 그 주변에 금세 사람들이 몰려들었고, 다시 안쪽이 보이지 않게 되었다.

아무래도 응급 환자는 아닌 것 같았다. 사람이 쓰러져 있는데 경찰관들이 저렇게 온 것을 보니 무슨 사건이 발생한 것 같았다. 아침부터 안 좋은 걸 봤다. 어쩔 수 없이 오늘은 좀 떨어져 있는 차량을 타야겠다는 생각이 들었다. 방향을 바꾸면서 무짱의 어깨를 두드렸다. 인간이 아닌 무짱은 인간 세상의 사건에 전혀 관심이 없다. 그래서 나를 순순히 따라올 줄 알았는데, 갑자기 빠른 발걸음으로 사람들이 모인 곳으로 갔다. 나는 급히 무짱을 쫓아갔다.

"왜 그래?"

모인 사람들 틈새로 안을 들여다보고 있던 무짱은 대답 대신 "역시."라고 혼잣말을 했다.

"역시?"

무짱이 사람들 너머를 가리켰다.

"응, 그 성추행범이야."

"뭐?"

나도 사람 사이로 쓰러져 있는 인물을 자세히 보려고 했다. 작은 틈새로 보였기 때문에 몸 전체는 볼 수 없었다. 몸통만 보였다. 배 부분에 무언가가 튀어나와 있었다. 금방 그것이 칼자루라는 것을 깨달았다. 남자는 움직이지 않았다. 아랫배에 찌릿한 느낌이 들면서 다리에 힘이 빠졌다.

"무짱이 혼내 줬다는 그 성추행범이라고?"

그녀가 말한 성추행범은 그 사람밖에 생각할 수 없었다. 그러나 그 말에 반응한 건 무짱이 아니었다.

"잠깐 실례하겠습니다. 성함이 어떻게 되시죠?"

뒤에서 누군가 어깨를 두드렸다. 뒤돌아보니 정장 차림의 중년 남성이 서 있었다. 무표정으로 나와 무짱의 얼굴을 보고 있었다.

"기타니시 타쿠미라고 합니다."

"지금 말씀하신 것에 대해 좀 더 자세히 듣고 싶습니다."

중년의 남자가 신분증을 보여 주었다. 경찰이었다. 제복을 입지 않은 것으로 보아 형사인 듯했다. 우리는 구석으로 자리를 옮겨 3주 전의 이야기를 했다. 하지만 내가 직접 겪은 일이 아니라 설명하는 것은 무짱의 몫이었다.

그녀는 그날 평소보다 20분 정도 일찍 전철을 타고 가다가 뒤에서 다가온 남자가 자신의 몸을 만졌던 일을 설명했다. 그리고 "내릴 때 성추행을 한 손목을 붙잡고 노려봤더니 당황해서 도망치려다 넘어졌는데, 혼잡한 상태라 뒤에서 내리는 승객들에게 짓밟히더라고요."라며 대충 요약해서 말해 주었다. 형사는 중간중간 질문을 하며 무짱의 이야기를 진중하게 들었다.

형사가 한 질문에서 유추해 보면, 지금 홈에 정차해 있는 것은 무짱이 성추행을 당했던 전철과 같은 전철인 것 같았다. 나는 시계를 봤다. 원래 우리가 탔어야 했던 열차 출발 시간을 훌쩍 지난 상태였다. 문제의 열차는 그보다 20분 앞서 도착했으니까, 총 30분 동안 정차하고 있었던 셈이다. 승객들의 짜증이 극에 달했겠지만, 사람이 칼에 찔린 사건이라 경찰이 그렇게 쉽게 출발을 허락하지 않았다. 맙소사. 완전 지각이었다.

"그렇군요. 결국 자업자득의 벌을 받은 거군요. 여러 승객들에게 밟혔다니 꽤 아팠겠네요."

형사가 무표정한 얼굴로 말했다.

"저기 쓰러져 있는 남자가 정말 그때의 성추행범인가요?"

무짱은 자신 없게 고개를 저었다.

"그런 거 같긴 한데, 얼굴을 자세히 보지 않아서 단언하긴 어려워요. 가까이서 볼 수 있게 해 주시면 확인이 가능할지도…….”

형사는 약간 망설이는 듯했다.

“그렇게 해 드릴 수는 있지만, 시체를 보는 게 괜찮으실지…….”

그 남자가 죽었다는 사실에 또다시 놀랐지만, 무짱은 담담하게 대답했다.

“인간의 시체 같은 건 봐도 전혀 문제없습니다.”

형사는 이상한 표정을 지었다. 무짱의 무덤덤한 말투 때문인 듯했다. 하지만 간호대 학생일 것이라 멋대로 생각한 건지 “그럼 그렇게 하시죠.”라며 무짱을 데리고 둘러싼 사람들 안쪽으로 들어갔는데, 얼떨결에 나까지 따라갔다.

그 안에는 여러 명의 경찰관들이 있었으며, 그 밖에 역무원 몇 명과 젊은 여성 한 명이 있었다. 그리고 그 중심에는 시체가 있었다.

시체는 젊은 남자였다. 나 같은 20대 후반 정도로 보였는데, 약간 의외였다. 성추행범이라는 선입견이 있었기 때문인지, 중년 남자를 상상하고 있었던 것이다. 스트레스가 많은 직장을 다녀서 그런지, 마른 체형에 머리카락 숱도 약간 적어 보였다. 적어도 겉으로 보기엔 성추행 짓을 할 것 같은 인상은 아니었다.

매일 만원 전철을 타서 그런지 양복이 꽤 낡아 보였다. 상의 앞부분이 벌어져 있고, 셔츠를 입은 복부에 칼이 꽂혀 있었다. 찔린 위치는 명치 약간 오른쪽이다. 간이 있는 부위 같았다. 그곳에 약간 오른쪽 비스듬히 찔린 것으로 보인다. 출혈은 거의 없었다. 그렇게 깊게 찔린 것 같지는 않았지만, 사망에 이른 것으로 봐서 칼날이 간을 다치게 한 것 같았다.

시체를 계속 쳐다보고 있었더니 역시 속이 안 좋아졌다. 시체에서 얼굴을 돌리니 서 있는 키 큰 여성이 시야에 들어왔다. 꽤 미인이었다. 가뜩이나 키가 큰데 빨간 하이힐을 신고 있으니 더 커 보였다. 키가 나 정도 되는 거 같았다. 게다가 눈매도 약간 날카롭고 눈꼬리가 올라간 것이 상당히 기사 센 타입 같았다. 다만, 얼굴이 창백한 것으로 봐서 약간 겁을 먹은 듯했다.

"맞나요?"

형사가 시체를 살펴보는 무짱에게 물었다. 무짱은 담담한 어조로 대답했다.

"네, 그 사람이 틀림없습니다."

역시 죽은 남자는 3주 전에 무짱의 엉덩이를 만졌다가 따끔한 맛을 본 성추행범이었다. 형사는 대답을 듣고 알겠다는 표정을 지었지만, 나는 그의 의심스러운 눈빛 때문에 좀 걸렸다. 무짱은 그걸 알아차리지 못한 건지, 천진한 표정으로 말을 이어 갔다.

"이 사람, 오늘 아침에도 성추행했나요?"

형사의 눈썹이 찡끗했다. 그리고 그보다 더 큰 반응을 보인 건 옆에 있던 키 큰 여성이었다. 그 여성은 감전된 듯 몸을 떨며 뭐라고 할 것 같은 얼굴로 무짱을 보았다. 무짱이 일부러 들으라고 한 건지 모르겠지만, 생각해 보니 목소리가 조금 컸었다.

"왜 그렇게 생각하셨죠?"

형사의 말투가 아까보다 더 절제된 느낌이었다. 감정의 움직임을 눈치채지 못하게 하려는 것 같았다. 반면에 무짱은 변함없는 말투로 대답했다.

"저기 여자분이 서 있으니까요."

형사가 눈썹을 치켜세웠다.

"무슨 말씀이신지 잘 모르겠군요."

무짱이 키 큰 여성을 가리키며 말했다.

"여기 성추행범이 죽어 있는데 주변에 경찰과 역무원 말고는 저 여자분밖에 없잖아요. 다른 사람들은 승강장이나 전철 안에 있는데 저분만 혼자 남아 있으니 성추행범의 죽음에 어떤 연관이 있다고 볼 수밖에 없죠. 게다가 저 여자분이 관여되었다면 성추행 피해자로 보는 것이 타당하기 때문입니다."

"맞아!"

그렇게 외친 건 형사가 아니라 키 큰 여성이었다. 그 여성은 양쪽에 있는 역무원들을 뿌리치며 한발 앞으로 나서더니 시체를 가리켰다.

"내가 얼마나 불쾌했는지 알아? 너무 화가 나서 팔을 잡아 끌어 내렸을 뿐인데 이미 죽어 있잖아. 내가 찌른 게 아니라고! 재수 없게 정말…….”

옆에 있던 역무원과 경찰이 말렸지만, 감정이 폭발한 여성은 이를 무시하고 시체를 향해 욕설을 퍼부었다. 형사는 말리지도 않고 차가운 눈으로 그 모습을 바라보고 있었다.

‘그래, 경찰은 이럴 때 성추행 피해자를 도와주지 않는구나.’ 하는 생각을 하고 있는데, 무짱이 말없이 움직였다. 앞에 있는 여성은 무짱보다 머리 하나가 더 있는 키였다. 무짱은 자신의 두 손으로 그녀의 손을 꼭 잡았다. 여성은 놀란 얼굴로 무짱을 봤고, 무짱은 부드러운 눈빛으로 그녀를 마주 봤다. 그랬더니 격분하던 여성의 얼굴이 점점 변해 가는 것이 보였다. 찡그린 보기 싫은 표정에서 이성을 되찾은 본래의 표정으로 바뀐 것이다.

주변에 있는 다른 사람들은 무슨 일이 일어나고 있는지 전혀 알 수 없었을 것이며, 그녀 역시 알 수 없었을 것이다. 하지만 나는 알았다. 무짱이 그녀의 에너지를 빨아들이고 있다는 것을. 폭발한 감정의 괴잉 에너지를 잘 빨아들여 본래의 이성을 되찾아 주고 있었다. 지금 그녀의 머릿속은 마치 공기 청정기를 틀어 놓은 것처럼 맑아졌을 것이다. 여자가 완전히 이성을 되찾은 것을 확인한 후 무짱은 손을 뗐다.

“흠. 언니는, 영혼이 그럭저럭 깨끗하네.”

무짱이 그렇게 말하자 여성은 깜짝 놀랐다.

"그래, 나는 믿어. 언니가 성추행범을 죽이지 않았다는 걸 말이야."

"고, 고마워."

아무리 봐도 자기보다 어려 보이는 무짱이 반말을 하는데도 불구하고 여성은 어색한 미소를 지었다. 무짱은 그녀를 보며 고개를 끄덕인 뒤 이어서 말했다.

"언니가 겪은 일에 대해 몇 가지 알려 줬으면 좋겠어. 언니가 탄 곳은 한 정거장 전의 역이지. 맞아?"

갑작스러운 질문에 여성은 순간적으로 대답이 떠오르지 않았는지 망설이더니, 이윽고 무짱을 향해 고개를 끄덕였다. 통근 쾌속(통근 시간대에만 운영하는 쾌속 특급) 전 역이니, 여기서 12분 정도의 거리에 있는 출발역을 말하는 듯했다.

"통근 쾌속 맞지? 매일 같은 시간에 전철을 타는 거야?"

"어? 어, 맞아."

"그렇군. 그런데 오늘 성추행범을 만나서 그 인간의 손을 움켜잡고 내리려고 했던 거구나. 그게 언제쯤이었어?"

"언제쯤이냐면, 이 역에 도착하기 직전이었어. 그래야 놓치지 않으니까. 도망치면 안 되잖아. 전철이 정차하기 바로 직전에 팔을 잡았지."

"팔을 잡자마자 전철이 흔들린 거네, 덜컹하고."

"맞아."

무짱이 이성을 되찾게 해 줘서 그런지 여성은 차분하게 말했다. 그들의 얘기를 옆에서 들은 나도 만원 전철에서 무슨 일이 있었는지 짐작할 수 있었다.

"아무튼, 언니는 그때 성추행범을 차 밖으로 끌어냈어. 하지만 많은 사람들이 이 역에서 내리기 때문에 그 인파에 밀렸을 거야. 성추행범은 밀려서 내리자마자 갑자기 쓰러졌고, 배에 칼이 박혀 있었던 거지?"

키 큰 여성은 굳은 얼굴로 대답했다.

"그래."

성추행범을 전철에서 끌어내 철도 경찰에 신고하려는데, 어느새 그 성추행범이 죽어 있다니. 누가 그 입장이라도 패닉에 빠질 만하다. 나는 그녀가 안됐다는 생각이 들었다. 물론 성추행 피해자인 그녀가 죽인 것이 아니라는 전제에서 말이다.

"그랬구나."

무짱은 오른손으로 자신의 턱을 괴고 중얼거리더니 형사 쪽으로 몸을 돌렸다.

"어떻게 생각하세요? 저 언니가 그렇게 얘기하는데, 이제 의심을 그만두시면 안 될까요?"

그 말을 들은 형사는 코웃음을 치며 고개를 갸웃거렸다.

"특별히 의심하는 건 아닙니다. 저희도 현장에 도착한 지 얼마 안 돼서 사건의 개요를 제대로 파악하지 못한 상태거든요. 피해자의 신원조차 아직 모르고 있습니다. 이런 상황에서 경찰이 누군가를 의심한다는 건 있을 수 없는 일이죠."

형사의 변명 같은 말을 무짱은 그대로 받아들이는 듯했다.

"그야 그러시겠죠. 저 역시 형사님이 정말로 저 언니를 의심한다고 생각하지 않습니다. 어차피……."

무짱은 형사의 눈을 들여다보며 물었다.

"사건은 거의 다 해결됐잖아요. 그죠?"

무짱의 갑작스러운 질문에 형사는 표정을 감출 수 없었다. 그를 포함해서 주위에 있던 경찰들도, 역무원들도, 그리고 성추행을 당한 키 큰 여성도 동시에 멍한 표정을 지었다. 물론 나 역시 비슷한 표정을 짓고 있었을 것이다. 현재 형사가 알고 있는 정보는 이 정도일 것이다.

3주 전, 무짱이 이 역에서 전철을 탔다.

그때 같이 탔던 이 남자가 성추행을 해서 혼을 내 줬다.

그리고 오늘, 같은 노선의 전철을 탄 한 여성이 또 성추행을 당했고, 화가 난 그 여성이 하차할 때 범인의 팔을 잡고 끌어 내렸다.

그런데 놀랍게도 그 성추행범은 배에 칼이 박힌 채 죽어 있었다.

무짱이 만났던 성추행범과 오늘의 성추행범은 동일인이다.

이게 다다. 아는 게 그것밖에 없는데 어떻게 사건을 해결할 수 있는 거지? 내가 그렇게 말하자 무짱은 내 쪽으로 시선을 돌렸다.

"기타니시, 형사님은 내가 한 얘기도 들었고, 저 언니의 얘기도 들었잖아. 그럼 사건의 전모를 대충 알 수 있는 거 아냐?"

나는 솔직하게 말했다.

"나는 잘 모르겠는데. 경찰 입장에서는 저 여성분을 의심하는 것에서부터 수사를 시작할 거라고 생각해."

"의심하지 않는다니까요."

형사의 말을 흘려들으며 무짱은 작게 한숨을 내쉬었다.

"역시 기타니시도 남자구나. 여성이 성추행을 당했다고 해서 상대방을 죽일 리는 없잖아. 성추행범이 죽일 만큼 중요한 존재가 아니고선 말이야. 오히려 '성추행범이다! 여기 성추행범이 있어요!'라고 소리쳐서 수치심을 느끼게 하겠지. 화난 여자는 무섭거든."

"아…… 듣고 보니 그렇네."

일리 있는 얘기였다. 실제로 저 키 큰 여성은 그렇게 하려고 성추행범을 붙잡고 내리려고 했었을 것이다. 무짱은 계속 말했다.

"경찰은 매일같이 수많은 성추행 사건을 다루고 있어. 피해자의 심리라면 알 만큼 알 거야. 그러니 저 언니가 범인일 가능성은 가장 먼저 제외했을 거라고."

나는 형사의 얼굴을 보았다. 형사는 긍정도 부정도 하지 않았다. 하지만 입꼬리가 미묘하게 움직였다. 나는 그 움직임이 일종의 감탄사처럼 느껴졌다. 의미는 약간 다르지만 나 역시 속으로 놀랐다. 인간이 아닌 무짱이 이렇게까지 여성의 심리를 꿰뚫고 있을 줄이야.

“그래도 일단, 저 언니가 성추행을 당한 것에 화가 나서 칼로 찔렀다고 치자고. 그렇다면 어떻게 미리 그걸 알고 칼을 준비해 둘 수 있지?”

무짱은 정곡을 찔렀다. 하지만 이 의견에는 반박이 가능하다.

“오늘 처음 당한 게 아니겠지. 지금까지 여러 번 같은 성추행범에게 당해서 칼을 준비하고 있었을 수도 있잖아.”

“그럴 수도 있겠지.”

무짱은 여유롭게 고개를 끄덕이곤 말을 이었다.

“그렇다면 저 언니는 성추행범을 찌른 다음, 일부러 전철 밖으로 끌고 나와서 성추행범을 자신이 죽였다고 동네방네 자랑한 셈이군요. 그게 무슨 의미가 있지? 사람 많은 전철 안에서 찔렀으면 그대로 두고 내리면 되잖아. 아무렇지 않은 얼굴로 전철에서 내리면 아무도 저 언니를 의심하지 않을 텐데 말이야. 기타니시도 알듯이 저 언니가 성추행범을 차 밖으로 끌고 나와서 경찰이 의심하게 된 거 아냐? 저 언니가 충분히 빠져나갈 수 있는 기회까지 걷어차고 일부러 의심받는 바보 같은 짓을 할 사람으로 보여?”

무짱의 의견엔 반론의 여지가 없어 보였다. 나는 두 손을 들었다.

“그래, 내가 졌다. 얘기 들어 보니 무짱 말대로 저분은 범인이 아닌 거 같군. 그럼 누가 죽인 거지?"

무짱은 또 턱을 괴며 말했다.

"흐음, 성추행 피해를 입은 저 언니는 범인이 아니다. 그렇다면 누굴까? 이렇게 생각할 수도 있겠지. 성추행범은 죽이고 싶을 정도로 누군가 원한을 품고 있었고, 그 사람은 성추행범을 살해하기 위해 칼을 준비해 성추행범과 같은 전철에 탔었을지도 모르지. 만원 전철 안이라면 가까이 있다가 찔러도 사람들이 눈치 채지 못했을 거야. 다음 역에 정차하기 직전에 찌르고 내리는 승객들 틈에 섞여 도망치면 그만이잖아."

나는 고개를 끄덕였다. 아마 그게 맞을 것이다. 하지만 무짱은 여전히 못마땅한 표정을 지으며 고개를 저었다.

"하지만 그렇게 생각하기에는 석연치 않은 점이 있어."

"무슨 점?"

나는 무심코 그런 질문을 했다. 석연치 않다는 게 뭔지 궁금했기 때문이다.

"기타니시는 내 얘기를 듣고 뭔가 이상한 거 못 느꼈어? 내가 한 얘기와 저 언니가 한 얘기에는 다른 부분이 있었는데……."

"다른 부분이라니, 그건 또 무슨 소리야."

나는 전혀 짐작할 수 없었다. 도움을 청하듯 키 큰 여성을 바라봤다. 그 여성도 눈살을 찌푸리고 있었다. 자신도 그게 무슨 말인지 모르겠다는 표정이었다. 무짱은 실망한 기색도 보이지 않고 이야기를 이어 나갔다.

“형사님은 잘 알고 계실 거야. 내가 얘기했을 때 형사님의 표정 봤어? 겉으로는 알겠다는 표정을 지으면서도 여전히 의심의 눈빛이 남아 있었어. 나는 그걸 보고 ‘아, 이분은 제대로 알고 있구나.’ 하고 생각했지.”

“나는 잘…….”

나는 고개를 가로저었다. 형사가 의아한 표정을 짓는 건 봤지만, 그렇다고 무짱이 한 말의 의미를 파악한 건 아니었다. 하지만 형사는 반응했다. 놀랍게도 그는 쓴웃음을 지었다.

“제가 졌네요. 당신의 말을 듣고 속으로 ‘어?’ 하고 생각한 건 인정합니다. 하지만 그걸로 해결되었다고 할 수는 없어요.”

점점 더 뭐가 뭔지 모르겠다.

“그래서 뭐가 그렇게 석연치 않다는 거야?”

형사는 아무런 말도 하지 않았다. 말을 한 건 무짱이었다.

“잘 들어. 3주 전 아침, 내가 이 역에서 전철을 탔잖아. 성추행범도 같은 역에서 탔고. 그렇다면 성추행범도 우리와 마찬가지로 이 역이 가장 가까운 역인 곳에 살고 있다고 볼 수 있어. 출근은 매일 아침 정해진 곳에서 정해진 장소로 가는 거니까 말이야. 그런데 저 언니의 증언에 따르면, 오늘 아침 성추행범은 이 역에서 한 정거장 전에서 탔어. 그리고 성추행을 하다가 잡혔지. 이상하지 않아? 매일 타는 역이 여긴데, 일부러 반대 방향의 전철을 타고 한 정거장 뒤로 갔다가 내려서 다시 원래 방향 전철을 타고 온 거잖아. 왜 그런 짓을 한 걸까?"

"아……."

내 입에서 이상한 소리가 나왔다. 그리고 고개를 끄덕이고 있는데 옆에 있는 형사가 끼어들었다.

"이 역은 성추행하다 혼난 적이 있어서 다른 역을 선택한 것일지도 모르죠."

그 말을 들은 무짱의 입이 삐뚤어졌다.

"굳이 그렇게 번거로운 짓을 할 필요는 없을 거 같은데요. 그때 현행범으로 역무원에게 넘겨진 것도 아니었어요. 넘어져서 사람들에게 밟혔을 뿐이죠. 이 사람이 성추행범이라는 사실을 알고 있는 건 저와 본인뿐이라 이 역을 이용하는 데 전혀 거리낄 필요가 없었어요. 조심한다고 해 봤자 다른 차량을 타는 정도였을 거예요."

형사는 만족스러운 표정으로 고개를 끄덕였다. 형사도 같은 생각을 하고 있었던 것 같다. 무짱은 형사에게 살짝 미소를 짓더니 다시 나를 보며 말했다.

"그렇다면, 이 자리에 없는 제삼자가 찌르고 사라졌다고 생각하는 것이 가장 적절해 보이긴 하겠지. 하지만 그 역시 문제가 있어. 기타니시도 매일 전철을 타니까 만원 전철이 어떤 것인지 잘 알잖아. 몸이 움직일 수 없을 정도로 초만원이기 때문에 누군가를 찌르려면 그 대상과 가까운 곳에 있어야 해. 그러려면 승강장에 서 있을 때부터 그래야겠지. 오늘 아침 성추행범이 저 언니에게 한 것처럼 말이야. 범인도 성추행범이 평소와 같은 행동을 했다면 그렇게 함으로써 목적을 달성할 수 있었겠지. 하지만 성추행범은 이 역에서 한 정거장 뒤로 가서 거기서 내렸다가 다시 전철을 타고 왔어. 제삼자가 범인이라고 가정하면, 먼저 이 역에서 성추행범과 같은 전철을 타고 갔다가 같은 역에서 내린 다음 다시 성추행범의 바로 가까이에서 전철을 기다렸다가 저 전철을 타고 왔을 거 아니야. 그런데 그렇게 했다가는 성추행범이 금방 눈치채니까 현실성이 떨어지지 않겠어? 고로 제3의 범인은 없다고 생각하는 편이 나을 거 같아. 안 그래?"

나는 바로 대답할 수 없었다. 생각해 보자. 제3의 범인도 없고 성추행 피해 여성의 범행도 아니다? 그래서 무짱이 하고 싶은 말은 뭐지?

"내 결론은 이거야. 칼을 가지고 있던 사람은 성추행범 본인이라는 거지."

"뭐?"

나와 키 큰 여성이 동시에 놀라며 소리쳤다. 형사까지 그러지는 않았지만, 놀라서 눈을 동그랗게 뜨고 있었다. 그도 거기까지는 생각하지 못했던 모양이다.

"그렇다면 자…… 자살이라고?"

너무 놀라서 말이 제대로 나오지 않았지만, 나는 힘껏 내뱉었다. 무짱은 담담하게 대답했다.

"자살했을 리는 없지. 뭐, 세상에는 다양한 취미를 가진 사람들이 있으니까 단정할 수는 없지만, 일부러 만원 전철 안에서 자살하는 사람은 없을 것 같아. 좀 더 그럴듯한 상황이 있잖아."

"그럴듯한 상황?"

무짱은 다시 시체를 보며 말했다.

"응. 성추행을 하려면 만원 전철 안이 적당하겠지. 다른 승객들에게 들키지 않을 수 있으니까. 또한 살인을 하려면 만원 전철 안이 적당할 거야. 다른 승객들에게 가려진 상태에서 상대를 찌를 수 있기 때문이지. 어때? 발상이 둘 다 똑같지?"

나는 그제야 무짱 말을 이해할 수 있었다.

"그렇다면 무짱 생각은…… 성추행범이 만원 전철 안에서 다른 사람을 죽이려고 칼을 준비했을 거란 말이야?"

"아마도."

나는 침을 삼켰다.

"다른 사람 누구?"

무짱이 밝게 웃으며 대답했다.

"나."

"뭐라고?"

이번에는 나와 키 큰 여성은 물론이고 형사까지 놀라 소리쳤다. 무짱의 얘기를 어느 정도 이해했다고 생각했는데, 결론은 내 예상을 훨씬 뛰어넘는 것이었다. 형사도 마찬가지였던 것 같다. 문득 주위를 둘러보니 다른 경찰관들과 역무원들도 일손을 멈추고 무짱의 얘기를 듣고 있었다. 금방 정신을 차린 듯 형사가 입을 열었다.

"그 말은 그러니까…… 3주 전에 당신에게 성추행했다가 굴욕을 당한 것에 대한 보복을 하려 했다는 말인가요?"

무짱은 고개를 끄덕였다.

"그렇습니다. 성추행범은 제가 손목을 잡았기 때문에 넘어졌고, 다른 승객에게 짓밟히고 말았습니다. 물론 그건 자업자득이었지만 인정하고 싶지 않았겠죠. 그래서 굴욕에 대한 앙갚음을 하고 싶었을 겁니다. 저를 찾아내어 죽일 생각이었던 것 같아요."

"어떻게 그런……."

무짱의 담담한 말투에 형사는 바로 말을 꺼내지 못하는 것 같았다. 고등학생이나 대학생으로밖에 보이지 않는 무짱이 누군가 자신을 죽이려고 했다는 말을 마치 남의 일처럼 얘기했으니 그럴 만도 하다. 하지만 나는 이해할 수 있었다. 인간의 생명력을 빨아먹고 사는 무짱에게는 '인간의 살의' 따위는 대수롭지 않을 테니까.

"밟혀서 다친 상처가 회복된 성추행범은 분명히 저를 찾았을 거예요. 같은 출근 시간대 같은 전철을 탔으니 이 역 승강장 탑

승 위치를 하나하나 확인하면 찾을 수 있을 거라고 생각했겠죠. 하지만 결국 저를 찾을 수 없었을 겁니다."

그렇다. 그날만 무짱은 20분 일찍 전철을 탔다. 그날 이후로는 그 시간대 전철을 타지 않았으니 찾을 수 없는 것이 당연하다. 하지만 성추행범은 무짱이 그 시간대의 전철을 타고 다닐 것이라 생각했을 것이고, 나중에 오는 전철을 체크할 생각까지는 못했을 것이다. 아니면 성추행범 자신이 나중에 오는 전철을 타면 지각이라 그렇게 할 수 없었는지도 모른다.

"이 남자는 당신을 찾을 수 없었다 이 말이죠?"

형사가 확인하듯 되물었고, 무짱은 고개를 끄덕였다.

"그래서 어떻게 한 거죠?"

수사관답지 않은 말투였다. 형사는 무짱의 이야기를 어서 듣고 싶다는 듯 재촉했다. 무짱은 미소를 지으며 말했다.

"지금까지도 상상이었지만, 여기서부터는 그 상상이 더 비약적으로 발전합니다. 성추행범에 대한 저의 편견도 상당 부분 포함되어 있다는 걸 미리 말씀드립니다. 그는 저를 찾지 못했지만 한번 품은 앙심은 쉽게 버릴 수 없었을 겁니다. 그래서 차선책을 생각한 게 아닐까 해요."

"차선책?"

"그렇습니다. 손목이 잡혀 넘어져 굴욕을 당하게 만든 복수 상대는 찾을 수 없었던 겁니다. '그렇다면 대신에 나를 밟고 지나간 여자라도 찾아서 복수해야겠다.' 저는 성추행범이 이렇게 생각했을 것 같습니다. 자신을 밟고 지나간 발을 봤을 테니까요. 그 발을 기억하고 있었을 겁니다. 자신을 밟을 수 있는 발은 자신보다 차량 안쪽에 있던 사람의 것. 즉, 전 역에서 탔던 사람의 발이니까 그 발의 주인을 찾아 죽일 계획이었겠죠. 그래서 전 역에서 전철을 타는 사람들 중에서 찾으려 했던 것입니다. 그것이 바로 항상 이 역에서 타던 성추행범이 이미 전철에 타고 있었던 이유라고 할 수 있습니다."

"마, 말도 안 돼! 그걸 어떻게 찾아. 직접 성추행한 무짱도 못 찾았는데, 발밖에 보지 못한 사람을 어떻게 찾냐고."

무짱의 얘기가 나는 너무도 황당하게 들렸다.

"음…… 그 말도 일리가 있네."

무짱은 너무도 쉽게 내 말을 받아들였다. 하지만 곧 자신의 의견을 말했다.

"하지만 성추행범에게는 승산이 있었어. 물론 그때 성추행범을 밟고 지나간 발의 수가 꽤 많았을 거야. 특히 별 특징 없는 남자 구두 같은 건 일일이 기억 못 했겠지. 기억할 수 있는 것은 특징이 있는 신발뿐이었을 거야. 게다가 살의를 품기에 적당한 건 그중에서 가장 큰 고통을 준 상대였을 것이고. 그래서 성추행범은 자신을 밟고 지나간 하이힐을 기억하고 있었어."

자연스럽게 내 시선은 키 큰 여성의 발로 이동했다. 빨간 하이힐을 신고 있었다. 경험해 본 적은 없지만, 하이힐에 밟히면 꽤 아플 것 같다. 그리고 새빨간 하이힐은 기억에 남기 쉽다. 여성의 신발을 쳐다보고 있던 건 나뿐만이 아니었다. 형사도, 다른 경찰관들도, 역무원들도 그녀의 발을 보고 있었다. 물론 그녀 자신도. 빨간 하이힐을 신은 여성이 소리쳤다.

"어머나, 세상에! 나는 아무도 밟지 않았어요!"

무짱은 다정한 눈빛으로 키 큰 여성을 바라보며 말했다.

"맞아, 언니가 잘못한 건 하나도 없어. 하지만 성추행범이 찾던 것은 언니 개인이 아니었어. 성추행범은 그 시간에 그 전철에 타고 있던 빨간 하이힐을 찾았던 거야. 나를 못 찾아서 화풀이 대상이 필요했던 거야. 그 사람이 정말 자신을 밟았는지는 중요하지 않았어. 큰 고통을 준 빨간 하이힐을 신은 여자에게 복수를 해야겠다는 생각밖에 없었던 거야. 즉, 빨간 하이힐만 신었다면 누구든 상관없었단 말이지. 그러다 빨간 하이힐을 신은 저 언니를 찾아낸 거야."

키 큰 여성과 형사를 포함하여 그 자리에 있는 사람들은 말문이 막혔다. 무짱의 추리는 보통 사람이 생각하기에는 너무도 상식 밖의 이야기였다. 그런데도 반론의 여지가 없었다.

"성추행범은 드디어 원하는 상대를 찾아서 기뻤을 거야. 꽉 찬 전철 안에서 아무도 모르게 찌르기 위해 언니의 뒤에 바짝 붙었겠지. 거기서 바로 찔렀으면 끝났을 거야. 그렇게 기분 전환하고 다음 날부터 다시 누군가를 성추행할 수 있었을 것이고. 그런데 성추행범은 갑자기 마음을 바꾼 거 같아. '어차피 죽일 거면 만지고 나서 죽여 버리자.'라고 말이야. 언니가 미인이라 만지지 않을 이유가 없었던 거지. 그래서 일단 칼을 주머니에 넣고 언니를 만지기로 했을 거야. 어차피 찌르는 건 전철이 정차하기 직전, 찌르고 바로 내릴 수 있는 타이밍이면 되니까 말이야. 만질 시간은 충분했지. 그리고 역이 가까워지고, 이제 그만하고 찔러 버리자고 생각한 순간, 예상치 못한 문제가 발생한 거야."

"내가 그놈의 팔을 잡았지."

키 큰 여성이 생각났다는 표정으로 말했다. 무짱은 고개를 끄덕였다.

"맞아. 언니가 성추행범의 팔을 잡았어. 3주 전에 내가 그랬던 것처럼 말이야. 성추행범은 패닉에 빠졌을 거야. 넘어져서 밟혔던 악몽이 떠올랐겠지. 그래서 '빨리 찔러 버리자!' 하고 조바심을 내며 칼을 잡으려고 했어. 그런데 오른손은 언니에게 잡혀 있잖아. 어쩔 수 없이 왼손을 가까스로 움직여 오른쪽 주머니에 있던 칼을 꺼냈어. 그리고 찌르려고 칼을 자신의 배 앞에서 움직이고 있을 때 전철이 멈춘 거야."

"덜컹하고."

내 입에서 무심코 그런 말이 나왔다. 무짱이 여성에게 질문하던 때가 생각났다. 이 전철은 정차할 때 덜컹, 하고 크게 흔들린다. 무짱은 그것을 강조했던 것이다.

“기타니시가 말한 대로야. 정차할 때 전철이 크게 흔들렸어. 평상시라면 그래도 별일 없었겠지. 하지만 그때는 만원 전철이었고, 성추행범은 칼을 배 앞에 두고 있었어. 칼날과 배 사이에는 공간이 없었을 거야. 칼자루 부분이 다른 사람에게 닿아 있어서 아무리 힘을 써도 움직일 수 없었겠지. 지금까지 성추행범의 죄를 숨겨 주던 만원 전철이 마지막 순간에 그를 배신했어. 전철이 멈추는 순간 성추행범은 앞으로 고꾸라졌고, 그러다 자신의 배가 칼에 찔린 거야.”

무짱의 추리는 거기서 끝났다. 주변의 누구도 입을 열지 않았다. 이 사건의 진상이 정말 성추행범이 비열한 복수 계획을 세우고 실행하다 실수로 자신을 찌른 것일까. 너무 허황된 생각에 아무런 증거도 없다. 그렇게 반박하고 싶었지만 무짱의 추리를 뒤집을 만한 반론이 떠오르지 않았다.

형사가 기침 소리를 내곤 말을 꺼냈다. 이번에도 감정을 숨긴 말투였다.

“당신의 의견은…… 중요한 의견으로 참고하겠습니다. 협조, 감사드립니다.”

20여 분 후 열차 운행이 재개되었다. 평소보다 훨씬 더 꽉 찬 만원 전철을 타고 나는 회사로 향했다. 숨이 막힐 것 같은 전철 안에서 나는 무짱에게 말을 걸었다.

"무짱, 대단해. 특별히 조사도 하지 않고, 그 자리에 있던 사람들의 이야기를 들은 것만으로 진상을 밝혀 내다니 말이야."

주변의 어떤 압력에도 쿨한 표정을 짓고 있던 무짱은 내 칭찬을 듣고도 표정의 변화가 없었다.

"아, 그거? 엉터리야."

무짱이 혀를 내밀며 말했다.

"뭐?"

나도 모르게 큰 소리를 냈다. 그러자 나를 향한 주변의 차가운 시선이 느껴졌다. 그래도 나는 별로 신경 쓰지 않고 말했다.

"그게 대체 무슨 소리야?"

"그렇게 말하면 모든 게 잘 풀리잖아. 다 죽은 사람 탓으로 돌리는 거지. 죽은 사람은 말을 할 수 없으니까."

무짱은 어린아이 같은 미소를 지었다.

"생각해 봐. 내가 그런 말을 했기 때문에 전철이 무사히 다시 운행을 한 거 아니야. 기타니시도 빨리 회사에 가서 일하고 싶었지?"

"그야 그렇지만……."

나는 다음 말이 나오지 않아서 그저 입만 삐죽거렸다. 동거한 지 꽤 됐지만 무짱이 이런 성격인 줄은 몰랐다. 하지만 그것은 결코 싫은 느낌이 아니었다. '또 한 번 반했다.'라는 표현이 가장 가깝지 않을까 한다. 인간이 아니기 때문에 연애 감정까지는 가질 수 없지만 말이다.

* * *

경찰의 후속 수사 결과, 무짱의 추리가 맞았다는 것이 증명되었다. 경찰이 칼의 출처를 찾아냈는데, 그 칼은 성추행범이 직접 구입한 것임이 밝혀졌다. 또한 성추행범의 인간관계를 철저히 조사해서 그가 살의를 품을 만한 사람이 같은 전철에 타지 않았다는 것도 알 수 있었다. 이를 토대로 경찰은 성추행범이 빨간 하이힐을 신은 여성을 무작정 살해하려다 실수로 자신의 배를 찔렀다는 결론을 내렸다.

이 사건에는 후일담이 있다. 경찰이 사건의 진상을 매체에 공개한 결과, 일본 최고의 성추행 전철로 불리던 그 노선에서 성추행범이 급감했다는 사실이다. 성추행을 했다가는 목숨을 잃을 수 있다는 생각까지 하게 되었는지는 알 수 없지만, 피해자의 성추행 신고가 극도로 줄어든 건 사실인 듯했다. 인터넷 뉴스를 통해 그 사실을 알게 된 무짱이 나를 컴퓨터 앞으로 불러내어 그 기사를 보여 주었다.

"이제 인간 사회에서 악이 하나 줄었어."

무짱이 말하며 자랑스럽게 콧구멍을 부풀렸다. 인간들의 세상을 바꾸는 데는 관심도 없으면서.

대지를 걷다

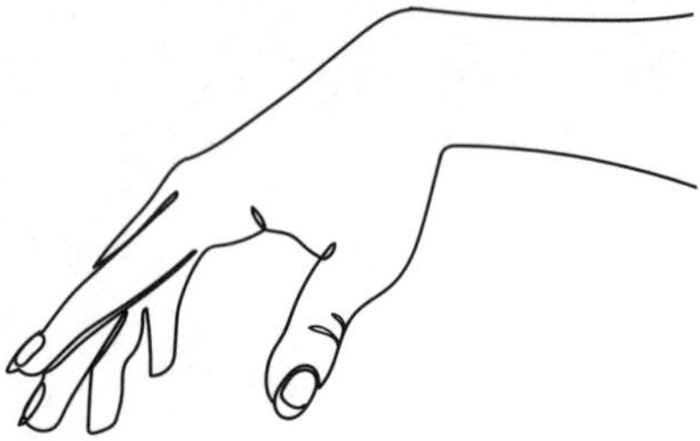

방 안에 있는 한 사람의 시체.

그리고 부풀어 오른 지갑 안에는 만 엔 지폐가 가득 들어 있었다.

무짱이 갸름한 턱을 한 손으로 괴며 말했다.

“왜 그런 거지? 쿠니모토 씨는 현금을 왜 이렇게 많이 가지고 다니는 거지?”

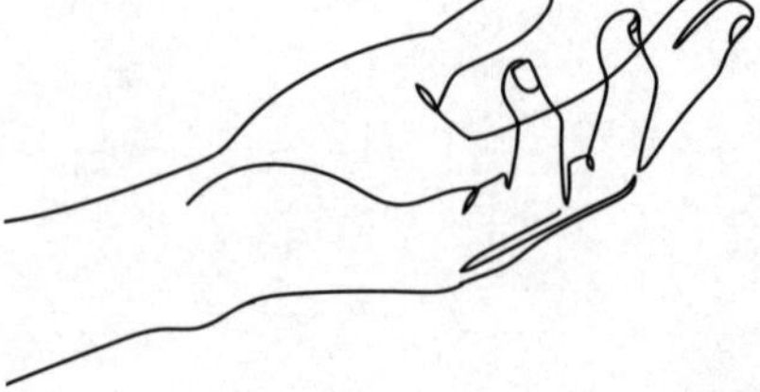

"내가 정리해 볼게."

계산서를 집어 든 쿠니모토 신이치가 핸드폰을 꺼내더니 계산기 화면을 열었다.

"한 사람당 2,100엔이네."

나는 지갑을 꺼내서 나와 무짱의 몫인 총 4,200엔을 쿠니모토에게 건넸다. 하시즈메 켄타와 카야마 유리도 쓴웃음을 지으며 지갑을 꺼냈다. 쿠니모토는 모은 현금을 자신의 지갑에 넣고 신용 카드를 꺼내더니 계산대 점원에게 건넸다. 신용 카드 표면에는 비행기 꼬리 날개 그림이 있었다.

우리는 계산이 끝날 때까지 밖에서 기다리기로 했다. 따뜻한 겨울 날씨라 그런지 식당 밖으로 나와도 그다지 춥지 않았다. 나와 무짱 그리고 하시즈메 켄타와 카야마 유리 네 명은 몸을 움츠리지 않고 가게 밖에 서 있었다.

"별 보인다!"

유리의 말에 하늘을 올려다보니 네온사인 사이로 반짝이는 별이 보였다.

"이렇게 좋은 날씨가 주말까지 이어졌으면 좋겠다."

"일기예보에서는 맑을 거라던데."

"그럼 여행하기 딱이겠네."

토요일에는 오랜 친구인 쿠니모토와 함께 이즈반도(즈오카현 동부에 있는 반도)에 가서 딸기 따기 체험을 하기로 했다. 오늘 밤에는 사전 모임 겸 무짱을 친구들에게 소개할 목적으로 약속을 잡았다. 이메일로 연락해도 충분한 사안이었지만, 우리는 가능하면 직접 만나서 얘기하는 걸 선호하는 편이다. 서로 그렇게 멀리 사는 것도 아니고, 친목을 위해 직접 만나는 것에 모두 동의한 상태다.

잠시 후, 쿠니모토가 가게에서 나왔다. 신용 카드 영수증을 지갑에 넣더니 지갑을 접어서 안쪽 주머니에 다시 넣었다. 그의 얼굴은 환하게 웃고 있었다.

"잘 모으고 있니?"

나의 질문에 쿠니모토가 활짝 웃었다.

"응. 항공권을 얻을 수 있을 만큼 모여서 조만간에 해외여행을 갈까 해. 너희들 덕분이야."

유리가 과장된 반응을 보이며 말했다.

"세상에 공짜가 어딨어. 가면 꼭 기념품 같은 여행 선물 사 와야 해."

"물론이지. 나는 은혜를 잊지 않는 사람이야. 게다가 기념품을 사면 그것 또한 마일리지가 되거든."

쿠니모토는 오른손으로 자신의 가슴을 두드렸다. 우리는 일제히 웃었다. 상황을 파악하지 못한 무짱만 여전히 멍한 표정을 짓고 있었다.

"아 참, 유리는 같이 안 가?"

하시즈메가 옆에서 물었지만 유리는 무표정한 얼굴로 고개를 저었다.

"나는 내 돈으로 가야 하거든. 내 마음대로 같이 갈 수는 없어."

"그렇구나. 그럼 쿠니모토가 두 사람 몫을 저축하는 수밖에 없겠네."

쿠니모토가 미소를 지었다.

"문제없어. 조금만 더 노력하면 두 사람분의 항공권 정도는 가능할 거 같아."

"여행은 언제 가?"

"일요일에."

"어? 딸기 따기 체험 여행 다음 날이네?"

"그때 휴가를 낼 수 있어서 다녀오려고. 게다가 일요일에 출발하는 비행기면 마일리지 특전 항공권을 쉽게 구할 수 있거든. 딸기 따기 체험한 다음 공항 근처인 나리타에 가서 1박을 하려고."

결국 평일에 연결된 휴가를 낼 수 있었다는 얘기다. 그런 건 꿈도 못 꾸는 직장에 다니는 나로서는 부러울 따름이었다. 쿠니모토가 환한 표정으로 말했다.

"어쨌든 이번 여행에서도 많이 쌓일 거야."

"뭐가 쌓인다는 거야?"

무짱이 그렇게 말한 건 다 함께 전철을 타고 있을 때였다. 무짱은 전철 손잡이가 아니라 내 손을 잡고 있었다. 다른 사람이 보면 연애 중인 커플로 보이겠지. 하지만 실상은 달랐다. 무짱은 잡은 손을 통해 내 생명 에너지를 빨아들이고 있었다.

무짱이 어떤 존재인지 솔직히 나는 잘 모르겠다. 인간의 생명 에너지를 빨아먹고 사는 것으로 보아 인간은 아닐 것이다. 아무리 인간처럼 생겼다고 해도, 결국 인간에게 의심받지 않고 접근하기 위한 '모방'에 불과하다.

따지고 보면 무짱과 같은 존재는 인류를 위험에 빠뜨릴 수 있어서 기피해야 할 존재라고 할 수 있다. 하지만 현대는 포식의 시대다. 수많은 인간이 칼로리 과잉 섭취로 고민하고 있다. 그 잉여분을 누군가에게 선물하고 싶은 사람이 적지 않을 것이다.

운 좋게도 나에게는 선물할 상대가 있다. 바로 무짱이다. 오늘 밤 친구들과 함께 먹은 식사 역시 칼로리를 다 소비하지 못해 지방으로 축적될 정도로 양이 많았다. 하지만 무짱은 그걸 다 빨아들였다. 무짱은 나에게 '복음' 같은 존재가 아닐까 하는 생각이 든다.

어쩌다 그 복음이 내게 왔는가 하면, 아무래도 내 성격 때문인 것 같다. 스트레스를 잘 받지 않고 느긋하게 사는 것이 내 삶의 방식이다. 무짱은 그런 나의 생명 에너지가 '맛있다'고 한다. 말하자면 '정제도'가 높은 연료 같은 것이라, 항상 곁에 두고 싶은가 보다. 그래서 우리는 함께 살고 있다.

다른 사람에게 정체를 알리지 않기로 무짱과 약속했기 때문에, 밖에서는 연인인 척하고 있다. 남녀가 함께 살고 있으니 그보다 적당한 설정이 없다. 내가 대학생일 때 중학생인 무짱의 과외를 해 주면서 알고 지내다 사귀게 되었다고 하면 직장인인 나와 대학생인 그녀가 커플인 이유가 설명된다. 세 친구들도 지어 낸 그 얘기를 그대로 믿는 것 같았고, 유리는 웃으면서 "무짱이 어렸을 때부터 꼬드겼지? 미성년자를 건드리다니, 이 범죄자야."라며 놀리기도 했다.

"쌓인다는 게 뭐냐면…… 쿠니모토는 '오카마이라'거든."

나는 무짱의 질문에 대답했다.

"오카마……이라?"

무짱이 고개를 갸우뚱하자 그에 맞춰 포니테일이 흔들렸다. 당연한 반응이다. 그렇게만 말하면 무슨 뜻인지 알 수 없을 것이다.

"오카마(게이를 의미하는 일본어)가 아니라, 오카마이라."

쿠니모토가 썰렁한 농담을 하자 유리가 그의 등을 때렸다. 쿠니모토는 머리를 긁적이더니 설명했다.

"비행기에 마일리지 서비스라는 것이 있다는 건 알고 계십니까?"

무짱이 갸우뚱한 머리를 바로 세우며 말했다.

"그건 알아요. 비행기를 타면 거리에 따라 마일리지라는 포인트가 붙고, 일정 이상 적립되면 무료 항공권을 받을 수 있는, 그거 말이죠?"

쿠니모토가 고개를 끄덕였다.

"네, 바로 그겁니다. 항공사의 고객 유치 방식인데, 사실은 비행기를 타지 않아도 마일리지를 적립할 수 있답니다."

"어떻게요?"

"비행기는 출장을 자주 다니는 사람이 아니면 탈 일이 많지 않잖아요. 그러면 마일리지가 쌓이지 않아서 고객에게 그다지 매력적이지 않죠. 그래서 항공사가 고안한 겁니다. 비행기를 타는 것 외에 다른 경제 활동을 통해서도 마일리지가 쌓이도록 말이죠. 제휴한 호텔에 숙박하거나 렌터카를 빌려도 쌓이지만, 그것들 역시 기회가 자주 있지 않겠죠. 호텔에 묵을 일이 그리 자주 있지는 않으니까요. 비행기를 타는 것과 별반 다르지 않죠. 그래서 더 편한 방법이 있는데, 바로 제휴된 신용 카드로 쇼핑을 하는 겁니다. 일본에서도 신용 카드로 결제하는 건 이제 흔한 일이 되었습니다. 항공사와 제휴한 신용 카드를 가지고 있으면 카드를 사용할 때마다 마일리지가 적립되는 겁니다. '오늘 쇼핑은 도쿄와 나고야 사이 비행기를 타고 온 것과 같다.'는 느낌이라고 생각하면 되겠죠. 잘 활용하면 한 번도 비행기를 타지 않아도 무료 항공권을 얻을 수도 있습니다."

무짱이 이해했다는 표정을 짓자 내가 이어서 설명했다.

"그래서 일상생활에서 어떻게 하면 효율적으로 마일리지를 적립할 수 있는지를 연구하는 것이 쿠니모토의 취미라고 할 수 있어. 서퍼 복장을 하고 있지만 실제로는 서핑을 하지 않는 사람을 '오카 사파(육지 서퍼)'라고 하잖아. 그것과 마찬가지로 비행기를 타지 않으면서 마일리지를 모으는 사람을 '오카 마이라(육지 마일러)'라고 부르는 거지. 그런 사람들은 취미의 범주를 넘어서, 비행기를 타고 마일리지를 모으는 건 안이한 방법이라고 생각해."

쿠니모토가 쓴웃음을 지으며 말했다.

"나는 그 정도는 아니야. 필요하면 비행기도 타고, 마일리지도 제대로 받을 거야. 다만 우리는 주로 저가 항공을 타서 마일리지 전환율이 낮더라고. 그래서 역시 현금으로 티켓을 사는 게 환산율이 더 높아. 항공권 세계에도 계층이 있는 거지. 그래도 마일리지 특전 항공권에는 역시 마일리지가 붙지 않아서 저가 항공권 마일리지라도 좋긴 하지."

"하지만 가능하면 비행기를 타지 않고 모으려는 건 맞잖아."

"그건 그래. 네 말대로 비행기 타고 마일리지 받는 건 안이한 거 같긴 해. '육지 마일러'로서는 말이야. 다른 방법으로 마일리지를 모으는 것이 더 재미있긴 하거든."

쿠니모토가 또 머리를 긁적였다.

"나, 쿠니모토가 편의점에서 주먹밥 한 개를 신용 카드로 사는 거(일본은 소액 결제는 주로 현금으로 한다.) 본 적이 있어."

유리의 말에 쿠니모토가 "그 정도는 기본이지."라고 해서 웃음을 자아냈다.

무짱이 웃으며 고개를 끄덕였다.

"하하하, 그래서 쿠니모토 씨가 정리하겠다고 한 거군요. 다른 사람 거는 현금으로 받아서 본인 카드를 쓰면 그만큼 더 많은 마일리지가 쌓이겠네요."

쿠니모토가 빙그레 웃었다.

"그런 거죠. 모인 현금은 수입이 아니라 카드값으로 빠져나갈 돈이니 바로 은행 계좌에 넣습니다. 그 외에도 공과금을 카드로 결제하도록 설정하거나 전자 머니(교통 카드처럼 쓸 수 있는 전자 화폐)를 잘 활용하는 등 여러 가지 방법이 있어요. 아무튼 현금을 무분별하게 쓰는 건 저에게 '악'이에요(일본은 한국에 비해 현금 사용 비중이 높은 편이다.).”

“그렇게 해서 마일리지를 얼마나 모으셨나요?”

“아 네, 어느 정도냐면…… 매년 하와이에 갈 수 있을 정도는 되지 않을까…….”

쿠니모토가 자랑스러운 표정으로 말했다. 무짱은 놀라며 눈을 동그랗게 떴다.

“그렇게나요?”

“네, 나름 보람 있는 취미죠? 아, 도착했네요.”

전철이 다음 역에 정차했다. 나와 무짱을 제외하고는 여기서 환승해야 했다. 세 사람은 가방을 선반에서 내렸다.

“그럼, 우리는 여기서…….”

“토요일에 만나.”

“아침에 데리러 갈 테니까 일어나 있어.”

끝으로 하시즈메가 말하곤 전철에서 내렸다.

“좋은 사람들이네. 주말에 재밌겠다.”

전철이 움직이기 시작하자 무짱이 말했다.

“그러게.”

나는 짧게 대답했다. 인간의 생명 에너지로 살아가는 무짱은 굳이 입으로 음식을 섭취할 필요가 없다. 그런 그녀에게 딸기 따기 체험이 무슨 의미가 있을까 했는데, 다행히 걱정할 필요가 없었다. “영양을 신경 쓸 필요가 없기 때문에 더욱 순수하게 맛을 즐기는 기관으로서 혀의 감각이 발달했어."라고 무짱은 말했다. 그 말이 맞다는 것을 증명하듯 그녀가 만든 요리는 맛있다. 그러니 딸기 따기 체험이 기대된다는 말도 겉치레로 하는 말이 아닌 듯했다.

"기타니시는 마일리지 안 모아?"

무짱이 초롱초롱한 눈망울로 나를 보며 물었다. 나는 머리를 긁적이며 대답했다.

"나는 안 모아. 비행기를 타는 걸 그다지 좋아하지 않거든."

그것이 옳은 선택이었다는 것을 깨달은 건 주말이 돼서였다.

"주말인데도 일찍 일어났네."

운전대를 잡은 하시즈메가 반쯤 눈을 감고 있는 나에게 말했다. 나는 그에게 투덜거렸다.

"말도 마. 아직도 졸려 죽겠어."

길이 혼잡해지기 전에 출발하자는 생각에, 하시즈메가 데리러 온 시간은 무려 새벽 5시 반이었다. 전날 야근으로 늦게 귀가한 나는 무짱의 도움으로 겨우 일어날 수 있었지만, 여전히 졸음이 가시지 않았다. 그나마 운전자가 아닌 것이 다행이라 이즈반도에 도착할 때까지 계속 자기로 했다.

"그래도 기타니시는 나보다 나아. 나는 4시 반에 일어났어. 사람들을 픽업해야 하니까 가장 일찍 일어나야 하잖아, 빵집 아저

씨처럼."

고생스러워하는 그의 말과는 달리 하시즈메의 표정은 밝았다. 그가 타고 온 차량은 3으로 시작하는 번호(일본에서 중대형차는 3으로 시작하고, 소형차는 5로 시작한다.)의 대형차였다. 비록 중고차지만 오래전부터 타고 싶어 했던 스웨덴산 스테이션왜건이라고 한다. 새로 산 차로 멀리 갈 수 있다는 사실만으로도 기쁜 듯했다.

하시즈메의 집에서 토메이 고속 도로(東名高速道路, 도쿄에서 나고야를 잇는 고속 도로) 사이에 우리를 픽업해 가려면 우리, 유리, 쿠니모토의 집 순으로 들르는 것이 효율적인 루트다. 나와 무짱을 태운 차는 15분 정도 달려서 유리를 태웠다. 유리 역시 제때 깨어 있었지만 아직 졸린 모양이었다. 피곤해서 눈이 새빨갛게 충혈되어 있었다.

"쿠니모토는 제대로 일어났겠지?"

유리가 차에 타자마자 하는 말을 내가 재빨리 받아쳤다.

"아직 자고 있다에 천 엔 건다."

"아냐, 쿠니모토라면 일어나지 않은 쪽에 10마일리즈라고 해야 맞아."

하시즈메의 말에 모두들 웃었다. 지금까지 몇 번이나 쿠니모토를 데리러 갔었지만, 그가 깨어 있던 적은 단 한 번도 없었다. 그나마 쿠니모토는 일어난 후 외출 준비하는 것이 빨라서 시간

손실이 크지 않다.

쿠니모토가 사는 아파트에 도착하자 하시즈메는 아파트 앞 도로에 주차했다. 원래는 주차 금지 구역이지만 이른 아침이라 크게 신경 쓰이지 않는 듯했다. 네 사람은 계단으로 올라가서 쿠니모토의 집 문 앞에서 초인종을 눌렀다. 예상대로 대답이 없었다.

"쿠니모토, 일어나. 아침이야."

하시즈메가 문을 쿵쿵 두드렸다. 역시 대답이 없다. 혹시 해서 문손잡이를 돌렸더니 저항 없이 열렸다. 네 사람은 서로의 얼굴을 보며 놀란 표정을 지었다.

"문도 잠그지 않았잖아."

"문도 안 잠그고 자 버리다니 제정신이 아니구만."

의외였다. 쿠니모토는 조심스러운 사람이다. 문 안쪽에는 피킹 방지용 커버까지 붙여 놓을 정도다. 그런데 어째서 문을 잠그지 않은 걸까.

"어떻게 할까? 들어가서 깨워?"

나는 문고리를 잡은 상태로 친구들에게 물었다.

"그 방법밖에 없을 거 같은데."

하시즈메가 말하자 내가 농담 투로 받아쳤다.

"들어갔는데 여자랑 같이 있으면 어쩌지?"

"설마 그럴 리가 있겠냐? 그 녀석이 유리 말고 다른 여자를 만나는 게 상상이 돼?"

반쯤 열린 문 앞에서 그런 싱거운 농담을 하다가 결국 들어가서 깨우기로 했다. 모두 "실례합니다."라고 하면서 신발을 벗고 안으로 들어갔다.

쿠니모토가 사는 곳은 1DK(방 하나와 식사 및 요리 공간으로 나누어진 구조)다. 몇 번 와 본 적이 있어 어떻게 생긴 곳인지 잘 알고 있었다. 현관을 들어서자마자 네 평 남짓한 다이닝 키친이 있고, 유리 미닫이문을 열면 다다미 여섯 장 넓이의 방이 있다. 건물은 조금 낡았지만 쾌적해 보이는 주거 공간이다.

다이닝 키친은 여러 가지 물건들이 있었지만, 각각의 물건들이 제대로 배치되어 있었다. 쉽게 말해서 정리 정돈이 잘돼 있었다. 그중에서도 가장 눈에 띄는 건 현관 바로 옆에 있는 여행 가방이었다. 그러고 보니 쿠니모토는 오늘 딸기 따기 체험을 마치고 곧바로 나리타로 갈 예정이라고 했다. 우리가 타고 갈 차량이 스테이션왜건이라 트렁크가 넓어서 여행 가방을 싣고 갔다가 돌아올 때 하시즈메가 도쿄역 근처까지 데려다줄 생각인가 보다. 일본식 방으로 통하는 미닫이문은 닫혀 있었다. 유리창 너머에선 쿠니모토가 팔자 좋게 자고 있을 것이다. 나는 미닫이문을 열면서 그를 깨웠다.

"아침이야. 어서 일어나."

가장 먼저 눈에 들어온 건 이불이었다. 그리고 베갯머리에서 창문 쪽으로 검은 액체 같은 것이 흘러나와 있었다.

"쿠니모토, 그만 자고……."

나는 그 액체를 본 순간, 온몸이 마비된 듯 움직일 수 없었다. 잠이 부족해서 멍한 머리로는 눈앞의 광경이 무엇을 의미하는지 바로 파악할 수 없었다. 몸이 반사적으로 이상을 감지하고 움직임을 멈춘 것이다.

물론, 나만 그런 것이 아니었다. 유리도 하시즈메도 움직이지 않았다. 움직일 수 있는 사람은 무짱뿐이었다. 무짱은 고개를 갸우뚱하더니 혼자 방에 들어가 이불을 들췄다.

"쿠니모토!"

이불 속에는 쿠니모토의 시체가 있었다.

이게 무슨 일이야. 나는 눈앞의 광경을 보고 얼어붙어 버렸다. 쿠니모토가 죽다니. 그 사실을 뇌의 일부는 인식했지만 다른 부분은 아직 받아들이지 못하고 있었다. 갑자기 친구의 시체를 보게 되어 혼란에 빠진 것이다. 뇌 신경의 연락망이 제대로 작동하지 않는 느낌이었다.

내가 넋이 나간 얼굴을 하고 있었는지, 무짱이 와서 내 손을 잡더니 가볍게 에너지를 빨았다. 무짱이 마음대로 하도록 내버려 두었더니 잠시 후 마비된 사고가 풀리는 듯했다. 이건 무짱의 특기다. 인간은 혼란스럽거나 패닉에 빠졌을 때 쓸데없이 머릿속을 휘젓는 에너지를 발생시킨다. 무짱은 그것을 빨아들임으로

써 이성을 되찾게 할 수 있다. 덕분에 나는 겨우 정신을 차리고 눈앞의 광경을 마주할 수 있었다.

옆에서 딸꾹질하는 소리가 들렸다. 유리였다. 돌아봤더니 눈빛이 수상했다. 패닉에 빠진 것이 틀림없었다.

"이, 이이이이이게 무슨……."

하시즈메도 경련을 일으키듯 입술을 움직이고 있었다. 그 역시 혼란의 소용돌이에 빠져 있었다. 그것을 눈치챈 무짱은 재빨리 두 사람 뒤로 가더니 양손으로 두 사람의 목덜미를 잡고 그들의 에너지도 빨아들였다. 둘 다 자신에게 무슨 일이 일어났는지 전혀 알지 못할 것이다. 잠시 후 하시즈메와 유리가 이성을 되찾았다는 것을 눈빛으로 알 수 있었다. 무짱은 천천히 손을 떼었다.

"쿠니모토 씨가 죽었네요."

무짱이 차분한 목소리로 말했다. 나는 그 목소리에 반응하여 천천히 방으로 들어가서 그의 옆에 웅크렸다. 쿠니모토는 추리닝을 입은 채 엎드린 자세로 누워 있었다. 머리만 옆으로 비틀어져 있었다. 부자연스러운 자세였다. 적어도 살아 있는 사람에게는 그런 자세였다. 나는 손목시계를 벗어서 유리로 된 부분을 쿠니모토의 입에 가까이 댔다. 쿠니모토는 입을 반쯤 벌리고 있었지만 손목시계의 유리는 흐려지지 않았다. 숨을 쉬고 있지 않았다. 흘린 피가 이미 굳어 있었다. 죽은 것이 분명했다.

나는 시계를 다시 차고 일어서서 쿠니모토를 내려다보았다.

머리에서 피가 흐른 듯했다. 머리카락에 가려져 상처는 보이지 않았지만 이불 옆에 서 있어야 할 전기스탠드가 쓰러져 뒹굴고 있었다. 자세히 보니 받침대 부분에 금이 가 있었다. 전기스탠드 외에는 방 안에 어지럽혀진 것은 없었다.

“저거로 친 거겠지?”

하시즈메가 말했다. 강제로 이성을 되찾게 한 탓인지 말투가 약간 이상했다. 하지만 생각하는 데는 문제가 없어 보였다. 유리 역시 마찬가지였다. 다소 어정쩡한 걸음으로 들어오더니 쪼그려 앉아 쿠니모토의 몸에 손을 얹고 가볍게 흔들었다. 역시 반응은 없었다.

유리와 쿠니모토가 얼마나 가까운 사이였는지는 알 수 없다. 하지만 단순한 친구 이상이라는 건 알고 있었다. 그런 사이인 남자의 시체를 갑자기 보게 되었으니 충격을 받고 울부짖을 만한 상황인데, 무짱 덕분에 이성을 찾을 수 있었다. 유리는 울지도 못한 채 그저 쿠니모토 곁을 지키고 있었다.

쿠니모토가 죽었다. 게다가 상황으로 미루어 보건대 살해당한 것 같다. 왜 그는 목숨을 빼앗겨야만 했을까. 짐작조차 할 수 없었다. 어지러움이 느껴졌다. 이성을 되찾긴 했지만 정신적 충격이 사라진 것은 아니었다.

“어떻게 된 거지?”

유리가 중얼거리듯 물었다. 나는 할 말이 없었다. 입을 연 건 하시즈메였다.

"강도를 당한 건 아닌 것 같은데."

"뭐?"

내가 묻자 하시즈메는 책상 위를 손가락으로 가리켰다. 모두의 시선이 그쪽으로 향했다. 책상 위에는 지갑이 놓여 있었다. 쿠니모토의 지갑이다. 두툼하게 부풀어 있었다. 돈을 너무 많이 넣어서인지 접는 지갑이 펼쳐져 있었다.

"돈이 꽤 있는데?"

나는 몸을 약간 숙여 지갑의 옆면을 보았다. 다량의 지폐가 들어 있는 것이 보였다. 크기와 색깔로 미루어 보아 만 엔짜리 지폐 같았다. 저렇게 큰돈을 가지고 다녀 본 적이 없는 나로서는 두께만으로는 얼마나 많은 금액이 들어 있는지 짐작할 수 없었다. 하지만 하시즈메가 한 말의 뜻은 이해할 수 있었다.

"강도가 들어왔다면 저 지갑을 그냥 두고 갔을 리가 없잖아."

유리가 자리에서 일어섰다. 우리 세 사람은 서로를 보았다. 이성을 되찾긴 했지만 이제 어떻게 해야 할지 모르겠다는 분위기였다.

"이상하네."

묘한 침묵을 깨뜨린 건 무짱이었다. 나는 물었다.

"이상하다고? 강도가 지갑을 가져가지 않았다는 거 말이야?"

허를 찌른 듯한 모습이라 무짱의 진의를 잘못 읽은 듯했다. 무짱은 고개를 저으며 말했다.

"그게 아니라, 지갑에 돈이 가득 들어 있다는 것 자체가 말이야."

"뭐?"

나는 무슨 말인지 이해되지 않았다. 무짱은 눈썹을 살짝 찌푸렸다.

"잘 들어 봐. 쿠니모토 씨는 '육지 마일러'잖아. 될 수 있으면 현금을 쓰지 않고 제휴 카드로 결제하고 마일리지를 쌓는다고 했어. 그렇다면 지갑에 현금을 저렇게 많이 넣고 다닐 필요가 없는 거 아니야?"

무짱은 세 명의 얼굴을 돌아보았다.

"쿠니모토 씨가 저렇게 많은 현금을 가지고 있다는 게 이해되냐 이 말이야."

"아……."

나는 할 말을 잃었다. 그러고 보니 무짱의 말대로였다. 쿠니모토는 우리에게 '현금을 무분별하게 쓰는 건 악'이라고까지 했다. 그랬던 녀석이 왜 두툼한 지갑을 가지고 있는 걸까.

"설사 '육지 마일러'가 아니라고 해도 평상시에 저렇게 많은 현금을 가지고 다니는 경우는 별로 없잖아. 그런데 쿠니모토 씨는 하필이면 살해당한 밤에 그 돈을 가지고 있었어."

듣고 보니 무짱이 하고 싶었던 말을 알 것 같았다. 나는 무짱의 오목조목한 얼굴을 보며 물었다.

"무짱은 이 현금이 사건과 관련이 있다고 생각하는구나."

유리가 입을 열었다.

"그럴까요? 쿠니모토가 큰돈을 가지고 있는 게 그렇게 이상한 일일까요?"

유리가 무짱을 봤다. 눈이 마주친 무짱은 조용히 유리의 말을 기다렸다.

"아무리 신용 카드가 대중화되었다고 해도 아직 사용할 수 없는 곳은 얼마든지 있어요(최근에는 일본도 카드 가맹점이 많이 늘긴 했지만 아직도 현금 결제만 되는 곳이 많다.). 본인이 아무리 안 쓰려고 해도 현금이 전혀 필요 없는 건 아니죠. 그러니 현금을 준비해 두는 건 이상한 게 아니지 않나요?"

유리는 담담하게 자신의 생각을 말했다. 그 모습을 보고 있는 나는 마음이 아팠다. 무짱이 이성을 되찾게 해 주었지만 일시적인 것이다. 결국, 쿠니모토의 죽음은 유리의 마음을 무너뜨릴 것이다. 그것을 알면서도 남자 친구의 시체 앞에서 제정신을 유지하고 있는 유리를 보고 있자니 안타까웠다. 그럼에도 불구하고, 무짱은 유리의 설명이 이해되지 않는 모양이었다.

"아무리 그래도 현금이 너무 많은 거 같아요."

무짱이 책상 앞으로 가더니 아무렇지 않게 지갑을 집어서 안에 있는 지폐를 꺼냈다. 그리고 모두가 볼 수 있도록 천천히 지폐를 세었다.

"만 엔짜리가 50장, 50만 엔이네요."

그렇게 말하더니 지폐를 지갑에 다시 넣어 책상 위에 올려놓았다.

"단순히 현금 결제를 위한 것치고는 너무 많은 것 같은데요. 최대한 현금을 사용하지 않으려는 사람이라면 많아 봐야 몇만 엔이면 충분할 테고, 고가의 물건을 살 때는 카드로 결제하면 될 텐데 말이죠. 마일리지를 쌓을 수 있는 절호의 기회잖아요."

설득력 있는 생각이었다. 유리는 반박하지 못하고 입을 다물었다. 대신 내가 유리의 주장을 발전시켜 보았다.

"큰돈을 써야 하지만 카드로는 안 되는 경우도 있잖아."

무짱이 고개를 갸우뚱하며 물었다.

"예를 들어 어떤 거?"

"축의금 같은 거 말이야."

무짱은 고개를 가로저었다.

"축의금으로 50만 엔은 너무 많잖아."

"그럼, 결납금(結納金 유이노오킨, 결혼 때 선물로 준비하는 돈으로 한국의 함과 비슷한 개념)이라든가."

"그만해!"

유리가 토해 내듯 말했다. 나는 실언했음을 깨닫고 당황해서 입을 다물었다. 다음으로 입을 연 것은 하시즈메였다.

"그런 거 아닐까?"

"그런 게 뭔데?"

"잠깐 생각난 건데, 육지 마일러는 의외로 현금을 많이 가질 기회가 많다는 거야. 저번에 같이 밥을 먹었을 때처럼 말이야."

그 말을 들으니 그날 밤이 떠올랐다. 여기 있는 다섯 명이 모여 함께 저녁을 먹었던 날, 쿠니모토는 모두에게서 현금을 받은 다음 자신의 카드로 계산했다.

"이 돈이 다른 사람들 대신 카드로 결제하고 받은 거라고?"

하시즈메가 고개를 끄덕였다.

"그래, 그렇게 생각하면 쿠니모토가 현금을 많이 가지고 있었다는 것이 설명되잖아."

'그럴 수도 있겠구나.'라고 하려는데 무짱이 고개를 저었다.

"그건 아닌 거 같아요. 천 엔짜리 지폐라면 저도 그렇게 생각했을 겁니다. 하지만 지갑에 들어 있는 것은 만 엔짜리 지폐예요. 어떤 자리가 만 엔 지폐만 받게 될까요?"

"50만 엔이라……. 예를 들어 직장 회식 자리에서 25명이 모여서 한 사람당 2만 엔씩 내야 하는데……."

하시즈메가 불만스러운 표정으로 하던 말을 끊었다가 다시 했다.

"아, 생각해 보니 그 정도로 큰 자리라면 현장에서 현금을 모으지 않겠네. 게다가 총무가 개인 신용 카드로 결제하지도 않을 거 같고."

하시즈메는 자신의 주장을 철회했다. 이번엔 내가 의견을 말했다.

"쿠니모토는 내일부터 해외여행을 간다고 했잖아. 이에 대비해 현금을 많이 준비해 둔 게 아닐까?"

무짱은 곤란한 표정을 지었다.

"음…… 그럴 수도 있겠지만, 역시 너무 많아. 여행자 수표를 사거나 환전을 위한 돈이라고 해도 말이야. 육지 마일러의 습성상 쿠니모토 씨는 여행지에서도 최대한 카드를 쓰려고 할 거 같은데, 현금을 준비한다는 건 현지 통화가 필요할 때를 대비한 것이겠지? 하지만 해외여행에서 너무 큰돈을 가지고 있는 건 위험하잖아. 일반적인 상식이기도 하지만, 마일리지 혜택으로 여행하는 데 익숙한 쿠니모토 씨가 더더욱 그런 짓을 할 리가 없다고 생각해."

"그것도 그렇네."

나는 이번에도 주장을 철회했다.

"도대체 쿠니모토는 왜 이렇게 많은 현금을 가지고 있었을까?"

이때 우리는 무의식적으로 쿠니모토를 비호하고 있었는지도 모른다. 쿠니모토가 가지고 있던 거금이 살인의 원인이라면 그 자신에게도 어떤 책임이 있을 수 있기 때문이다. 그래서 지갑에 큰돈이 들어 있는 정당한 이유를 생각한 것 같다. 그래, 그게 맞을 것이다.

하지만 우리의 가설은 번번이 무짱에 의해 깨지고 말았다. 그러고 나서 더 반박하지 않은 건, 우리 역시 지갑 속 현금의 수상함을 느꼈기 때문일 것이다.

나는 문득 깨달았다. 쿠니모토의 시체를 발견한 후 아직 경찰에 신고하지 않았다는 것을. 무짱 덕분에 이성을 되찾았는데, 가장 먼저 해야 할 일을 하지 않았다. 왜 그랬을까?

이 역시 현금 때문 같다. 두툼하게 부풀어 오른 저 지갑을 발견하는 순간, 이 자리에 있는 모든 사람들이 수상한 냄새를 맡았을 것이다. 쿠니모토의 죽음에는 무언가가 있다고 생각했을 것이다. 그래서 쿠니모토의 시신을 둘러싼 상태로 무짱이 제기한 의문에 대해 의견을 나누었다. 쿠니모토의 죽음은 이미 확인되었기 때문에 위급한 상황은 아니다. 그렇다면 의문을 어느 정도 해소하고 나서 신고하는 것이 낫겠다는 데에 암묵적으로 동의하고 있었던 것 같다.

"역시 저 정도의 돈을 쓸 일이 있었을 거야. 마일리지를 포기하면서까지 현금을 써야 할 일이."

다시 마음을 가다듬은 듯한 하시즈메가 말했다.

"그 이유를 알면 안심할 수 있을 텐데……."

즉, 안심하고 경찰을 부를 수 있다는 뜻이다. 하지만 그것이 무엇인지는 알 수 없어서 답답했다. 그 이유를 알지 못하는 한, 수상한 느낌은 사라지지 않기 때문에. 모두 같은 고민을 하는 건지 잠시 동안 침묵이 흘렀다. 유리가 고개를 들었다.

"사용 목적은 몰라도…… 저 현금 때문에 사건이 발생했을 가능성도 있어."

나는 깜짝 놀랐다. 유리는 무슨 말을 하려는 거지? 유리가 기묘한 눈빛을 보이며 말했다.

"하시즈메가 부인했지만, 역시 강도의 소행이 아닐까?"

"그렇게 생각해?"

하시즈메가 반사적으로 유리를 보았다.

"응, 어디에 쓰려고 했는지 모르겠지만 쿠니모토는 돈을 인출했어. 저렇게 많은 현금을 구할 방법은 그것밖에 없잖아. 강도는 현금 인출기에서 돈을 뽑은 쿠니모토를 보고 훔칠 생각으로 집까지 미행했겠지. 밤이 될 때까지 기다렸다가 몰래 들어가 현금을 훔치려다 들켰고, 몸싸움을 하던 중에 쿠니모토를 죽인 거야. 겁에 질린 강도는 시신에 이불을 덮어 버리고 돈을 챙기는 것조차 잊은 채 달아난 거 같아."

유리는 남자 친구가 살해당했을 때를 추리했다. 말이 되는 것 같으면서도 뭔가 이상했다. 나는 무심코 머리를 뒤로 젖혔고, 하시즈메는 괴로운 듯 눈을 감았다. 그리고 무짱은…… 무짱은 조용히 있다가 창가로 가서 커튼을 걷고 창문을 살폈다.

"잠겨 있네요. 창문 유리가 깨진 흔적도 없어요. 현관문에도 피킹 방지용 커버가 설치되어 있었잖아요. 강도는 도대체 어떻게 들어왔을까요?"

그 질문에 대답한 건 유리가 아닌 하시즈메였다.

"문이 열려 있었잖아. 쿠니모토가 우연히 문을 잠그는 걸 깜빡해서 강도가 침입할 수 있지 않았을까?"

별로 자신 없는 말투였다. 아니나 다를까, 무짱은 고개를 저었다.

"큰돈을 인출한 날인데 문을 잠그는 걸 잊어버렸다고요?"

"그건 좀 아니겠지?"

하시즈메는 바로 인정했다. 하지만 유리는 포기하지 않았다.

"아는 사람이라면 쿠니모토가 직접 문을 열어 들어오게 했을 수 있겠죠."

무짱이 고개를 끄덕였다.

"그럼 그랬을 가능성으로 생각해 보겠습니다. 아는 사람이라 자연스럽게 들어갈 수도 있겠죠. 하지만 동시에 아는 사람이라 돈을 누가 훔쳐 갔는지 쉽게 탄로 날 수도 있지 않을까요? 그렇다면 결국 쿠니모토 씨를 죽일 수밖에 없었을 겁니다. 그러니까 범인은 처음부터 죽일 생각이었다는 뜻입니다. 그렇게 계획적인 살인인데, 쿠니모토 씨를 죽인 다음 돈을 놓고 달아났다는 게 말이 될까요?"

유리는 할 말이 없었다. 잠시 침묵이 흐른 뒤 하시즈메가 입을 열었다.

"그렇다면 역시 강도나 돈을 목적으로 한 범행이 아닌 걸까요?"

무짱이 고개를 끄덕였다.

"저는 그렇기 때문에 돈이 여기에 있다고 생각합니다. 범인은 돈을 훔쳐서 강도처럼 보이게 하지도 않았어요. 왜 50만 엔이라는 거금이 여기에 있는 걸까요? 저 돈은 어떤 목적으로 준비된 걸까요? 아니, 그 전에……."

무짱은 잠깐 말을 멈췄다.

"저 돈이 정말 은행에서 인출된 걸까요?"

"그, 그렇게……."

잠시 머뭇거리던 내가 말을 이었다.

"그렇게 생각하는 게 맞지 않을까? 유리가 말한 대로 우리 같은 서민들이 50만 엔을 현금으로 구하려면 은행에서 찾는 수밖에 없잖아."

"아니, 잠깐만."

하시즈메가 끼어들었다.

"기타니시, 무짱의 말뜻을 좀 더 생각해 봐. 다른 가능성을 생각해 보자는 얘기잖아. 은행에서 찾는 거 말고."

"예를 들면, 뭐?"

"예를 들어, 임시 수입이라든가."

유리가 어깨를 움찔했다.

"갑자기 그게 무슨 소리야?"

하시즈메의 비난 섞인 질문에 나는 반론을 제기했다.

"현금으로 받는 임시 수입이라는 게 뭐가 있어? 쿠니모토가 아르바이트를 한다는 얘기는 들어 본 적도 없었고, 우리가 몰랐었다 해도 50만 엔을 현금으로 주는 아르바이트가 어디 있어? 복권에 당첨되었을 수도 있지만, 쿠니모토라면 바로 은행에 입금했을 거야. 그래야 카드 결제에 사용해서 마일리지가 쌓일 테니까. 적어도 지갑에 한꺼번에 넣어 둘 사람은 아니야. 지갑에 넣는 돈은 쓰는 것을 전제로 하잖아. 봉투에 넣어서 따로 보관하는 편이 나았겠지. 쓸 일도 없는 큰돈을 번거롭고 위험하게 지갑에 넣어 가지고 다닐 이유가 있겠어? 이번 주말은 딸기 따기 체험 갔다가 바로 해외여행을 갈 사람이?"

나름 그럴듯한 논리 전개였던 것 같다. 하시즈메는 반론할 수 없었고, 유리는 침묵을 지켰다. 물론 내 의견은 임시 수입이라는 가설이 부적절하다고 말했을 뿐, 은행에서 찾은 돈이 맞는다고 한 건 아니었다. 무짱이 작게 박수를 쳤다.

"역시 기타니시, 좋은 생각이야."

"좋은 생각?"

내가 되물었다.

"만약에 임시 수입이 생기더라도 예금할 생각이라면 지갑에 넣지 않았을 거야. 지갑에 넣는 건 주로 쓸 돈이니까. 나도 그렇게 생각해. 다만 그 이유만으로 임시 수입의 가능성을 버리는 건 좀 아닌 것 같아."

무짱은 임시 수입의 가능성이 있다고 보는 건가? 내가 그렇냐고 묻자 무짱은 애매하게 고개를 저었다.

"기타니시나 유리 씨의 말대로, 역시 은행에서 인출한 것으로 보는 것이 더 자연스럽다고 생각해. 하지만 아까도 말했듯이, 육지 마일러인 쿠니모토 씨가 굳이 현금을 인출해서 사용할 이유가 뭔지 모르겠어. 같은 이유로, 만약 쿠니모토 씨가 어떤 경로를 통해 현금을 받았다면 역시 은행에 바로 입금했을 거야. 효율적으로 마일리지를 쌓고 싶었을 테니까. 그런데 여기서 막혔어. 아무리 생각해도 이 자리에 현금이 있어야 할 이유를 모르겠단 말이지."

"그게 무슨……."

내가 한마디 하려고 했더니 무짱이 한 손을 번쩍 들었다.

"여기서 발상의 전환을 해야 해. 쿠니모토 씨는 임시 수입을 현금으로 얻었어. 그런데 자기답지 않게 그 돈을 은행에 바로 입금하지 않고 가지고 있기로 한 거야. 그럴만한 이유가 있어서 그 돈을 지갑에 넣어 둔 거겠지. 그렇게 생각할 수도 있지 않아?"

하시즈메가 바로 반박했다.

"그게 뭐가 다르죠? 그렇다면 은행 예금을 인출해서 카드가 아닌 현금으로 쓰려고 했다는 것과 같은 얘기 아닌가요?"

무짱은 고개를 또 저었다.

"아니요, 다를 수 있습니다. 쿠니모토 씨는 임시 수입을 현금 그대로 사용하기로 했습니다. 아니, 현금을 그대로 쓸 수밖에 없었을 거 같아요."

왠지 모를 불길한 예감이 들었다. '현금을 그대로 쓸 수밖에 없다'는 얘기가 불길했다. 나는 조심스럽게 물었다.

"그게 무슨 뜻이지?"

무짱은 담담한 목소리로 대답했다.

"쿠니모토 씨의 임시 수입이 남에게 말하기 어려운 돈일 경우도 있잖아."

갑자기 소름이 끼쳤다. 어느 정도 예상했던 말이었지만, 막상 직접 들으니 마치 귀에 이물질을 넣은 듯한 혐오감이 느껴졌다. 남에게 말할 수 없는 종류의 부수입을 생각하니 자연스럽게 범죄의 냄새가 났다. 나의 친구가 절대 관여하지 않았길 바라는 범죄 냄새가 말이다.

"쿠니모토 씨는 임시 수입을 숨기고 싶었을 거야. 그래서 은행에 맡길 수도 없었던 거지. 수상한 큰돈이 입금되었다는 기록이 남으니까. 계좌를 조회하면 금방 밝혀지잖아. 그래서 어쩔 수 없이 현금을 가지고 있었을 거라고. 쿠니모토 씨의 지갑에 50만 엔이 있다는 건, 이번 주말 동안이나 해외여행 중에 사용할 예정이라는 걸 의미한다고 생각해. 기타니시, 딸기 따기 체험을 하는데 그렇게 큰돈을 쓸 일이 있을까?"

나는 고개를 저었다.

"없지."

무짱은 내 대답에 만족한 표정을 지으며 말을 이어 갔다.

"그렇다면 쿠니모토 씨는 해외여행에서 사용할 생각이었을 거 같아."

하시즈메가 급히 끼어들었다.

"자, 잠깐만요. 무짱은 조금 전에 여행에 익숙한 쿠니모토가 큰돈을 들고 해외여행을 갈 리가 없다고 하지 않았나요?"

"네, 맞아요."

무짱의 대답은 간단명료했다.

"그렇다면……."

"바로 거기가 맹점이에요. 여행지에서는 카드가 주를 이루고, 현금을 많이 가지고 다니지 않는 것이 좋죠. 해외여행 안내서에도 그렇게 쓰여 있죠. 해외에서 쓰려면 환전도 해야 하잖아요. 쿠니모토 씨 역시 해외에서 현금을 쓸 생각은 없었을 겁니다. 하지만 그 부분만 생각하면 안 됩니다. 해외로 나가기 전에 돈이 필요한 경우가 있잖아요."

무짱의 말에 다시 침묵이 흘렀다. 아무도 말을 하지 못해서 결국 무짱이 입을 열었다.

"얼마 전 저녁 식사 후에 쿠니모토 씨는 이렇게 말했어요. '이번 여행에서도 마일리지가 많이 쌓일 거야.'라고요. 뭔가 이상하지 않나요? 마일리지 항공권은 그 자체로 마일리지가 적립되지 않아요. 현지에서 쇼핑을 한다고 해도 얼마나 되겠어요. 마일리지가 그렇게 많이 쌓일 정도는 아니겠죠. 그렇다면 쿠니모토 씨는 이번 해외여행의 어느 부분에서 마일리지를 많이 모을 생각이었을까요?"

내 머릿속에 전류가 흐르는 것 같았다.

"설마, 항공권?"

"정답이야."

무짱은 웃었다. 시체가 있고 시체의 연인이 있는 앞에서 환한 미소를 지었다.

"그래, 이번 여행에서 쿠니모토 씨는 마일리지 항공권을 사용할 생각이 없었던 거야. 임시 수입으로 생긴 현금으로 거의 정가로 항공권을 살 생각이었을 거야. 항공권 정가는 비싸잖아. 어느 정도 먼 나라에 가려면 50만 엔 정도는 들겠지. 그 대신 좋은 환산율로 마일리지가 붙어. 그래서 마일리지가 많이 쌓이는 거지."

나는 그날 밤의 대화가 떠올랐다. 돌아오는 전철 안에서 쿠니모토는 무짱에게 마일리지 프로그램에 대해 설명해 주었다. 그때 그는 이렇게 말했다. 항공권에도 등급이 있고, 현금으로 사는 것이 가장 환산율이 높다고. 무짱은 그 말을 기억하고 있었던 것이다.

"저 돈이 정당한 수입이라면 평소처럼 은행 계좌에 넣어서 신용 카드 결제에 사용할 수 있었을 거야. 하지만 이번에는 그럴 수 없었던 거지. 그래도 마일러인 그의 습성상 다른 방법으로 마일리지로 전환하는 방법을 생각했어. 그것도 최대한 효율적인 방법으로. 그것이 평소에는 절대 하지 않는, 현금으로 항공권을 구입하는 행위로 이어진 거지. 다른 말로 하면, 마일리지 프로그램을 이용한 돈세탁이라고 할 수 있어. 하지만 쿠니모토 씨는 이를 실행에 옮기기 전에 살해당했지. 그렇다면 임시 수입의 출처와 관련이 있는 게 아닐까?"

"그렇겠지. 숨기고 싶은 임시 수입이라면 떳떳하지 못한 돈일 수 있어. 그것과 관련된 살인 사건이 발생했다면 말이 되겠지."

내 말에 하시즈메는 수긍하는 눈치였지만 무짱은 고개를 저었다.

"하지만 그랬을 경우에도 현금이 남아 있다는 게 설명되지 않아. 내가 생각한 것은 임시 수입의 출처가 아니라 최종적인 출구야. 쿠니모토 씨가 그 돈으로 얻은 대량의 마일리지를 과연 어디에 쓰려고 했을까?"

답이 뻔한 질문에 나는 오히려 당황스러웠다.

"어디겠어. 그야 물론 공짜 항공권을 얻는 데 쓰겠지."

입 밖으로 내뱉는 동안 나는 해답에 도달하고 있었다. 그날 밤, 쿠니모토가 뭐라고 했더라? 그래, 조금만 더 노력하면 두 사람분의 항공권 정도는 가능할 거 같다고 했다. 나는 무심코 유리를 쳐다봤다. 하시즈메 역시 유리를 보고 있었다. 유리는 쿠니모토의 시체를 바라보고 있었다.

"유리 씨."

무짱이 말을 걸었지만 유리는 대답하지 않았다. 무짱은 신경 쓰지 않고 계속 이야기했다.

"유리 씨, 당신은 어젯밤에 이 방에 있었죠? 쿠니모토 씨로부터 마일리지에 대한 이야기를 듣고 있었겠죠. 거기서 쿠니모토 씨가 말해 버렸겠네요. 이번 여행에서 유리 씨 몫까지 마일리지가 적립될 거라고요. 그 말을 듣고 이상하다고 생각했겠죠. 마일리지 항공권으로 여행하면 마일리지가 그렇게 많이 쌓일 리가 없으니까요. 쿠니모토 씨와 사귀고 있는 유리 씨는 그것을 알고 있었을 겁니다. 계속 추궁을 하자 결국 쿠니모토 씨는 털어놓았겠네요. 그 돈은 떳떳하지 못한 돈이란 걸요."

유리는 반응하지 않았다. 그저 쿠니모토를 바라보고 있었다.

"유리 씨는 거절했겠죠. 그런 돈으로 여행을 가고 싶지 않다고 했을 거 같아요. 시간이 걸리더라도 제대로 마일리지를 쌓으면 되지 않겠느냐고 했을 겁니다. 하지만 쿠니모토 씨는 그 말을 받아들이지 않았을 겁니다. 오히려 '너를 위해 생각한 건데'라며 화를 냈을 것이고 그렇게 두 분은 싸우셨죠. 그러다 감정이 더 격해졌고 화가 난 당신은 무심결에 전기스탠드로 쿠니모토 씨를……."

"쿠니모토는……."

갑자기 유리가 입을 열었고, 무짱은 동시에 입을 다물었다.

"쿠니모토는 도둑질하는 걸 목격했어요. 비싸 보이는 옷을 입은, 잘사는 집 사람처럼 보이는 여자가 도둑질하는 것을 목격했어요. 가게의 다른 사람들은 눈치채지 못했지만, 쿠니모토는 눈치챈 거죠. 그래서 쫓아가 잡으려고 했어요. 그러다 고급 외제차를 탄 남자가 그 여자를 데리러 온 것을 봤고요. 쿠니모토는 그 남자에게 여자가 도둑질한 걸 얘기했대요. 하지만 그 남자는 전혀 당황하지 않았다더군요. '이 사람은 도벽이 있어. 가게에 돈도 지불할 테니 당신도 조용히 해 주면 안 되겠소.' 하며 쿠니모토에게 봉투를 건네주었다네요. 봉투 안에는 50만 엔이 들어 있었고요."

유리의 눈꺼풀이 떨렸다. 무짱이 되찾아 준 이성도 이제 한계에 다다른 듯했다.

"아마 그 여자는 상습범이었을 거예요. 돈이 많은데도 도둑질을 참을 수 없는 도벽을 가진 사람이 있다는 얘기를 들은 적이 있어요. 그 남자는 남편이고, 아내의 절도 행각을 뒤치다꺼리하고 다니는 거겠죠. 그래서 언제든 목격자를 입막음할 수 있도록 돈이 든 봉투를 가지고 있었다고 하더군요. 아마 몇 개는 가지고 있었을 거예요. 쿠니모토에게 준 것도 그중 하나였을 테고요."

나는 죽은 쿠니모토를 보았다. 이 유쾌한 친구가 절도죄 입막음을 당했다는 건가.

"이상하지 않아요? 가게에 변상한다면 봉투를 받지 않고 그 자리를 떠났으면 좋았을 텐데. 쿠니모토는 그 돈을 받아 버렸어요. 아무도 손해를 보지 않았는데 말이죠. 쿠니모토가 그 절도범 여자를 협박한 것도 아니고, 상대방이 억지로 쥐여 준 돈이었어요. 어차피 써도 나쁠 거 없었죠. 하지만 쿠니모토는 당당하게 쓰는 걸 주저했어요. 그 여자가 그러다 언젠가 경찰에게 잡히는 경우를 생각해 보세요. 그때 입막음료를 받은 사람은 공범이 될 수도 있다고 생각하니 은행에 50만 엔을 입금할 수 없었던 거죠. 나머지는 무짱이 말한 대로예요."

유리는 천천히 고개를 돌려 무짱을 보았다.

"바보 같죠? 평범한 서민으로서 조금씩 마일리지가 쌓여 가는 것을 기대하며 살던 착한 사람인데, 단돈 50만 엔으로 판단력을 상실해 버린 거잖아요. 50만 엔으로는 하시즈메의 차 트렁크조차 살 수 없는데. 그런데도 그런 돈으로 항공권을 사려고 했고, 그런 쿠니모토를 내가……."

거기까지였다. 유리는 갑자기 울음을 터뜨렸다. 자신의 입으로 쿠니모토의 죽음을 이야기함으로써 원래 느꼈어야 할 충격을 이제 실감하게 된 것이다. 무짱이 유리를 안아 주었다. 작은 몸으로, 감싸 안듯이.

"유리 씨, 한숨도 못 잤군요. 많이 힘드셨죠? 이제 좀 쉬세요. 편안하게……."

나는 알 수 있었다. 무짱이 온몸으로 유리의 생명 에너지를 빨아들이고 있다는 것을. 예전에 성추행범에게 했던 것처럼 뿌리째 뽑아 버리는 식이 아니라, 천천히, 부드럽게, 조용히.

잠시 후 무짱은 안고 있던 유리에게서 몸을 떼었다. 그리고 살며시 쿠니모토의 옆에 눕혀 놓았다. 나는 몸을 굽혀 유리의 상태를 확인해 보았다. 고른 숨을 쉬고 있었다. 무짱이 마지막 한 방울까지 빨아들인 건 아니었다. 유리는 깊은 잠에 빠져 있는 듯했다.

무짱은 조용히 말했다.

"이제 경찰을 부르자."

"이번에도 대단한 추리력이었어."

맥주를 한 모금 마신 후 나는 말했다. 아침 일찍 쿠니모토에게 갔다가 경찰의 현장 검증과 조사를 받고 풀려났을 때는 이미 밤이 되어 있었다. 딸기 따기 체험을 갈 예정이었다는 것이 생각나지 않을 정도로 힘든 하루였다. 무짱은 잠옷으로 갈아입고 내 옆에서 차를 마시고 있었다. 무짱이 나를 보고 웃었다.

"아, 그거? 입에서 나오는 대로 한 얘기야."

나는 맥주를 뿜을 뻔했다.

"뭐?"

나는 당황하며 무짱의 얼굴을 보았다. 무짱은 미안한 표정을 짓고 있었다.

"사실 난 그 자리에서 수수께끼를 풀 생각이 전혀 없었어."

"그게 무슨 소리야?"

나는 무짱의 말을 전혀 이해할 수 없었다. 무짱은 두 손을 모아 경배하듯 미안하다는 제스처를 취했다.

"사실 그때 말이야, 나는 모두를 의심하고 있었어."

"모두를 의심했다고?"

살인 용의자 취급을 했다는 건가 하는 생각을 잠시 했지만, 그건 아니라는 걸 알게 되었다. 그렇다면 무짱은 무엇을 의심했던 것일까?

"우리가 방에 들어가자마자 지갑을 발견했잖아. 부풀어 오른 것으로 보아 돈이 많이 들어 있다는 것을 금방 알 수 있었는데, 그게 조금 걱정이 됐어. 기타니시 친구들이 이상한 일을 벌일지도 모른다는 생각이 들었거든. 즉, 쿠니모토 씨가 그렇게 많은 현금을 가지고 있는 것이 어울리지 않으니까 경찰이 오기 전까지는 돈을 슬쩍해도 모를 거라고 생각할 수 있잖아."

나는 말도 못 하고 입만 뻐끔거렸다. 무짱이 그런 생각을 하고 있었단 말인가.

"기타니시가 그럴 거라고는 생각하지 않았지만, 다른 두 사람이 강행한다면 기타니시도 어쩔 수 없이 끌려갈 수 있잖아. 그건 피하고 싶었어. 그렇게 되면 기타니시의 영혼이 더럽혀질 테고, 생명 에너지가 맛없어졌을 거야."

"아니, 어떻게 그런 생각을……."

무짱은 내게 말할 기회도 안 주고 얘기를 계속했다.

"그래서 순간적인 판단으로 지갑에 큰돈이 들어 있는 것을 일부러 크게 문제 삼은 거야. 나머지는 그냥 흐름에 맡겼어. 손대면 위험한 돈이라는 인상을 심어 주기만 하면 그만이었거든. 어떤 추리든 그게 사실일 필요는 전혀 없었어. 설마 범인까지 알게 될 줄은 몰랐고, 오히려 내가 더 놀랐다니까. 그래서 미안해. 인간은 나약한 존재라는 걸 알아서 내가 좀 과하게 의심했나 봐. 미안해. 화났어?"

나는 최대한 화난 표정을 지으려고 했다. 하지만 실패했다. 그 성실한 쿠니모토조차도 받아서는 안 되는 돈을 받아 버렸다. 내가 그 돈을 가로채지 않을 것이라고 그 누가 장담할 수 있겠는가. 우선 나 자신부터 말할 수 없다.

인간이 아닌 무짱은 인간이 얼마나 나약한 존재인지 잘 알고 있는 것 같다. 육지 마일러처럼 소박하지만 대지를 천천히 걷는 듯한 행위가 인간에게는 어울린다. 쿠니모토는 길을 벗어나고 말았다. 하지만 무짱은 나만이라도 길을 벗어나지 않도록 몰래 도와주었다. 게다가 사건의 진상까지 밝혀냈다. 대단하다. 역시 무짱은 대단해.

무짱은 다시 한번 미안하다며 내 손을 잡았다. 나의 생명 에너지를 빨아들이며 미소를 지었다.

"역시 기타니시는 맛있어."

따님을 제게 주십시오

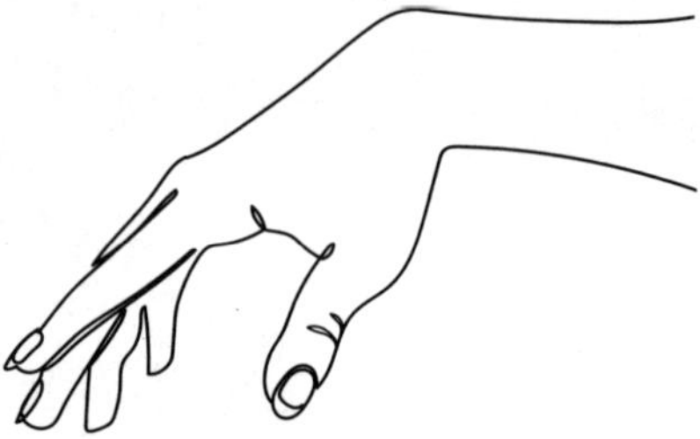

"쿠라시나가 왜 갑자기 자취를 감추었는지 알겠어?"

스즈키는 그렇게 말하며 유미다 사키코를 바라보았다.

"사키코 씨, 당신을 위해서야."

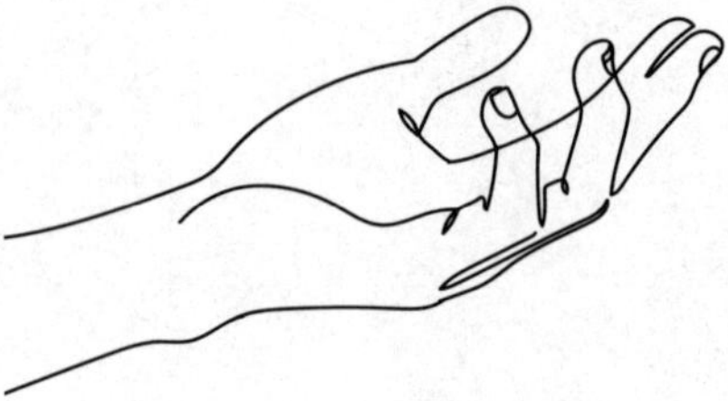

소파에 누워 긴짱의 무릎을 베고 있었다. 하루 중 가장 편안하게 있을 수 있는 저녁 식사 후의 시간이었다. 오른손으로 긴짱의 오른손을 잡고 있는데, 거기서 여분의 에너지가 흘러나온다. 약간의 나른함이 편안함을 배가시키고 있었다. 긴짱이 부드럽게 손을 놓으며 무릎 위에 있는 나에게 미소를 지었다.

"잘 먹었어. 고마워."

나는 반쯤 풀린 눈으로 말끔한 얼굴의 긴짱을 올려다보았다.

"나도 고마워."

인간의 생명 에너지를 흡수해서 먹고사는 긴짱과 함께 살기 시작한 지 벌써 3년째고, 알고 지낸 지 4년째다. 생물학자이면서도 그 정체를 알려고 하지 않는 나 자신이 이상하긴 하지만, 솔직히 그의 정체를 밝혀내야겠다는 생각은 별로 들지 않는다.

긴짱은 나에게서 불필요한 에너지를 흡수해 간다. 그래서 그와 함께 있는 한, 아무리 과식을 해도 비만으로 이어지지 않는다. 칼로리 과잉 섭취를 식단 조절이나 운동 없이 완벽하게 해결할 수 있는 방법은 그 어디에서도 찾을 수 없다. 그것을 현실로 만들어 주고 있으니, 그의 존재는 분명히 나에게 이점으로 작용하고 있다. 그렇다면 그가 존재한다는 사실을 있는 그대로 받아들이고 잘 지내면 그만이다. 나는 그렇게 생각하고 있다.

하지만 현실 사회를 살아가는 인간이기 때문에 피할 수 없는 굴레라는 것이 존재한다. 그 굴레가 고요한 방 안의 공기를 깨뜨렸다. 전화벨이 울린 것이다. 나는 몸을 일으켜 전화기로 향했다.

"여보세요."

[히로코니?]

익숙한 목소리가 들렸다. 엄마였다.

"엄마가 웬일이야, 전화를 다 하고. 무슨 일 있어?"

[무슨 일이겠어. 오늘이 네 생일이잖아.]

엄마가 한숨 섞인 목소리로 말했다.

"아, 그런가?"

정말 까맣게 잊고 있었다.

[일단은 축하한다.]

"일단은, 이 뭐야."

엄마가 또 한숨을 쉬었다.

[너 이제 스물아홉이잖아. 계속 그렇게 대충 살지 말고 이제 좀 자리 잡아야 하지 않겠어?]

또 그 이야기인가. 나는 왼손으로 머리를 쓸어 올렸다.

"엄마, 나 대충 살고 있지 않아. 요즘 좀 힘들긴 했지만 제대로 일도 하고 있다고."

나는 엄마에게 항의했다. 힘들었다는 것도 사실이다. 작년에 내가 조교로 근무하는 대학 연구실에서 살인 사건이 발생했다. 사건 자체는 그 자리에서 바로 해결됐지만, 사후 처리나 이런저런 일로 연구실이 원상태로 돌아가기까지 1년 가까이 걸렸다. 그래서 연구실 직원인 나 역시 힘들었다.

[그건 알지. 이제 직장은 원상 복귀되었잖아. 그럼 이제 진지하게 생각해 봐. 좋은 사람, 없어?]

"남자 친구는 있잖아, 일단은."

엄마한테 도저히 '인간이 아닌 지적 생명체와 살고 있다'고 말할 수는 없었다. 그래서 나는 긴짱을 그냥 남자 친구라고 했다. 전에 그렇게 말했기 때문에 엄마가 긴짱을 만난 적은 없지만, 그의 존재는 알고 있었다.

[그럼 집으로 한번 데려와 봐.]

"봐서."

너라는 애는 정말, 하면서 엄마는 내게 핀잔을 주긴 했지만, 내가 잘 지내는 것을 확인하고 안심했는지 [결혼에 대해 진지하게 생각해 봐.]라고 하고는 전화를 끊었다.

"왜 그래?"

내가 얼마나 진절머리 나는 표정을 짓고 있었는지, 긴짱이 걱정스러운 목소리로 물었다. 나는 다시 소파에 드러누우며 말했다.

"엄마가 남자 친구를 집에 데려오래."

나는 긴짱의 얼굴을 올려다보았다.

"만나 볼래?"

긴짱은 오른손으로 뺨을 긁적거렸다.

"'따님을 제게 주십시요.'라고 해야 하는 건가. 그건 좀 난이도가 높은데?"

우리는 동시에 웃음을 터뜨렸다. 서로 다른 '종'인 우리가 진정한 의미의 결혼을 할 수 있을 리 없다. 알고 있다, 언제까지나 이렇게 살 수 없다는 것을. 지금의 삶은 연장된 모라토리엄에 불과하다. 언젠가는 긴짱과 헤어지고 인간 남자와 결혼해야 할 것이다. 그건 이미 잘 알고 있다. 긴짱이 표정을 고치며 말했다.

"만약 히로코가 진심으로 결혼을 생각한다면 내 존재는 방해가 될 거야. 말만 하면 사라져 줄 테니 걱정 마."

나는 미간을 찡그렸다.

"사실 그래야 하는데 말이야. 솔직히 말해서 아이를 낳고 싶은 마음은 있어. 긴짱하고는 그럴 수 없지. 하지만…….”

하지만 곤란하게도 인간들 중에서 긴짱을 능가하는 남자를 찾을 수 없는 것도 사실이다. 내 말에 긴짱은 “그렇지 않아.” 하며 웃었다.

“내 여동생이 같이 사는 남자도 꽤 괜찮은 남자인가 봐. 훌륭한 사회인이면서 아직 정신적으로 순수한 부분이 많이 남아 있다고 해.”

“뭐?”

나는 무심코 큰 소리로 물었다. 좋은 남자가 있다고 해서가 아니다. 그 전에 한 말 때문이었다.

“긴짱한테 여동생이 있었어?”

긴짱은 의아한 표정을 지었다.

“어? 내가 말 안 했던가?”

처음 듣는 얘기야, 라고 말하려다 어렴풋이 기억이 되살아났다. “스즈키라고 합니다.”라며 자신을 소개한 키 큰 청년. 그 청년에게 “잘 다녀와.” 하며 손을 흔드는 포니테일 머리의 한 소녀. 그 소녀가 긴짱의 여동생이었나?

그건 긴짱을 처음 만났을 때의 일이었다. 그러고 보니 그때도 ‘따님을 제게 주세요’와 관련된 소동이 있었다. 생각해 보면, 절대 결혼할 수 없는 긴짱과의 만남이 결혼과 관련되어 있었다는 건 운명을 조종하는 신의 악의가 느껴지는 사건이었다.

* * *

인간이 아닌 다른 지적 생명체와의 만남이라고 해서 꼭 극적인 건 아니다. 나와 긴짱의 만남은 오히려 놀라울 정도로 평범했다. 그냥 친구의 소개로 만났으니까.

"일단 한번 만나 봐."

주저하고 있는 나를 잡아당기며 유미다 사키코가 재촉했다. 나는 고개를 끄덕였다.

"알았어. 약속했으니까 만나 볼게. 아무튼, 이렇게 일찍 일어나서 왔잖아."

"그건 칭찬해 줄게. 솔직히 안 나올 줄 알았거든."

사키코가 거드름을 피우며 말했다. 사키코는 대학에 입학했을 때부터 친구인데 상당한 미인이다. 나는 우리를 자칭 '미녀 콤비'라고 부르고 있다. 아무튼, 사키코는 대학을 졸업해서 지역의 기업에 취직했고 나는 대학원에 진학해 현재 박사 과정을 밟고 있다. 별문제 없다면 3년을 채우고 박사 학위를 받을 수 있을 것이다. 그 뒤에는 대학에 남든가 아니면 공무원이 되어야 하는데, 거기까지는 아직 결정하지 않았다.

그렇게 나와 사키코의 진로는 갈라졌지만, 다른 것은 진로뿐만이 아니었다. 사키코는 입사 직후 사내에서 연인을 만나 현재 결혼을 전제로 교제하고 있는데, 나는 연구실에 틀어박혀서 제대로 남자를 만날 기회를 갖지 못하고 있었다. 그런 나를 보다 못한 사키코가 '가끔 만나서 같이 놀자'는 명목으로 불러낸 것이다. 원래 주말에 남자 친구와 놀러 갈 계획이 있는데, 함께 가지 않겠느냐고 제안했다.

물론 그게 다가 아니었다. 휴일에 놀러 가는데 세 명만 만날 리가 없지 않은가. 아마 사키코의 회사에서 남자 한 명을 초대할 것으로 예상했었다. '더블데이트'라는 시대착오적인 단어가 떠올랐다. 솔직히 마음이 내키지는 않았지만, 친구의 얼굴을 생각해서 하루 희생하기로 했다. 그리고 오늘 아침, 내 예상이 맞았다는 것이 밝혀졌다. 사키코는 자신과 남자 친구인 쿠라시나 씨 외에 또 한 사람이 올 것이라고 솔직히 털어놓았다. 그래서 "일단 한번 만나 봐."라고 한 것이다.

토요일 이른 아침, 약속 장소에 몇 분 서 있었더니 은색 승용차가 다가왔다. 낯익은 쿠라시나 씨의 차였다. 나는 뒷좌석에, 사키코는 조수석에 올라탔다.

"오래 기다렸지."

쿠라시나 씨가 우리에게 말을 걸었다.

"하타 씨, 아침 일찍 불러내서 미안해."

"아니야, 나야말로 두 사람 방해해서 미안해."

나는 그렇게 대답했다. 쿠라시나 씨와는 예전에 만난 적이 있는데 친구의 남친이라 서로 말을 편하게 하기로 했다. 네모난 얼굴의 중앙에 오밀조밀하게 눈과 코가 모여 있는 얼굴형이다. 결코 잘생긴 얼굴이라고 할 수 없었다. 오히려 못생긴 쪽에 속하는 얼굴이다. 사키코와 비교하면 그야말로 '미녀와 야수'다. 그렇지 않아도 회사에서는 동료들이 두 사람을 그렇게 부르고 있는 모양이었다.

"스즈키 씨는?"

사키코가 쿠라시나 씨에게 물었다. 차 안에는 그밖에 없었다. 쿠라시나 씨는 차를 출발시키면서 대답했다.

"이제 픽업하러 가야지. 집에 있을 거야."

사키코는 스즈키라는 남자를 소개시켜 준다고 했다. 관심이 없는 건 아니었지만 부담스러운 것도 사실이었다. 주로 연구만 하는 생물학자는 성격상 낯도 가리고 타인과 잘 어울리지 못한다. 갑자기 소개받고 금방 친해질 수 있을 리 없다. 사키코가 잘 챙겨 주겠지. 뒷좌석에 앉아서 그런 생각을 하고 있었다.

쿠라시나 씨의 차가 주택가에 들어섰을 때 벨 소리가 들렸다. 사키코가 대시보드에 놓인 쿠라시나 씨의 핸드폰을 집어 들었다.

"스즈키 씨? 좋은 아침. 나, 사키코. 운전 중이라 내가 받았어. 곧 도착하니까 현관 앞에 나와 있어."

사키코는 전화를 끊은 다음 휴대폰을 대시보드에 올려놓았다. 1분 후, 차는 한 주택 앞에 정차했다. 거의 동시에 현관문이 열리면서 사람이 나오는 것이 보였다.

첫인상은 '어머나'였다. 날씬하고 큰 키에 날렵한 턱선, 잘 다듬어진 얼굴. 전체적으로 꽤 잘생긴 남자였기 때문이다. 그렇다고 연예인이나 모델급이라는 뜻은 아니다. 어디까지나 일반인 범위 내에서 매력적인 남자였다. 그 넘치지도 모자라지도 않은 외모의 균형이 절묘했다. 그와 눈이 마주쳤다. 남자는 시원스러운 눈빛으로 나를 바라보며 작게 눈인사했다.

사키코가 "좋은 아침이야." 하고 인사하면서 조수석에서 내렸다. 뒷문을 열고 뒷좌석에 타며 "스즈키 씨가 조수석에 타."라고 했다.

사키코의 현명한 판단이었다. 아무리 호감형 남자라도 첫 만남에서 옆자리에 앉히면 불편하다. '스즈키'라고 하는 남자는 차에 타기 전에 뒤를 돌아보며 현관문을 향해 가볍게 손을 흔들었다. 그쪽을 보니 포니테일 머리의 한 여자애가 손을 흔들고 있었다. 고등학생이나 대학생 정도일까. 반듯한 얼굴과 날렵한 턱이 스즈키를 닮았다.

"동생분이야?"

조수석에 탄 스즈키에게 사키코가 물었다.

"맞아."

"예쁘게 생겼지?"

쿠라시나 씨가 솔직하게 말했다.

"같이 가면 좋았을 텐데."

"토요일이지만 학교 수업이 있대."

스즈키는 가볍게 받아넘기더니 뒷좌석을 향해 얼굴을 돌렸다.

"처음 뵙겠습니다."

그것이 나를 향한 것임을 깨닫고 나도 인사를 건넸다.

"안녕하세요. 저는 하타라고 합니다."

"안녕하세요. 저는 스즈키라고 합니다."

부드러운 목소리였다. 듣는 사람을 안심시키는 묘한 목소리의 질감이 느껴졌다. 적어도 성격에 문제가 있거나 이상한 버릇이 있는 사람은 아닌 듯했다. 나는 조금 안심했다.

"쿠라시나, 오늘 계획은?"

스즈키가 조수석에서 물었다. 사키코는 이즈반도에 놀러 간다고만 했다. 스즈키도 자세한 내용은 모르는 모양이다. 쿠라시나 씨가 운전하면서 대답했다.

"금눈돔이 제철이라 금눈돔 조림을 먹으려고. 그것뿐이야."

나는 말문이 막혔다. 물고기 한 마리 때문에 일부러 그 먼 이즈까지 간다는 말인가. 하지만 그 단순명료함이 싫지 않았다. 생각했던 것보다 즐거운 나들이가 될 것 같았다.

잠시 후 쿠라시나 씨가 운전하는 차가 일반 도로에서 고속 도로로 진입했다. 차 안에는 같은 회사 사람 세 명과 외부인인 나 한 명이 타고 있어서, 아무래도 내가 모르는 회사 이야기가 많이 나왔다.

"흐음, 그 두 사람이 결혼했다니 놀라워."

스즈키가 그렇게 말한 건 같은 회사에 있는 30대 후반의 계장 얘기를 하다가였다. 그 사람은 주변에서 절대 결혼을 하지 않을 거라고 하던 사람이었는데, 무려 띠동갑인 여직원과 결혼을 했다는 것이다. 세 사람 모두 그 두 사람과 잘 아는 사이라고 한다.

"그러게. 어떻게 잡았을까, 대단해."

쿠라시나 씨가 개탄하듯 말했다.

"사내에서도 꽤 인기가 많았는데, 그 계장님 혹시 흑마법이라도 쓴 거 아냐?"

쿠라시나 씨는 진심으로 궁금해하는 듯했다.

"역사에 길이 남을 쾌거지."

사키코도 한마디 거들었다.

"오히려 여자 쪽이 그 계장님과 결혼하길 잘했네, 하는 느낌도 있어."

"뭐, 인간은 가끔 알 수 없는 짓을 할 때가 있으니까."

스즈키가 말했다. 왠지 초연한 말투였다. 이 남자는 남의 연애 이야기에는 별로 관심이 없는 듯했다.

나는 잘 모르는 사람들 얘기라 듣고만 있었다. 사실 대학에서 나이 차이 나는 조교와 여학생이 결혼하는 건 흔한 일이다. 조교는 30대 독신 남성이 많기 때문에 상대가 열두 살 연하인 경우가 그리 드문 일은 아니었다. 하지만 그런 얘기를 꺼내면 자칫 분위기가 가라앉을 것 같았다. 나는 그 대신에 무미건조한 말을 했다.

"결혼이라면 두 사람도 곧 아니야?"

내 말을 아무렇지 않게 받아들일 것이라 생각했다. 그런데 사키코가 놀라는 반응을 보였다.

"아, 아니야. 아직 아니야."

사키코는 그렇게 말했지만, 어딘지 모르게 우울한 말투였다. 쿠라시나 씨는 말없이 생각에 잠긴 듯이 앞만 보고 있었다. 운전 중이라 어쩔 수 없는 것도 이해하지만 말이다.

내가 말실수라도 한 걸까? 해서는 안 될 말이었나? 그럴 리가 없는데……. 사키코는 쿠라시나 씨와 결혼까지 생각하고 있다고 했고, 지금까지 두 사람 사이에 문제도 없어 보였다. 게다가 같은 회사 동료의 결혼 얘기까지 했다. 그런 얘기가 나오는 걸 충분히 예상할 수 있지 않나? 그런 생각을 하고 있는데 차가 속도를 늦추었다.

"그럼 휴게소에 잠깐 들른다. 가볍게 아침도 먹자고."

쿠라시나 씨가 핸들을 꺾어 휴게소 진입 차선으로 들어갔다. 그러고 보니 너무 일찍 일어나서 아침 먹을 시간도 없었다. 휴게소의 넓은 주차장은 이른 아침이라 그런지 차가 많지 않았다. 덕분에 건물과 가까운 위치에 주차할 수 있었다.

"화장실에 갈 사람은 갔다가 푸드 코트로 와."

쿠라시나 씨는 그렇게 말하자마자 혼자 빠른 걸음으로 건물로 향했다. 아무래도 화장실이 급했던 모양이다. 그런 모습을 보면서 우리도 건물로 향했다.

“히로코는 화장실 어떻게 할래?”

사키코가 물었다. 나는 아랫배 상황을 확인했다. 아직 그다지 급하지 않았다.

“지금은 괜찮아. 출발하기 전에 가는 게 나을 거 같아.”

“나는 먼저 갔다 올게. 그럼 좀 있다가 봐.”

사키코가 화장실로 향하고, 나는 스즈키와 둘이 남게 되었다.

“그럼 푸드 코트에 가서 기다릴까요?”

스즈키의 말에 나는 그렇게 할 수밖에 없었다. 둘이서 나란히 푸드 코트에 들어갔다. 푸드 코트에는 우동이나 라면 등을 파는 가게가 많았다. 전부 둘러봤지만 그다지 먹고 싶은 것이 없었기 때문에 우리는 빵을 사서 먹기로 했다. 마음에 드는 빵을 두 개 사서 자판기로 향했다. 따뜻한 홍차가 있었으면 좋겠다고 생각했는데, 있었다. 파우치 속 지갑에서 동전을 꺼내려고 했다.

문득 기척이 느껴져서 옆을 보니 스즈키가 캔 커피를 뽑고 있었다. 버튼을 누르고, 몸을 굽혀 캔 커피를 꺼내는 동작이 우아했다. 그 모습에 정신이 팔렸던 건 아니지만, 내 손끝이 주인의 지시를 따르지 않고 지갑에서 100엔짜리 동전을 꺼내려다 떨어뜨리고 말았다. 그 동전이 스즈키의 발끝까지 굴러갔다. 스즈키는 그 동전을 집어 들더니 "여기요." 하며 나에게 내밀었다. 나는 받으려고 손바닥을 펼쳤다. 그 손바닥에 그의 손끝이 닿았다.

나도 이제 스물다섯이다. 이제 와서 남자와 손끝이 닿는 정도로는 두근거리지 않는다. 하지만 그때의 느낌은 왠지 신기했다. 동전을 들고 있던 스즈키의 손가락이 내 손바닥에 닿았다. 그냥 그랬을 뿐인데, 그때, 마치 스즈키의 손가락이 내 손바닥에 들어간 것 같은 느낌이 들었다. 그것도 스즈키가 힘을 줘서 손바닥을 누른 것이 아니라, 마치 손바닥에 손가락이 스며들듯이 들어온 느낌이었다.

물론 실제로는 그렇지 않았고, 스즈키의 손가락은 내 손바닥에 동전을 놓고 떠났다. 손바닥에는 따뜻한 물방울이 떨어지는 듯한 느낌이 남아 있었다.

방금 전 느낌은 뭐지?

나는 고개를 들어 스즈키의 얼굴을 보았다. 스즈키가 나보다 키가 커서 어쩔 수 없이 올려다보는 자세가 되었다. 스즈키는 부드러운 미소를 짓고 있었다. 그 표정에는 내가 갑자기 얼굴을 마주한 것에 대한 당황스러움이 없었다. 내가 무엇에 놀랐는지 이미 알고 있는 표정이었다. 이게 어떻게 된 일일까?

"오, 서로 눈맞았네."

갑자기 뒤에서 누군가 어깨를 두드려서 정신을 차렸다. 뒤돌아보니 사키코가 있었다. 사키코는 내 손을 들여다보며 말했다.

"빵이구나. 좋아, 나도 빵 먹어야지. 히로코, 앉을 자리 좀 잡아 놔."

"오케이."

나는 자판기에서 따뜻한 홍차를 뽑은 다음 스즈키와 함께 앉을 자리를 찾았다. 마침 창가 테이블이 비어 있었다. 우리는 그곳으로 가서 서로 마주 보는 형태로 앉았다. 나는 빵과 홍차를 테이블에 놓았다. 스즈키 앞에는 캔 커피 한 개가 놓여 있을 뿐이었다.

"아침밥, 안 먹어요?"

내가 묻자 스즈키는 당연하다는 듯이 고개를 끄덕였다.

"네, 평소에도 잘 먹지 않는 습관이라서요."

독신남이니까 그럴 수도 있겠지. 나는 고개를 끄덕이며 홍차 캔을 열었다. 사키코가 빵을 들고 나타났다. 카페오레 캔을 겨드랑이에 끼고 있었다.

"자리 좋은 데 잡았네."

자리에 앉은 사키코가 주위를 둘러보며 말했다.

"쿠라시나 씨가 아직 안 왔지만 배고프니까 먼저 먹자."

그 사람은 먹는 속도가 빠르니까 먼저 먹고 있는 게 좋을 거야, 라면서 빵 포장을 뜯었다. 사키코가 산 건 크루아상과 블루베리 데니시다. 참고로 나는 버터롤과 햄치즈파이를 샀다. 사키코는 크루아상을 한입 베어 물고 나서 스즈키의 얼굴을 보았다.

"스즈키 씨, 히로코 어때?"

사키코의 눈이 실실 웃고 있다. 얘가 본인을 앞에 두고 무슨 말을 하는 거지.

스즈키는 진지한 표정으로 고개를 끄덕였다.

"좋은 사람 같아, 정말 좋은 사람."

사키코는 내 쪽을 보며 싱글싱글 웃었다. 나는 약간 당황스러웠다. 스즈키와 첫인사를 나눈 지 아직 한 시간 정도밖에 지나지 않았다. 게다가 오는 동안 나는 뒷좌석에, 스즈키는 조수석에 앉아서 대화를 제대로 할 시간도 없었다. 그런데 어떻게 내가 좋은 사람이라는 것을 알 수 있지? 나와 스즈키의 접촉은 기껏해야 조금 전에 손끝이 닿은 정도인데.

그렇다고 겉치레라고 하기에는 진심이 담긴 뉘앙스였다. 스즈키가 결코 대충 한 말이 아니라는 느낌이 들었던 것이다. 나는 도대체 뭐가 어떻게 된 건지 알 수 없는 상태로 식사를 했다.

아침을 먹는 동안의 화제는 오로지 내 얘기로만 이어졌다. 스즈키는 귀 기울여 들어 줬고, 어쩌다 보니 내 얘기만 많이 했다. 스즈키가 감탄하는 목소리로 말했다.

"하타 씨는 생물학 전공이셨군요. 게다가 대학원 박사 과정이라니, 대단해요."

"히로코는 정말 똑똑해. 학자 기질이 있어서 편견도 없고, 반듯하고 정말 좋은 아이라니까."

옆에서 사키코가 너스레를 떨었다. 사키코, 너는 말하는 게 친척 이모 같구나, 하고 속으로 핀잔을 주었다.

"그렇구나. 편견이 없다는 건 좋은 겁니다."

스즈키가 고개를 끄덕였다. 묘한 느낌의 칭찬이었지만 나는 "감사합니다."라고밖에 말할 수 없었다. 일단, 처음 만난 남자에게 미움을 받지 않은 것만으로도 다행이라고 생각하기로 했다.

빵을 다 먹은 사키코가 티슈로 손끝을 닦으며 약간 진지하게 말투를 바꾸었다.

"히로코, 아까는 고마웠어."

"뭐?"

나는 무심코 되물었다. 특별히 고맙다는 말을 들을 만한 일을 한 기억이 없었다. 사키코는 그런 내 생각을 이해한다는 듯 보충해서 말했다.

"아까 결혼이라면 우리도 곧 아니냐고 했잖아. 그렇게 말해 줘서 고마웠어."

"왜 그런 소리를……."

나는 사키코가 왜 그렇게 말하는지 알 수 없었다. 그때는 내가 무심코 내뱉은 말 때문에 오히려 분위기가 썰렁해졌었는데 말이다. 사키코가 설명을 했다.

"그게 말이야, 사실은…… 결혼 얘기가 좀처럼 진전이 없거든."

이 말의 뜻은, 구체적인 결혼 얘기가 이미 시작됐다는 건가?

"진전이 없다고? 왜?"

생각 없이 질문을 던지고 말았다. 사키코는 나와 동갑내기이기 때문에 올해 스물다섯 살이 된다. 쿠라시나 씨의 나이는 모르지만, 사키코의 선배니까 20대 후반에서 30대 초반일 것이다. 둘 다 결혼 적령기가 아닌가. 사키코는 불만스러운 표정으로 뺨을 부풀렸다.

"쿠라시나 씨가 적극적으로 나와야 하는데……. 나랑 결혼할 생각은 있는 것 같은데, 왠지 모르게 주저하는 것 같아."

"결심이 서지 않는다는 건가?"

독신 남성이라 좀 더 놀고 싶은 마음이 있는 것일까. 여자 입장에서는 결혼해서 부부가 함께 놀면 좋을 거 같은데, 역시 남자만의 놀이를 하고 싶은 건지도 모르겠다.

"이제 슬슬 마음을 정해 주면 좋을 것 같은데. 스즈키 씨도 그렇게 생각하지?"

사키코의 질문에 스즈키는 온화한 표정을 잃지 않고 대답했다.

"그러게 말이야. 결혼할 거면 빨리 하는 게 좋지."

사키코는 크게 고개를 끄덕였다.

"그렇지? 그러니까 히로코의 말을 듣고 쿠라시나 씨도 결심을 했으면 좋겠어."

과연 그럴까? 내 말 한마디에 너무 큰 기대를 하지 않는 게 좋을 것 같은데.

스즈키가 다 마신 캔 커피를 내려놓으며 말했다.

"그러고 보니 쿠라시나가 늦네."

그 말을 듣고 깨달은 나는 시계를 봤다. 휴게소에 들어온 지 벌써 25분이 지났다. 화장실에 있기에는 너무 긴 시간이다.

"속이 많이 안 좋은 건가?"

사키코가 핸드백에서 핸드폰을 꺼냈다. 쿠라시나 씨에게 전화를 걸었지만 연결이 되지 않는 듯했다. 사키코가 전화를 끊었다.

"이상하네. 핸드폰을 차 안에 두고 갔나?"

"그럴지도 모르지. 그래도 쿠라시나 씨가 너무 늦는 거 같아."

화장실에 갔다가 푸드 코트에서 모이자고 한 건 쿠라시나 씨 본인이었다. 일반적으로 생각해 보면 여기 없으면 화장실이다. 스즈키가 일어섰다.

"내가 남자 화장실에 다녀올게."

스즈키가 자리를 떠나자 여자 둘만 남았다. 사키코의 얼굴에는 의구심은 보였지만 불안한 기색은 없었다. 오히려 내가 약간 불안했다. 차 안에서 내가 한 말이 결혼을 망설이는 쿠라시나 씨를 비난한 것처럼 들렸을지도 모른다는 생각이 들었다. 쿠라시나 씨는 조금 상처받았다고 할까, 토라져서 잠시라도 혼자 있고 싶었던 건 아닐까.

만약 그렇다면 내가 쿠라시나 씨에게 실수를 한 것이다. 아무리 친한 사이라고 해도 내가 끼어들 일은 아니다. 뭐, 그런 말 들었다고 토라지는 것도 어른스럽지 못한 행동이긴 하지만…….

스즈키가 돌아왔다. 그런데 혼자였다.

"남자 화장실 둘 다 찾아봤지만 쿠라시나는 없었어. 사용 중인 칸막이를 일일이 확인한 것은 아니지만."

그건 어쩔 수 없겠지. 사키코도 고개를 끄덕였다.

"그렇다고 큰 소리로 부를 수도 없으니까요."

그렇다면 화장실에서 배가 아파 끙끙대고 있을 가능성도 남아 있는 걸까? 그렇게 생각하면서 나는 또 다른 가능성을 떠올렸다.

"푸드 코트는 여기뿐이야? 어쩌면 쿠라시나 씨가 다른 곳에 가서 '다들 어디 있지?' 하고 있을지도 모르잖아."

"그럴지도 모르겠네요."

스즈키는 다시 푸드 코트에서 나갔다. 입구 안내판을 보기 위해서였을 것이다. 그는 바로 돌아와서 말했다.

"푸드 코트가 여기만 있는 것 같아요."

그렇다면 장소를 잘못 찾아갔을 가능성은 없다. 휴게소에는 푸드 코트 말고 몇 개의 식당도 있었지만, 쿠라시나 씨 본인이 푸드 코트라고 말했기 때문에 그곳으로 갔을 리는 없었다.

나는 상황을 분석해 봤다. 화장실에 있을지도 모르는 쿠라시나 씨. 핸드폰 전화를 받지 않은 쿠라시나 씨. 한 가지 가설이 떠올랐다. 가설이라기보다는 검증해야 할 사항이었다. 조금은 싫은 상상이 따라왔지만, 말하지 않을 수 없었다.

"사키코?"

"응?"

"잠깐 생각해 봤는데, 아까 쿠라시나 씨에게 전화를 걸어도 받지 않았잖아."

"그랬지."

"쿠라시나 씨와 사키코는 같은 통신사 이용해?"

"응, 같은 데야."

"그럼 쿠라시나 씨만 전화가 안 터질 리는 없겠네."

"그러게."

"벌써 30분 가까이 쿠라시나 씨는 모습을 보이지 않고 있잖아. 만약 쿠라시나 씨가 배가 아파서 계속 화장실에 들어가 있는 거라면 칸막이 안에서 전화했을 거야. 조금만 기다려 달라거나, 밥을 먼저 먹으라거나. 그러지 않았다는 건 역시 쿠라시나 씨가 차 안에 핸드폰을 두고 왔다는 뜻이 아닐까?"

"듣고 보니 그런 거 같긴 한데……."

사키코는 내 말의 의미를 잘 모르겠다는 듯 고개를 갸우뚱했다. 그때 옆에 있는 스즈키가 말했다.

"그렇군요. 하타 씨의 얘기는 이런 거죠? 차가 있는 곳까지 가서 전화를 걸어 보면 안에서 벨 소리가 들리는지 확인할 수 있다. 만약 차 안에서 벨 소리가 나면 쿠라시나는 화장실에 있을 가능성이 높다. 그런 뜻이죠? 울리지 않는다면 다른 가능성을 생각해야겠지만요."

"다른 가능성이라니?"

사키코의 얼굴이 약간 굳어졌다. 차 안에서 벨 소리가 나지 않는다면, 쿠라시나 씨가 핸드폰을 가지고 있으면서도 전화를 받을 수 없는 상황에 처해 있다는 건데, 그건 도대체 어떤 상황일까? 가장 먼저 떠오르는 것은 갑자기 발병해 쓰러진 경우다. 사키코도 그걸 상상했을 것이다. 하지만 사키코가 입 밖으로 내뱉은 말은 "차로 가 보자."였다. 사키코와 나는 일어났지만, 스즈키는 그대로 앉아 있었다.

"차가 있는 곳으로 간 사이에 쿠라시나가 올지도 모르잖아. 내가 자리를 지키고 있을 테니 두 사람이 확인하고 오는 게 좋을 것 같아."

푸드 코트를 나왔더니 아침 햇살이 우리를 비추었다. 눈부실 정도로 밝았지만 그에 반해 우리의 표정은 어두웠다. 점점 더 불안해졌다. 제발 차 안에서 벨 소리가 나길 빌었다. 그러면 쿠라시나 씨가 화장실에 있다고 할 수 있지만, 울리지 않으면 핸드폰을 가지고 있으면서도 전화를 받지 않는다는 얘기다. 그 이유가 뭘까? 만약 쿠라시나 씨가 일부러 그런 거면 그냥 삐졌을 뿐일 수 있다. 하지만 그렇지 않다면 갑자기 쓰러졌을지도 모른다.

우리는 차로 향했다. 건물 바로 근처에 주차했기 때문에 금방 찾을 수 있었다. 일단 내부를 들여다봤다. 하지만 쿠라시나 씨의 모습은 보이지 않았다. 사키코가 핸드폰을 꺼냈다. 운전석을 보면서 쿠라시나 씨에게 전화를 걸었다. 창문에 귀를 가까이 대어 보았지만 벨 소리는 들리지 않았다. 무음 모드로 설정되어 있어서 진동하고 있을 가능성도 있었다.

그때 문득 생각이 났다. 스즈키를 픽업하기 직전에 쿠라시나 씨의 휴대폰이 대시보드 위에서 울렸고, 사키코가 그 전화를 받았다. 나는 대시보드를 확인해 봤다. 거기에도 핸드폰은 없었다. 그렇다면 쿠라시나 씨는 핸드폰을 들고나왔다는 얘기다. 우리는 서로 마주 봤다. 쿠라시나 씨는 도대체 어디로 간 걸까.

"약간 걱정되네. 하지만 쿠라시나가 휴대폰을 가지고 사라졌다는 걸 알게 된 것만으로도 수확이라고 할 수 있겠네."

푸드 코트로 돌아온 우리들의 얘기를 들은 스즈키가 말했다. 스즈키는 우리에게 앉아 있으라고 하고 자리에서 일어섰다. 손에는 자신의 핸드폰이 들려 있었다.

"남자 화장실에서 전화해 볼게. 칸막이 안에서 벨 소리가 들리면 화장실 안에 있다는 거니까."

나는 감탄했다. 이 남자, 꽤 지혜롭다는 생각이 들었다. 스즈키가 돌아올 때까지 우리는 푸드 코트에서 기다리기로 했다. 혹시 쿠라시나 씨가 나타날지도 모르기 때문이었다. 시간이 지날수록 푸드 코트는 점점 붐비기 시작했다. 식사도 하지 않으면서 테이블을 차지하고 있는 것도 좋지 않으니 입구 근처에 서서 기다렸다. 잠시 후 스즈키가 돌아왔다.

"벨 소리가 들리지 않았어. 문 근처에서 귀를 기울여 봤지만 그 어디에서도 진동 소리조차 들리지 않았어."

그럼 화장실에도 없다는 뜻인가. 내가 그렇게 말하자 스즈키는 애매하게 고개를 저었다.

"배터리가 방전되었을 가능성도 있어요. 아니면 쿠라시나가 전원을 껐는데 본인은 그것을 모르고 있을 가능성도 있고요. 다만 그럴 가능성은 그리 높지 않죠."

혹시라도 화장실 칸막이 안에서 쓰러져 있을 가능성도 있다. 나는 그렇게 생각했지만 사키코 앞에서 그 말을 꺼낼 수는 없었다.

"휴게소 안을 한번 찾아보는 게 어때요?"

셋이 나눠서 찾아보기로 했다. 함께 안내판 앞에 서서 누가 어디를 찾을지 서둘러 정했다. 내가 건물의 왼쪽 절반, 사키코가 오른쪽 절반, 그리고 스즈키가 주차장 전체를 찾기로 했다. 그런 후에 안내판 앞에서 다시 모이기로 했다.

역할 분담이 끝난 후에도 스즈키는 안내판을 가만히 쳐다보고 있었다. 그러다 내가 자리를 떠나려 하기 직전에 뒤돌아서서 나를 쳐다보았다. 마치 타이밍을 맞춘 듯했다.

"하타 씨, 괜찮으시다면 핸드폰 번호를 알려 주실 수 있나요? 쿠라시나를 찾으면 두 사람에게 전화할게요."

그건 좋은 생각이다. 나는 스즈키에게 번호를 알려 주고 스즈키의 번호도 받아서 전화번호부에 저장했다.

"그럼 흩어져서 찾아보죠. 아무리 휴게소가 넓다고 해도 찾는 데는 그리 오래 걸리지 않을 거예요. 뭐, 금방 찾을 겁니다."

스즈키는 그렇게 말하고 건물을 나갔다. 그는 상황이 심각하다고 생각하지 않는지 표정에 여유가 있었다. 아니면 우리까지 불안하게 하지 않으려고 일부러 그러는 건지도 모르겠다. 그것도 아니면 쿠라시나 씨가 어떻게 되든지 전혀 관심이 없을 수도 있고.

혼자가 되자 조금 두려워졌다. 지금은 토요일 오전이다. 휴게소는 들어올 때보다 훨씬 더 붐비고 있었다. 하늘은 맑고 밝았으며, 주변은 활기찬데 나는 불안감을 느끼고 있었다. 친구의 남친에게 무슨 일이 발생했는지도 모른다. 그것만으로도 사람이 이렇게 불안해질 수 있는 건가.

스즈키와 함께 있었으면 괜찮았을까? 그런 생각도 했다. 아직 만난 지 몇 시간도 안 됐지만, 스즈키의 이성적인 태도는 왠지 믿음직스러운 데가 있었다. 정신 차리자. 어린애도 아니고, 이 정도는 혼자서도 할 수 있는 일이 아닌가.

나는 마음을 가다듬고 건물 안을 걸었다. 나는 걷다가 놀랐다. 요즘 휴게소가 이렇게 넓단 말인가. 건물의 왼쪽 절반만 해도 식당과 가게가 여러 개 들어서 있다. 이를 하나하나 확인하는 건 쉬운 일이 아니었다.

먼저 근처 패밀리레스토랑에 들어가서 점원에게 일행이 있다고 하고 가게 안을 둘러봤다. 하지만 쿠라시나 씨는 없었다. 그 다음에 카레집과 카페 레스토랑도 확인했지만 그의 네모난 얼굴은 보이지 않았다. 다음은 가게들 차례이다. 기념품 가게와 작은 편의점, 꽃집, 약국, 아까 갔던 빵집까지 확인했다. 그 어디에도 없었다. 도로 정보를 표시하는 대합실과 있을 가능성이 거의 없는, 아기 기저귀를 가는 베이비 코너까지 들어가서 찾아봤다. 그 어디에도 없었다.

점점 불안감이 커져 갔다. 나는 힘없이 터벅터벅 푸드 코트로 돌아갔다. 사키코는 벌써 다 둘러봤는지 이미 와 있었다.

"없었어?"

전화 연락이 없었기 때문에 당연히 못 찾았겠지만, 나도 모르게 물어봤다. 사키코는 고개를 저었다.

"의무실이 있어서 거기도 가 봤지만 없었어."

사키코의 얼굴에 혈색이 없었다. 남자 친구가 갑자기 사라졌으니 그 불안함은 내 것과 비교할 수 없는 것이리라. 스즈키는 왜 빨리 안 오지? 그가 있다면 이 정도의 불안함은 느끼지 않을 텐데. 그렇게 생각하고 있는데 스즈키가 돌아왔다. 나는 안도의 한숨을 내쉬며 반갑게 맞이했다. 사키코는 울 것 같은 표정을 지었다. 하지만 그로부터도 좋은 소식은 없었다.

"밖에도 없어."

예상했던 결과였다. 스즈키는 나와 사키코의 수색 결과를 자세히 듣고 자신이 조사한 것도 얘기해 줬다. 쿠라시나 씨는 정말 사라져 버린 듯했다.

"주차장에도 주유소에도 쿠라시나의 모습은 보이지 않았어요. 다만……."

"다만?"

내가 되묻자 스즈키는 입꼬리를 살짝 비틀며 말을 이어 갔다.

"일반 도로로 내려가는 계단을 발견했어요. 그 계단을 이용해 휴게소를 빠져나갔을 가능성도 배제할 수 없습니다."

"그건 말도 안 돼!"

사키코가 큰 소리를 냈다. 그러자 주변 사람들이 놀라며 쳐다봤다. 하지만 사키코는 전혀 신경 쓰지 않았다.

"그럴 리가 없어! 차를 내버려 두고 가 버렸을 리 없어!"

내 귀에는 그 말이 '나를 내버려 두고'라고 들렸다. 사키코의 안색이 바뀌었다. 아까까지만 해도 혈색이 없는 상태였는데, 화가 났는지 붉게 변했다. 큰일이다. 사키코가 폭발할 것 같았다.

갑자기 스즈키가 움직였다. 유려한 동작으로 사키코의 뒤에 서서 그녀의 양어깨에 자신의 양손을 얹었다. 사키코는 놀라서 뒤를 돌아보려고 했지만, 스즈키는 사키코의 어깨를 단단히 붙잡고 있었다. 두 사람은 한동안 그 자세 그대로 움직이지 않았다.

나는 깜짝 놀랐다. 사키코의 안색이 서서히 정상으로 돌아오고 있었다. 붉은색에서 정상적인 피부색이 되었다. 스즈키는 양손을 부드럽게 떼며 "괜찮아. 걱정하지 않아도 돼."라고 부드럽게 말했다. 사키코는 여전히 불안한 표정을 감추지 못했지만, 이성을 되찾은 듯했다. 스즈키의 말에 조용히 고개를 끄덕였다.

나는 그 모습을 그저 바라만 보고 있었다. 스즈키가 특별히 무엇을 한 것도 아니었다. 그저 사키코의 어깨에 손을 얹고 있었을 뿐이었다. 그런데 이성을 잃을 듯했던 사키코가 제정신을 차렸다. 도대체 스즈키는 어떤 마법을 사용한 걸까. 내가 너무 진지하게 쳐다봐서일까, 스즈키가 수줍은 듯 미소를 지었다.

"기분이 안정되는 혈 자리를 눌렀어요."

아무리 생각해도 지금 막 떠올린 듯한 대답이었다. 하지만 그걸 따지고 있을 때가 아니었다. 쿠라시나 씨가 홀연히 사라졌다. 여친과 친구, 그리고 자신의 차까지 남겨 둔 채 말이다. 나는 단도직입적으로 말했다.

"스즈키 씨, 경찰에 신고하는 것이 좋지 않을까요?"

사키코의 어깨가 움찔했지만 나는 계속 말했다.

"이제 가능성은 세 가지밖에 없다고 생각합니다. 쿠라시나 씨가 화장실에서 쓰러졌든지, 계단을 내려가 휴게소를 빠져나갔든지, 아니면 범죄에 휘말렸든지. 쿠라시나 씨는 누군가에 의해 납치되었을 가능성도 있지 않을까요? 그렇다면 현재의 상황도 말이 될 수 있잖아요."

사키코가 충격받을 것을 알면서도 나는 그렇게 말했다. 경찰에 신고할 거면 빨리하는 게 좋다고 생각했다. 내 말을 듣고도 스즈키는 표정을 바꾸지 않았다. 고개를 끄덕이는 대신 손가락으로 날렵한 자신의 턱을 잡았다.

"그렇군요. 그런 생각도 할 수 있겠네요. 하지만 그건 아닐 거 같아요."

"왜요?"

나는 약간 짜증이 났다. 만약 범죄에 연루되었다면 한시라도 빨리 신고하는 게 좋지 않을까? 내가 묻자 스즈키가 이번엔 고개를 강하게 저었다.

"그랬을 가능성은 높지 않다고 생각합니다."

"왜요?"

나는 목소리에 힘을 주었다. 스즈키가 냉정해져서 내가 더 열을 냈는지도 모른다. 스즈키는 차분한 눈빛으로 나를 바라보며 말했다.

"만약 쿠라시나가 범죄에 연루되었다면 도대체 어떤 범죄일까요? 전화를 받을 수 없는 상태가 되는 범죄라면 말이죠. 칼에 찔린다든지, 총에 맞는다든지, 납치당한다든지 하는 범죄가 되겠죠. 하지만 여기는 공공장소인 휴게소입니다. 공공장소에서 그런 일이 벌어진다면 큰 소란이 일어났을 겁니다. 하지만 그런 소동은 일어나지 않았습니다. 다른 가능성이 있다면 주차장 안쪽이나 건물 뒤편 같은 곳에서 사건이 일어나는 거겠죠. 하지만 쿠라시나는 화장실에 들어갔다가 푸드 코트로 바로 올 예정이었습니다. 그런 장소로 갈 이유가 없습니다. 누군가에 의해 끌려갔을 가능성도 있지만, 그건 사람들이 보는 앞에서 납치하는 행위입니다. 목격자가 신고를 할 테고 더 소란스러워지겠죠. 그런 일 역시 발생하지 않았으니 저는 범죄에 연루됐을 가능성은 낮다고 생각합니다."

"하, 하지만……."

나는 반박하려고 했다. 하지만 할 말이 생각이 나지 않았다. 스즈키는 냉정하게 상황을 분석했다. 그 결과 범죄의 냄새가 나지 않는다는 결론을 내린 것이다. 나는 너무 걱정돼서 범죄의 가능성을 과장해서 생각했을지도 모르겠다. 스즈키의 말은 아직 끝나지 않았다.

"다른 가능성이 있다면 갑자기 발병한 경우입니다. 만약 그렇다면 쿠라시나가 어디에서 쓰러졌을까요? 두 가지 경우로 생각할 수 있습니다. 화장실의 칸막이 안, 아니면 그 외의 장소. 그런데 그 외의 장소에서 쓰러졌다면 어떻게 되었을까요?"

나는 스즈키가 말하고자 하는 것을 이해했다.

"응급 의료소에 있겠네요."

스즈키는 미소를 지으며 말했다.

"그럴 수 있겠네요. 하지만 사키코 씨가 이미 의무실엔 없다는 것을 확인했습니다. 그러면 결국 남은 건 화장실 칸막이 안밖에 없습니다."

결론이 나왔다. 나는 그렇게 생각했다. 쿠라시나 씨는 화장실에 쓰러져 있다. 도움을 요청할 수도 없을 정도로 고통스러워하고 있거나 의식을 잃은 상태일 것이다. 그렇구나. 스즈키가 신고하지 않은 이유가 그래서였구나. 지금 필요한 건 경찰이 아니라 응급 처치다. 화장실 문을 부수고 사람을 구출해서 구급차로 옮기는 응급대원을 불러야 한다.

어? 그런데 좀 이상하다. 이건 응급 상황이잖아. 경찰에 신고하는 것보다 더 서둘러야 하는 거 아닌가? 그런데 왜 스즈키는 느긋하게 얘기를 하고 있는 걸까? 사키코가 핸드폰을 꺼내더니 119를 누르려고 했다. 그때 스즈키가 그것을 막았다.

"사키코 씨, 그럴 필요 없어."

사키코가 미간을 찌푸렸다.

"왜? 지금 응급 상황이잖아. 시간이 없다고."

사키코가 말했지만 스즈키는 여유로운 태도를 잃지 않았다. 스즈키가 달래듯 말했다.

"쿠라시나가 갑자기 발병했다고 가정해 보자고. 그럼 왜 핸드폰 전원을 끈 걸까?"

"뭐?"

사키코도 나도 그 질문에 대답할 수 없었다. 아까 화장실에서 핸드폰이 울리지 않았다고 했다. 그 안에 있는 거라면 전원을 끈 것 같다고 추측했다. 그걸 완전히 잊고 있었다.

“갑자기 발병한 것이라면 예측할 수 없는 거잖아. 그는 화장실 칸막이 안에 들어가 용변을 보려고 했어. 갑자기 몸이 안 좋아졌을 때도 핸드폰은 켜져 있었을 거야. 그걸 미리 알고 전원을 끌 리는 없잖아. 그렇다면 내가 전화를 걸었을 때, 쿠라시나가 들어간 칸막이에서 벨 소리나 진동 소리가 들리는 게 맞아. 하지만 실제로는 울리지 않았어. 쿠라시나는 자신의 의지로 핸드폰의 전원을 끈 거야. 혹시 끄고 나서 발병되었을 수도 있지. 하지만 그렇게 타이밍이 절묘했을 가능성은 희박하다고 봐. 물론 불가능한 건 아니지만, 애당초 그 상황에서 전원을 끌 이유가 없잖아.”

나는 스즈키의 얘기를 완전히 이해했다. 그렇다면 쿠라시나 씨는 대체 어떻게 된 걸까? 범죄도 없었고, 갑자기 발병한 것도 아니라면…… 쿠라시나 씨는 멀쩡한데 사라졌다는 거잖아. 핸드폰도 끈 채 말이야.

“설마 계단을 통해 휴게소를 빠져나간 건 아니겠죠?”

사키코가 휴대폰을 움켜쥐고 있었다. 이건 분명히 비정상적인 행동이다. 결혼까지 생각하는 여친인 사키코가 불안해하는 것은 당연하다. 스즈키는 그런 사키코를 묘한 표정으로 바라보고 있었다. 본인은 참고 있는 듯했지만, 내 눈에는 그것이 웃음으로 보였다. 스즈키는 내 질문에는 대답하지 않고 이렇게 말했다.

"그럼, 이제 쿠라시나가 있는 곳으로 갑시다."

나는 입을 벌리며 놀라는 표정을 지었다. 스즈키가 무슨 말을 하는지 이해할 수 없었다. 쿠라시나가 있는 곳으로 가자고?

스즈키는 다짜고짜 앞장서 걸어갔고, 우리는 서둘러 그의 뒤를 쫓았다. 안내판 앞을 벗어나 건물에서 나왔다. 그곳에서 스즈키는 걸음을 멈췄다.

"쿠라시나가 왜 갑자기 자취를 감추었는지 알겠어?"

스즈키가 말하며 유미다 사키코를 바라보았다.

"사키코 씨, 당신을 위해서야."

사키코는 놀란 눈을 크게 뜨고 스즈키를 보았다. 스즈키는 작게 고개를 저었다.

"사키코 씨 잘못은 없어. 하지만 그렇다고 해서 쿠라시나에게 너무 화를 내진 않았으면 좋겠어. 이건 친구로서 부탁이야."

말투는 딱딱했지만 목소리에는 웃음이 묻어났다. 나는 솔직히 무슨 얘기인지 전혀 이해하지 못했다. 사키코도 마찬가지였다. 그저 비둘기처럼 고개를 끄덕이기만 했다.

"그럼 가자. 바로 저쪽이야."

스즈키가 다시 걷기 시작했다. 우리도 계속 쫓아갔다. 정말 바로 저쪽이었다. 건물 바로 옆의 주차장이었다. 은색 쿠라시나 씨의 차가 주차되어 있었다.

"어?"

나는 눈을 의심했다. 차 안에서 쿠라시나 씨가 미안한 표정으로 이쪽을 보고 있었다. 그뿐만이 아니었다. 차 안에는 또 하나의 이변이 있었다. 조수석에는 사람만 한 크기의 장미 꽃다발이 놓여 있었다.

"바보."

사키코가 우는 걸 쿠라시나 씨가 겨우 달래는 데는 20분이나 걸렸다. 간신히 진정한 사키코가 화장을 고치고 났더니 스즈키가 한 말이 바로 그거였다. 쿠라시나는 미안한 표정으로 고개를 긁적였다.

우리는 건물 옆에 그늘진 벤치를 찾아 자리를 잡았다. 쿠라시나 씨가 발견되어 겨우 안심할 수 있었지만, 나는 뭐가 어떻게 된 건지 전혀 알 수 없었다. 쿠라시나 씨는 왜 사라졌던 거지? 왜 차 안에 있었던 거지? 그 꽃다발은 뭐지? 그리고 무엇보다, 스즈키는 왜 쿠라시나 씨가 차 안에 있다고 생각한 거지?

"쿠라시나를 결국 찾지 못하게 되었을 때 저는 사건성이 낮다고 생각했어요."

스즈키가 나를 향해 말했다. 스즈키는 나 말고 다른 사람에게는 얘기해 줄 필요가 없다고 느낀 모양이다. 생각해 보니 쿠라시나 씨는 이 소란의 장본인이고 사키코는 어차피 쿠라시나 씨에게 들으면 되니 설명이 필요한 건 나뿐이었다.

"그 이유는 아까 설명드린 것과 같습니다. 갑자기 쓰러졌을 가능성까지 배제하게 되니, 자연스럽게 쿠라시나는 스스로의 의지로 사라졌다는 결론에 도달하게 된 거죠. 다만……."

스즈키가 내 눈을 들여다보았다.

"주의해야 할 점은 쿠라시나는 연기처럼 사라진 것이 아니라는 점입니다. 우리 입장에서는 그가 사라졌지만, 사실은 우리의 시야에서 사라졌을 뿐이었습니다. 그는 휴게소 안에 계속 있으면서 우리 눈에 띄지 않게 숨어 있었던 겁니다."

그랬을 것 같았다. 스즈키는 너무나 당연한 듯 말했지만, 나는 그때의 불안감을 기억하고 있다. 쿠라시나 씨의 모습이 보이지 않아서, 그가 정말 사라져 버린 것 같은 기분이 들었다.

스즈키의 이야기는 계속되었다.

"그럼, 왜 쿠라시나는 모습을 드러내지 않았던 걸까요? 저는 그 이유를 생각해 봤습니다. 쿠라시나는 갑자기 사라질 정도로 정신적으로 불안정한 사람이 아닙니다. 그런데도 사라졌습니다. 이유가 있다면 가장 최근에 일어난 일 때문이겠죠. 그런데 아침에 우리가 만난 이후 휴게소에 들어가기 전까지의 일을 생각해 보니 쉽게 찾을 수 있었습니다. 그건 하타 씨가 하신 얘기였습니다."

"아……."

생각났다. 회사 동료의 결혼이 화제에 올랐을 때 내가 "결혼이라면 두 사람도 곧 아니야?"라고 말했고, 사키코는 "아직 아니야."라고 했다. 그때 말투가 이상했던 게 기억났다. 내가 그 얘기를 하자 스즈키는 고개를 끄덕였다.

"그때 사키코 씨의 미묘한 흔들림을 저도 느꼈어요. 그때는 크게 신경 쓰지 않았는데, 그러고 나서 그때의 반응이 조금 걸리게 된 일이 있었습니다. 푸드 코트에서 두 분이 쿠라시나와의 결혼에 대해 구체적으로 이야기하는 걸 듣게 된 거죠. 사키코 씨는 결혼하고 싶은데 쿠라시나가 적극적이지 않다고 한탄했습니다. 저는 약간 놀랐습니다. 왜냐하면 차 안에서 하타 씨에게 '아직은 아니야.'라고 했으니까요. 하지만 다음 순간 '아, 같이 타고 있는 쿠라시나가 아직 결심하지 않은 것 같아서 그렇게 말한 거구나.' 하고 이해했어요. 사키코 씨, 맞지?"

침착함을 되찾은 사키코는 고개를 크게 끄덕였다.

"응, 그렇게 말하면 쿠라시나 씨에게 압박이 될 거라고 생각했거든."

쿠라시나 씨와 스즈키가 동시에 웃었다. 스즈키가 사키코에게 말했다.

"그런데 그게 문제였어. 지금까지는 결혼에 적극적이었던 사키코 씨가 그때 '아직 아니야.'라고 말해서 쿠라시나가 동요하게 된 거야. 혹시 사키코 씨가 자신과의 결혼을 망설이는 건 아닐까 하는 생각을 하게 된 거지."

쿠라시나 씨는 말없이 목을 긁적였다. 그 표정과 모습이 스즈키의 지적이 옳다는 것을 설명해 주었다. 나는 생각나는 것이 있어서 물었다.

"본인 앞에서 이런 얘기를 해서 좀 그렇지만, 혹시 회사 내에서 두 사람을 '미녀와 야수'라고 부르지 않나요?"

스즈키가 웃으며 말했다.

"잘 캐치하셨군요."

역시 그랬구나. 그 말은 당연히 쿠라시나 씨의 귀에도 들어갔을 것이다. 요컨대 미인인 사키코에 비해 자신의 외모가 부족하다는 말을 들은 것이다. 하지만 자신에 대한 사키코의 애정은 의심할 여지가 없었기 때문에 신경 쓰지 않았던 것 같다. 오히려 여자 친구가 미인이라는 평가가 자랑스러웠던 것 같다. 그랬던 것이 오늘 아침 이변이 생겼다.

세 사람은 같은 회사 계장의 결혼 이야기를 했다. 서른 후반, 결혼하기 어려울 것 같은 남자가 한참 어린 여자, 그것도 회사에서 인기 있는 여자를 잡았다. 그런 배경에 대한 잡담을 하고 있는데 내가 무심코 한마디를 던졌다. "결혼이라면 두 사람도 곧 아니야?"라고. 그때 쿠라시나 씨는 자신과 사키코 역시 계장처럼 회사에서 웃음거리가 되지 않을까 생각했을 것이다. 하지만 사키코의 애정이 확실하다면 신경 쓸 필요가 없었다.

그런 상황에서 결혼하고 싶어 했던 사키코가 "아직 아니야."라고 했다. 쿠라시나 씨는 그 말에 동요했을 것이다. 어쩌면 사키코가 자신을 계장과 겹쳐서 보는 게 아닐까 생각했던 것 같다. 자신이 결혼을 망설이는 동안 사키코의 의욕이 떨어진 것 같다는 생각까지 발전했는지도 모른다. 쿠라시나 씨는 동요하는 마음을 억누르고 싶었다. 그래서 휴게소에 들어가 화장실로 달려갔다. 진정이 될 때까지 사키코와 대화할 수 없으니 핸드폰을 껐다.

여기까지 내 추리를 말했더니 스즈키는 만족스러운 표정을 지었다.

"그렇게 된 거겠죠. 쿠라시나는 화장실 안에서 어떻게 해야 할지 고민했는데, 떠오른 것이 바로 프러포즈를 해야겠다는 것이었던 것 같습니다. 사키코 씨의 마음이 바뀌기 전에 서두르고 싶었던 거죠. 그렇게 결심한 순간, 쿠라시나는 화장실을 뛰쳐나왔습니다. 하지만 빈손으로 프러포즈할 수는 없었습니다. 가능하다면 반지가 가장 좋지만, 휴게소에선 다이아몬드 반지를 팔지 않잖아요. 어쩔 수 없이 차선책을 찾았습니다. 그리고 안내판을 보고 적당한 가게를 발견한 겁니다."

"꽃가게인가요?"

나는 한숨을 내쉬었다. 장미 꽃다발을 안고 프러포즈를 한다라. 약간 부끄럽겠지만 효과적인 방법이라고 생각했다. 스즈키의 이야기는 계속되었다.

"네, 그래서 쿠라시나는 꽃다발을 산 겁니다. 신이 나서 푸드 코트로 가려고 하는데 우리들의 분위기가 이상하다는 것을 느낀 겁니다. 몰래 숨어 있다가 자신이 사라진 것 같다는 얘기를 들은 거죠. '어쩌지. 내가 시간을 너무 오래 끌었나?' 하고 후회했지만 이미 늦었다고 판단한 것 같습니다. 이야기는 점점 커져 갔고, 쓰러졌을 가능성까지 거론되기 시작했습니다. 그런 상황이라, 어른이 돼 가지고 화장실에서 고민하다가 꽃다발을 사러 갔다가 늦었다고 말하기 어려웠습니다. 어느 타이밍에 모습을 드러낼까 고민하고 있는데 드디어 대대적인 수색이 시작됐습니다. '이를 어쩌지?'라고 생각했을 겁니다. 그때야 화장실에서 핸드폰을 껐던 게 생각났습니다. 이제 와서 전원을 켜는 것도 부끄러웠겠죠. 어쩔 수 없이 우리들이 한 번 찾아본 차 안에 일단 숨어서 얼굴을 내밀 기회를 엿봐야겠다고 생각했습니다. 큰 꽃다발을 들고 있어도 눈에 잘 띄지 않는 곳이고, 한 번 찾은 곳은 두 번 다시 찾지 않으니까요. 고전적인 방법이지만 일단 목적을 달성할 수 있었습니다."

나는 어이가 없어서 말이 안 나왔다. 사키코는 쿠라시나 씨에게 프러포즈를 압박하려고 자신의 의지와 반대되는 말을 했다. 그 말을 들은 쿠라시나 씨는 고민 끝에 장미 꽃다발을 샀지만, 우리가 자신의 실종을 심각하게 생각하는 것을 보고 숨어 버렸다. 아주 잘 어울리는 커플이다, 당신들.

벤치에는 침묵이 흘렀다. 스즈키의 추리가 끝났고, 나는 전모를 파악했다. 이제부터는 두 사람의 몫이다.

"그래서, 어떻게 할 건데?"

사키코가 낮은 목소리로 말했다.

"꽃다발, 샀다며."

쿠라시나 씨가 감전된 듯 벌떡 일어나더니 빠른 걸음으로 차에 갔다. 조수석에서 한 품으로 겨우 들 수 있는 장미 꽃다발을 꺼내 그것을 사키코를 향해 내밀었다.

"저, 저기……."

나는 프러포즈의 말을 끝까지 듣지 못했다. 스즈키가 내 팔을 잡고 윙크를 했기 때문이다.

"자, 우린 저쪽으로……."

나는 스즈키에게 이끌려 그 자리를 떠났다. 스즈키가 나를 데리고 간 곳은 일반 도로로 통하는 계단이었다.

"여기서 내려갑시다. 택시를 타고 가까운 역까지 가서 전철로 집에 돌아갑시다. 저랑 같이요. 싫지 않다면요."

싫지 않다면, 이란 말에 나는 웃음을 터뜨렸다. 만난 지 반나절도 안 된 이 남자에게 나는 완전히 매료되었기 때문이다. 스즈키는 친구들의 마음을 읽고 엇갈림에서 오는 문제를 막아 주었다. 남의 마음을 잘 이해할 수 있는 사람이 아니었다면 그런 추리를 할 수 없었을 것이다. 세상에 이런 통찰력을 가진 사람이 있구나, 하는 생각이 들었다.

"그럼 갈까요?"

계단은 생각보다 가팔랐다. 나는 스즈키의 손을 잡고 조심스럽게 내려갔다. 스즈키의 손은 따뜻했고, 잡고 있으면 묘한 편안함이 느껴졌다. 이 손을 놓치고 싶지 않다는 생각이 들었다.

내가 스즈키의 정체를 알고 '긴짱'이라 부르게 된 건 그로부터 반년이 지난 후였다.

아기 돼지 동반자

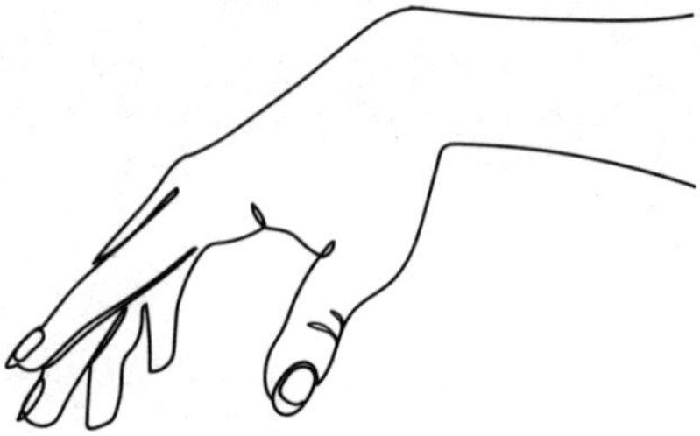

무짱은 멀어지는 코다마 씨와 소크라테스를 보며 담담한 목소리로 말했다.

"코다마 씨는 앞으로 어떤 삶을 살게 될까?"

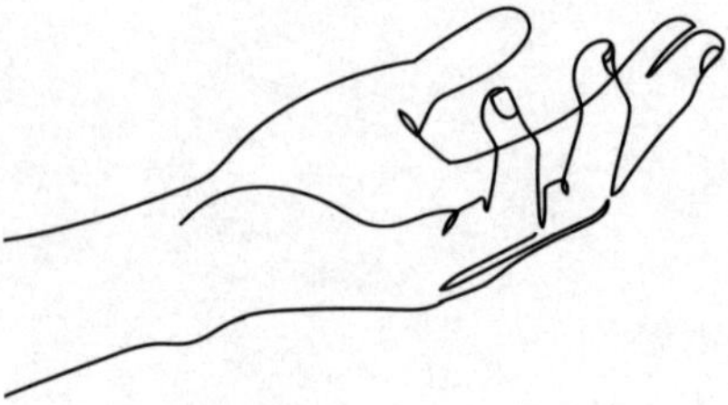

잠에서 깨어났을 때, 천장이 평소와 다르다는 걸 깨달았다. 내가 사는 아파트는 천장이 갈색 나무판자로 되어 있다. 하지만 눈앞에 있는 천장은 하얀색이었다. 멍한 머리로 한참 정신을 못 차리다가 이곳이 이즈(伊豆, 시즈오카현 동부에 위치한 관광 명소)에 있는 펜션이라는 것을 떠올렸다.

침대 옆의 시계를 손으로 더듬어서 찾아 시간을 확인한다. 오전 8시 40분. 평일이라면 회사에 도착했을 시간이다. 그런 시간까지 잠을 잘 수 있는 것이야말로 휴일의 묘미다. 이런 생각을 하고 있었더니 머리가 거의 말짱해졌다.

"하움~"

옆 침대에서 소리가 들려 고개를 돌렸더니 무짱이 이불 속에서 기지개를 켜고 있었다. 잠에서 깬 모양이다. 무짱이 눈을 뜨고 나를 봤다.

"굿모닝."

그녀가 또 한 번 기지개를 켰다.

"벌써 아침이구나."

무짱은 깊게 잠드는 대신 일어나기도 잘 일어난다. 푹 잔 듯한 얼굴로 바로 일어난다. 이불 속에서 뭉그적거리는 나와는 완전히 다르다. 오늘 아침에도 역시 무짱은 바로 상체를 일으켜 침대 위에 앉았다. 잠에서 깬 모습이라 유카타의 앞부분이 벌어져서 가슴골이 훤히 들여다보였다. 원래는 참을 수 없을 정도로 섹시한 모습일 것이다. 무짱이 인간이라면 말이다.

나와 함께 살고 있는 무짱은 인간이 아니다. 겉모습은 인간과 똑같이 생겼기 때문에 극히 자연스럽게 인간처럼 살고 있지만, 진짜 정체는 인간의 생명 에너지를 빨아먹고 사는 다른 종의 생명체다.

어떻게 그런 생명체가 존재하는 걸까. 왜 인간과 똑같이 생겼을까. 생명 에너지를 흡수하는 건 도대체 어떤 메커니즘일까. 궁금한 게 한둘이 아니지만, 무짱은 그런 정보들을 알려 줄 생각이 없는 것 같다. 그래서 나는 더는 의문을 갖지 않고 무짱의 존재를 있는 그대로 받아들이고 살기로 했다.

무짱과 같이 사는 것의 가장 큰 장점은, 먹을 것이 넘쳐나는 요즘 시대에 과잉 섭취한 칼로리를 흡수해 준다는 것이다. 학창 시절에 비해 운동을 별로 못 하는 상황이라 식욕대로 먹어 버리면 금방 비만이 될 것이다. 하지만 나는 그런 걱정이 없다. 무짱이 내 잉여 에너지를 흡수해 버려서 내 체형을 지켜 주기 때문이다. 이보다 더 고마운 일이 없다. 그렇다면 더 궁금해하지 말고 그냥 감사하면 그만이다. 나는 그렇게 생각하기로 했다.

그렇다고 해도, 아무리 인간과 똑같이 생겼지만 나는 무짱이 인간이 아니라는 걸 알아 버리고 말았다. 처음 만났을 때, 뛰어난 미모에 가슴이 두근거렸던 기억이 있다. 하지만 그것은 어디까지나 무짱이 '인간'인 줄 알았기 때문이다. 그러다 인간이 아니라는 걸 알게 돼 버렸더니, 그 어떤 모습을 봐도 여성으로서의 매력을 느끼지 못하게 되었다. 건강한 남자가 여자에게 느끼는 마음을 무짱에게 품을 수 없게 된 것이다. 종(種)이 다르다는 것이 이토록 인간의 의식을 바꾸어 놓을 수 있을까 싶었지만, 그런 이유에서 오늘 아침 역시 그녀의 가슴을 봐도 아무 감흥이 없었다. 기껏해야 '그러다 감기나 걸리지 마.' 정도의 생각뿐이었다. 무짱 역시 나를 남자로 느끼는 것 같지도 않으니 피차일반이겠지만 말이다.

무짱이 창밖을 보았다.

"날씨 좋다. 기타니시가 말한 대로네."

"그야 당연하지."

나도 일어나서 이불 위에 앉았다.

"오늘 몇 시에 만나기로 했었지?"

무짱이 내 쪽으로 얼굴을 돌리며 물었다.

"오후 1시경이라고 했어. 히가시이즈(東伊豆)의 풍력 발전용 풍차에서 만나기로 했잖아."

그렇다. 오늘 우리가 이즈까지 여행을 온 건 무짱의 오빠를 만나기 위해서였다.

이번 여행의 계기는 무짱의 긴 통화에서 시작되었다. 내가 야근을 마치고 집에 오니 웬일로 그녀가 전화 통화를 하고 있었다. 내가 귀가한 것을 알아차린 무짱은 수화기를 손으로 잡더니 내게 물었다.

"기타니시, 이번 3일 연휴에 다른 계획 없지?"

갑작스러운 질문에 나는 가방에서 수첩을 꺼내 일정을 확인했다. 3일 연휴란 건국기념일(일본의 건국기념일은 2월 11일)을 포함한 토, 일, 월요일의 연휴를 말하는 것이었다. 그때는 주말 출근 없이 제대로 쉴 수 있다는 걸 확인했다.

"응, 없어."

"그럼 여행 같이 갈 수 있어?"

"가능해."

무짱은 그 대답에 만족했는지 긴 통화를 재개했다. 내가 가방을 내려놓고 옷을 갈아입고 손을 씻고 양치질까지 하고 돌아왔을 때 이야기는 끝나 있었다. 무짱이 말했다.

"이즈로 여행 가자."

"이즈?"

"응, 오빠가 초대해 줬어."

"엥? 오빠가 있었어?"

나도 모르게 큰 소리를 냈다. 무짱이 눈을 동그랗게 뜨며 반문했다.

"어? 내가 말 안 했나?"

"처음 듣는 얘기야."

"그랬구나. 맞아, 오빠 있어."

그 말을 듣고 의문이 생겨서 솔직하게 물어봤다.

"그럼 오빠도 빨아?"

무짱과 혈연관계라는 건 그 역시 인간이 아니라는 뜻일 것이다. 그러니까, 마찬가지로 인간의 생명 에너지를 흡수하며 살고 있다고 봐야 한다.

"당연하지. 오빠는 여자분과 동거 중이야."

무짱이 환하게 웃으며 내 말이 맞다는 걸 확인해 줬다. 같이 사는 여자 역시 인간일 것이다. 그렇다면 나와 무짱처럼 빨아먹는 자와 빨리는 자가 동거하고 있는 셈이다. 한쪽은 식량 확보를 위해, 다른 한쪽은 건강 유지를 위해. 무짱은 내 눈을 들여다보며 말했다.

"그분은 굉장히 지적이면서 성격도 좋다고 하더라. 동글동글한 얼굴에 미소가 멋진 사람이래."

"둥근 얼굴이라……."

나는 무짱의 얼굴을 봤다. 무짱은 인간과 똑같이 식사를 할 수 있지만, 그것은 단지 모방의 일환일 뿐 영양 섭취는 거의 되지 않는다고 했다. 생존을 위한 에너지는 기본적으로 인간에게서 얻는다. 음식을 잘게 씹어 먹을 필요가 없기 때문에 턱을 발달시킬 필요가 없다. 그래서 무짱의 턱은 날렵하다. 그러다 보니 얼굴이 가늘고 턱이 뾰족해 보일 수밖에 없다. 아마 그녀의 오빠도 마찬가지일 것이다. 둥근 얼굴이라는 건 무짱의 종족과는 가장 거리가 먼 형태일지도 모르겠다.

"그 여자분이 살인 사건에 휘말렸었다고 하더라고. 그것 때문에 정신적인 충격을 많이 받아서 기분 전환을 위해 여행을 간다는 거 같아. 그 여행에 우리를 끼워 준 거지."

그랬구나. 이제야 어떻게 된 건지 알겠다. 나 역시 바로 얼마 전에 살인 사건을 겪었다. 친한 친구의 죽음에 충격을 받았다. 그래서 무짱이 오빠의 여행 계획 얘기를 했을 때 그에 대한 위안 겸 기분 전환을 위해 그런 제안을 했구나, 하고 생각했다.

무짱의 말에 따르면 계획은 이렇다. 토요일은 각자 따로 시간을 보낸다. 둘이서 느긋하게 쉬다가 일요일에 합류한다. 넷이 만나 즐거운 시간을 보내고 월요일에 귀가한다. 그런 계획이었다.

그리고 우리는 계획대로 토요일은 이토(伊東, 시즈오카현의 이즈에 있는 관광 온천 도시. 국제 관광 온천 문화 도시로 지정됐으며 국립 공원 지역)의 펜션에서 하룻밤을 보내고 일요일 아침을 맞이했다.

우리는 식당으로 내려갔다. 숙소 주인에게 인사를 하고 아침 식사를 했다. 테이블에 앉자 그때까지 테이블 밑에 있던 강아지가 후다닥 나왔다. 떨어진 테이블에서 부르는 소리가 들리자 강아지는 그쪽으로 갔다.

"귀여워라."

무짱이 눈을 가늘게 뜨며 미소 지었다. 무짱이 찾아낸 이 펜션은 흔치 않은 반려동물 동반 가능 숙소라고 한다. 우리가 묵은 객실은 반려동물을 동반할 수 없는 타입의 객실이지만, 여러 객실들이 반려동물과 함께 머물 수 있는 구조로 되어 있다고 한다.

나는 동물을 꽤 좋아한다. 어렸을 때부터 집에서 항상 반려동물을 키웠기 때문에 자연스럽게 그렇게 된 것 같다. 하지만 독립한 지금은 일이 바빠서 동물을 돌볼 시간이 없다. 그래서인지 할 일이 많아 힘들면 까닭 없이 동물이 보고 싶어질 때가 있다. 무짱은 그런 것까지 생각해서 이 숙소를 고른 것 같았다. 덕분에 어제는 남의 집 동물과 놀 수 있어서 많이 힐링이 되었다. 문득 뭔가 떠오른 나는 식당을 둘러보았다.

"뭐 찾아?"

무짱이 고개를 갸우뚱하며 물었다. 나는 먼 곳을 보며 대답했다.

"어제 새끼 돼지를 데리고 온 사람이 어디 있나 해서."

이곳에 와서 가장 인상 깊었던 숙박객은 새끼 돼지를 데리고 온 여성이었다. 작은 돼지를 반려동물로 키우는 사람들이 많아졌다는 건 들었지만 실제로 본 것은 처음이었다. 새끼 돼지는 생각보다 훨씬 작고 귀여웠다.

"아아, 그 사람 저기 있네."

무짱이 식당 한구석을 눈짓으로 슬쩍 가리켰다. 그쪽으로 눈을 돌렸더니 거기 있었다. 구석 테이블에서 커피를 마시고 있는 여성. 나이는 30대 중반 정도로 보였는데, 웨이브가 있는 헤어스타일의 아름다운 여성이었다. 그리고 발밑에는 새까만 새끼 돼지가 있었다. 크기는 소형견과 중형견의 중간 정도. 개가 산책할 때 쓰는 목줄을 차고 있다.

새끼 돼지는 접시에 담긴 사료를 정신없이 먹고 있었다. '피그 푸드'라고 불러야 할지 모르겠지만, 돼지 전용 사료와 다량의 생야채가 아침 식사 메뉴인 듯했다. 그 여성은 우리의 시선을 느꼈는지 이쪽을 향해 가볍게 인사를 했고, 우리도 인사를 건넸다. 우리를 기억하고 있었던 모양이다.

우리가 아침을 먹는 동안 여인은 커피를 다 마시자 새끼 돼지를 데리고 나갔다. 그 뒷모습을 바라보며 내가 "저 새끼 돼지를 만난 것만으로도 여행 온 보람이 있네."라고 했더니, 무짱은 "그러게."라며 고개를 끄덕였다. 무짱 역시 동물을 좋아한다.

"좀처럼 보기 드물지. 칠흑같이 검은 새끼 돼지는 이제 볼 수 없을지도 몰라."

그때는 그렇게 생각했다.

물론 거의 내가 다 먹긴 했지만, 아침 식사를 마치고 방으로 돌아와 세수를 하고 옷을 갈아입었다. 당연히 무짱의 '아침 식사'도 제대로 챙겨 줬다. 이 펜션의 체크아웃 시간은 오전 11시다. 천천히 하다 보니 출발 준비를 마쳤을 때는 10시 50분이 되었다.

우리는 주차장에 세워 둔 경자동차에 타고 시동을 걸었다. 솔직히 말해서 나는 경차를 좋아한다. 큰 차도 좋긴 하지만 환경 문제가 심각해지면서 에너지 소비를 줄여야 한다는 목소리가 높아지고 있기 때문에 앞으로는 가볍고 연비가 좋은 경차가 주목받을 것이 틀림없다. 독자적인 경차 기술을 가진 일본 자동차 회사가 세계를 구할 날도 멀지 않았다고 나는 생각한다. 이런 거창한 이유도 있지만, 나는 그냥 아담한 경차를 타는 것을 좋아한다.

"이즈의 지리를 아직 잘 모르겠어. 아직 시간은 있지만, 약속 장소 위치 확인하러 가 보자. 그리고 나서 가볍게 점심을 먹자고."

조수석에서 지도를 확인하던 무짱도 내 말에 동의했고, 우리는 국도 135호선을 따라 남쪽으로 내려갔다.

2월의 하늘은 맑고 쾌청했다. 공기는 차가웠지만 차를 타고 있어서 상관없었다. 기분 좋은 드라이브였다. 생각해 보니 무짱과 함께 이렇게 나와 본 적이 없었다. 여행도 그렇지만 당일치기로 놀러 간 것도 대부분 시내 쇼핑이었던 것 같다. 기껏해야 가까운 유원지에나 갔을까, 이른바 '휴양지'에는 갔던 기억이 없다.

진즉에 이렇게 해 줄걸, 하는 생각이 든다. 물론 다른 종인 무짱에게 연애 감정은 가질 수 없다. 하지만 같이 사는 사이로서 어느 정도의 애정은 가지고 있다. 아무리 내 건강 유지를 위해서라고 하지만, 무조건 수상한 생명체와 함께 살 수는 없다. 무짱의 단정한 얼굴과 사랑스러운 몸짓, 깔끔하고 합리적인 사고방식, 그리고 놀랍도록 정확하게 인간의 행동을 읽어 내는 두뇌, 그 모든 것이 마음에 들었다. 그래서 더욱 무짱을 기쁘게 해 주고 싶었다. 생각은 그랬지만, 그동안 일상에 치여 무짱을 즐겁게 해 주지 못한 것이 사실이다. 오히려 무짱이 나를 더 신경 써서 이렇게 힐링 여행을 데리고 나온 것이다.

"무짱."

나도 모르게 입술이 움직였다. 그러자 무짱이 나를 쳐다봤다.

"고마워."

무짱이 눈을 깜박이며 물었다.

"왜 그래, 갑자기?"

"그냥."

나는 고개를 끄덕이며 생각을 정리했다.

"나도 역시 그랬던 걸까? 오빠랑 같이 사는 여자분처럼?"

무짱은 조용히 나의 말이 이어지길 기다렸다.

"쿠니모토가 죽었을 때 정말 슬펐어. 쿠니모토가 죽은 걸 발견한 날은 혼란과 사건이 해결됐다는 안도감으로 그걸 실감할 여유가 없었어. 하지만 시간이 지날수록 쿠니모토가 이제 없다는 사실이 서서히 마음에 스며들더라. 평소에는 자각하지 못하다가 어느 날 문득 마음의 장막이 열리면서 그 녀석이 죽었다는 사실을 실감하게 된, 그런 한 달이었던 것 같아. 나 자신은 그걸 몰랐지만 무짱은 내 상태가 불안정하다는 걸 알고 있었구나. 그래서 이렇게 같이 나오자고 한 거였어."

무짱은 아무 말 없이 전방만 보고 있었다.

"쿠니모토가 죽어서 너무 슬프고 화났었어. 하지만 그 녀석을 죽인 사람을 미워할 수도 없었지. 아예 미워하는 편이 정신적으로 더 안정을 줬을지도 몰라. 하지만 그럴 수 없어서 불안정했던 거 같아."

드디어 무짱이 입을 열었다.

"이상하네. 인간은 인간을 미워하잖아. 깊은 증오로 사람을 죽이기도 하고, '욱'하는 돌발적인 증오심으로도 사람을 죽여. 그런데 인간은 다른 생물을 미워하지 않아. 인간이 미워하는 건 같은 인간뿐이야. 기타니시는 범인을 미워하지 않아?"

나는 망설임 없이 고개를 끄덕였다.

"응, 범인 역시 내 친구잖아. 당연한 것일 수도 있고, 말도 안 되는 것일 수도 있지. 미워하는 것과 미워할 수 없는 것, 어느 쪽이 적당한 건지 잘 모르겠어. 하지만 미워할 수 없는 것이 내 본심이야."

무짱이 한숨을 쉬었다.

"후우, 기타니시다운 소리네. 그런 기타니시라 내가 같이 사는 거지만 말이야."

예전에 무짱이 내게 그런 말을 한 적이 있다. 무짱이 나와 함께 사는 이유는 나의 생명 에너지가 '맛있기' 때문이라고.

무짱의 말에 따르면 이렇다. 인간은 영혼이 병들면 생명 에너지도 탁해진다. 그런 생명 에너지는 영양은 있지만 맛이 없다. 그래서 무짱이 속한 종은 영혼이 때 묻지 않고 청렴한 생명 에너지를 가진 인간을 찾는다. 그런 사람을 찾으면 그 사람에게 접근하여 동거를 시작한다. 그렇게 함으로써 양질의 영양분을 손에 넣을 수 있는 것이다.

즉, 무짱은 내 영혼이 깨끗하기 때문에 같은 인간인 범인을 미워할 수 없는 거라고 말하고 싶었던 것 같다. 하지만 한 사람의 성인 남자로서, 어떻게 들으면 미숙하다는 소리 같아서 그다지 기쁘지는 않다. 설령 내 영혼이 깨끗하다고 해도, 그것으로 얻을 수 있는 메리트는 살찌지 않게 해 주는 무짱과 함께 살 수 있다는 정도다. 우리는 언제까지 이렇게 함께 있을 수 있을까?

나는 그런 생각을 한다. 일단 사회인이긴 하지만, 역시 나는 미숙한 인간이다. 결혼을 하거나 아이를 낳는 것에 대한 필요성을 아직은 느끼지 않는다. 그래서 무짱과 함께 살고 있지만, 그렇다고 무짱과 결혼할 수 있는 건 아니다. 무짱이 내 아이를 낳는 것도 불가능하다. 물론 지금은 괜찮다. 하지만 몇 년 더 지나면 나는 30대가 된다. 사실 결혼을 꼭 해야 하는 것도 아니고, 행복을 보장해 주는 것도 아니다. 그래도 결혼을 생각하게 될 것이고, 그렇게 되면 무짱과 헤어져야 할 것이다. 그래서 지금은 일종의 '모라토리엄'일 뿐이다.

나는 그것을 자각하고 있다. 모라토리엄은 언젠가는 끝난다. 그건 각오하고 있다. 각오하고 있지만, 무짱과의 이별은 분명히 힘들 것이다. 그래도 바라는 것이 있다면, 그녀와 헤어질 때는 어른스럽게 대응하고 싶다는 것이다.

"다음 신호등에서 우회전이야."

무짱의 목소리에 제정신이 들었다. 그 전까지 무짱은 말없이 담담한 표정으로 창밖을 보고 있었다. 나는 의식을 현실로 되돌렸다. 사고 나지 않게 운전에 집중해야 했다. 맞은편 차선을 확인한 다음 우회전했다. 한참을 구불구불한 길을 달려 산으로 가는 길과 합류했다. 길이 생각보다 좁아서 조심해서 운전해야 했다.

길이 좁긴 했지만 거리는 짧았다. 2km도 채 달리지 않아 탁 트인 곳으로 나오자 거대한 풍차가 모습을 드러냈다.

"여긴가?"

나는 일단 차를 세우고 풍차를 올려다봤다. 풍차는 세 개가 있었다. 하얀 탑 위에 비행기 프로펠러 같은 날개가 세 개 달려 있었다. 아니, 비행기 프로펠러보다 훨씬 더 크고 긴 날개였다. 마치 버터나이프가 세 개 달린 것처럼 생겼다. 버터나이프는 눈에 잘 보일 정도의 속도로 돌고 있었다. 풍차가 돌아갈 수 있을 정도의 바람은 부는 듯했다. 그 광경이 아름다웠다. 무짱 남매는 좋은 곳을 약속 장소로 고른 것 같다. 눈에 잘 띄어 찾기도 쉽고 시간 때우기에도 안성맞춤이다. 무짱의 오빠를 기다리는 동안 풍차를 보고 있으면 시간이 금방 지나갈 것 같았다.

풍차 바로 옆까지 차가 들어갈 수 있는 듯했다. 다시 시동을 걸어 부지 안으로 들어가려고 했다. 그런데 가속 페달을 밟는 순간, 눈앞에 검은 그림자가 스쳐 지나갔다. 급히 브레이크를 밟았다. 별로 속도를 내지 않았음에도 불구하고 몸이 앞으로 튕겨 나갈 것 같았고, 안전벨트가 몸을 팽팽하게 당겼다.

차는 급정거했지만, 충돌했을 때 느꼈어야 할 충격은 없었다. 안도의 숨을 내쉬며 앞을 봤다. 10여 미터 앞에 칠흑같이 검은 새끼 돼지가 놀라서 뛰고 있었다. 제법 빨랐다. 하지만 숨이 찼는지 금세 멈춰 섰다. 그 새끼 돼지를 향해 한 여성이 달려왔다.

"어머?"

무짱이 차에서 내렸다. 나도 따라 내렸다. 눈앞에 있는 두 사람, 아니 한 사람과 돼지 한 마리는 낯이 익었다. 그 여성이 우리를 향해 고개를 숙였다.

"죄송합니다. 이 아이가 갑자기 튀어 나가서, 놀라게 해서 정말 죄송합니다."

여성의 말투가 정중해서 나도 고개를 숙였다.

"아닙니다. 저야말로 잘 살피지 못해서 죄송합니다. 다치지 않아서 다행입니다. 펜션에서 뵈었죠?"

여성이 약간 굳은 미소를 지었다.

"아, 그렇군요. 제가 정신이 없어서 바로 못 알아봤네요. 저는 코다마라고 합니다. 이 아이는 소크라테스입니다."

나도 모르게 미소가 지어졌다. '뚱뚱한 돼지보다 마른 소크라테스가 되라.'는 말이 있다. 출처는 모르지만 유명한 말이다. 돼지에게 소크라테스라는 이름을 붙인 건 꽤나 센스가 있다고 생각했다. 상대가 이름을 밝혔으니 나도 이름을 밝히지 않을 수 없었다.

"저는 기타니시라고 합니다. 이쪽은 스즈키입니다."

무짱은 고개를 푹 숙여 인사했다.

"안녕하세요."

무짱은 여성, 즉 코다마 씨 쪽이라기보다 소크라테스를 향해 인사했다. 소크라테스는 아직 차에 치일 뻔한 공포에서 회복하지 못했는지 숨을 헐떡거리고 있었다. 무짱이 소크라테스의 등에 손을 얹었다. 가볍게 문질러 주자 금세 얌전해졌다. 주인인 코다마 씨가 놀란 표정을 지었다.

놀라긴 나도 마찬가지였다. 인간의 생명 에너지를 흡수하는 무짱은 인간이 당황하거나 흥분했을 때 나오는 쓸데없는 에너지를 빨아들여 상대를 진정시킬 수 있다. 그건 경험상 잘 알고 있었지만 동물의 생명 에너지도 빨아들일 수 있는 줄은 몰랐다. 소크라테스는 완전히 안정을 되찾은 듯했다. 무짱이 쓰다듬는 것이 기분 좋아 보였다.

나는 다시 차에 올라 풍차 밑으로 차를 옮겼다. 주차장답게 구역이 구분되어 있지 않아서 적당한 곳에 주차했다. 우리 말고는 아무도 없었고, 자동차도 코다마 씨가 타고 온 것으로 보이는 스웨덴산 스테이션왜건만 있었다. 친구인 하시즈메가 타는 것과 같은 회사의 차량인데, 이 차는 최신형이었다. 결코 싼 차는 아니다. 코다마 씨가 입고 있는 옷도 왠지 고급스러워 보였다. 잘사는 집 부인 같았다.

“정말 귀여운 아이네요.”

무짱이 눈을 동그랗게 뜨고 말했다. 사람을 안심시키는 천진난만한 표정이었다. 코다마 씨도 덩달아 표정이 약간 부드러워졌다.

"그렇죠? 저도 키우기 전까지는 돼지가 이렇게 귀여운 줄 몰랐어요."

"개인이 반려용으로 키울 수 있을 정도로 작은 돼지들도 있었군요."

"네. 원래는 연구용으로 개량된 품종이라는데, 지금은 반려동물로 정착했어요. 물론 돼지니까 밥을 많이 주면 더 커지긴 하겠지만요. 소크라테스는 이제 한 살이라 몸무게도 아직 30kg 정도입니다."

"한 살인데 30kg이네요. 제 친구는 반려동물이 허용된 아파트에 사는데, 안아서 복도를 걸어 다닐 수 있는 동물만 가능하다는 규정이 있대요. 이 아이는 거기 못 살겠네요."

무짱이 웃으며 말했다.

"그렇죠. 크면 뚱뚱한 남자 정도의 몸무게까지 되니까요. 팔힘이 엄청나게 세야 안고 다닐 수 있겠네요."

두 사람은 바주 보며 웃음을 터뜨렸다. 여자들끼리 말이 잘 통하는 듯했다. 나는 끼어들지 않고 소크라테스를 쓰다듬었다. 무짱이 계속 등을 쓰다듬고 있기 때문인지 나에게도 전혀 거부 반응을 보이지 않았다.

"두 분은 여행 중이신가요?"

코다마 씨가 물었다. 펜션에 묵었으니 여행 왔냐는 질문은 할 필요도 없을 텐데, 무짱은 정중하게 대답했다.

"네, 모처럼의 연휴라서요. 코다마 씨는 혼자서 여행하시는 건가요?"

어제도, 오늘 아침 식당에서도 코다마 씨는 혼자였다. 혼자 소크라테스를 데리고 있었다. 남편이나 친구 같은 사람은 보이지 않았다. 코다마 씨는 어색한 느낌으로 고개를 끄덕였다.

"혼자이긴 합니다만, 여행이라고는 할 수 없을 것 같네요."

무짱이 고개를 갸우뚱했다.

"여행이 아니라고요?"

코다마 씨는 곤란하다는 듯이 웃었다.

"사실, 저는 가출했거든요."

"가출이라고요?"

"가출이요?"

나와 무짱은 동시에 같은 말을 했다.

"네, 이 아이와 함께요."

코다마 씨가 소크라테스의 머리를 쓰다듬었다.

가출이라니, 한동안 들어 본 적이 없는 단어였다. 이런 있는 집 사모님 같은 여성이 가출을 했다니 도대체 어떻게 된 걸까. 궁금하긴 하지만 이건 아무래도 사생활에 속하는 일이다. 가까운 사람에게도 물어보기 어려운데, 거의 초면인 사람에게 집요하게 물어볼 순 없는 노릇이었다. 그래서 모르는 척 넘기려 했다. 그런데 무짱은 거침없이 말을 건넸다.

"가출이면, 바깥분과 싸우셨어요?"

무짱의 눈치 없는 질문이었지만 코다마 씨는 싫은 표정을 짓지 않았다. 오히려 약간 안도하는 모습까지 보였다. 마치 이제야 얘기할 상대를 찾았다는 듯이 말이다. 코다마 씨는 한숨을 쉬었다.

"싸움……. 싸움이라도 한번 할 수 있었다면 가출 같은 건 안 했을 거예요."

그렇다면 부부 사이에 대화가 없다는 건가?

"아무래도 제가 멋대로인 것 같아요. 남편 덕분에 아무 불편 없이 살고 있는데, 이렇게 가출이나 하고 말이죠."

코다마 씨의 말에 무짱이 눈살을 찌푸렸다.

"남편 덕분이라는 표현은 좀 그렇네요. 가정은 두 사람이 함께 만들어 가는 거잖아요. 부부는 대등해야 합니다."

꾸짖는 듯한 말투였지만, 아마도 코다마 씨가 듣고 싶었던 말이었나 보다. 코다마 씨는 무짱을 향해 타이르는 듯한 말투로 말했다.

"맞는 얘기예요. 그런데 결혼해서 가정을 만들면 그런 생각을 하게 되더라고요. 저도 결혼하기 전까지는 직장을 다녔어요. 혼자 살면서 경제적으로도 자립하고 있었죠. 직장을 다니면서 지금의 남편과 사귀던 시절에는 스즈키 씨가 말씀하신 것처럼 대등한 관계였습니다. 하지만 결혼하고 나서부터 그것이 조금씩 무너지기 시작하더군요."

무짱은 흥미진진해하는 표정으로 이야기에 귀를 기울였다. 그 표정에 이끌리듯 코다마 씨는 이야기를 이어 갔다.

"제 남편은 무역 회사에 다니고 있습니다. 대우는 좋지만 굉장히 바쁜 직업이에요. 그래서 그랬나 봐요. 결혼하면 저는 직장을 그만두고 가정에 집중하길 원했어요. 아내가 전업주부라 퇴근하면 따뜻한 저녁밥이 차려져 있는 모습을 꿈꿨던 거죠. 맞벌이하면 그런 걸 기대할 수 없으니까요. 이기적인 생각이지만, 저 역시 때마침 일이 힘든 시기였기 때문에 좋은 기회라는 생각에 그만두기로 결심했죠. 그때는 그게 옳은 판단이라고 생각했어요. 아이가 생기면 계속 일하기 어려운 회사였으니까요. 어차피 그렇게 될 거, 앞당겨서 그만둬도 괜찮을 것 같았죠. 하지만 우리 부부 사이에는 아이가 생기지 않았어요."

코다마 씨는 또 한숨을 쉬었다.

"집에 있어도 할 일이 별로 없었어요. 문화센터 같은 데도 가 봤지만 하나같이 재미가 없더군요. 나는 도대체 뭐 하고 사는 걸까, 라는 생각이 드니까 결혼 생활이 점점 힘들어지더라고요. 남편도 그걸 알아차렸는지 저를 대하는 태도가 점점 의례적으로 변해 가더군요. 원래 평일에는 출장이 잦았고 휴일에는 접대 골프 등으로 골프채를 차에 싣고 이른 아침부터 나가서 집에 있는 시간이 별로 없었던 사람이었지만 그게 더 심해졌어요. 그렇다고 딴 여자가 생겨서 바람을 피우는 건 아니었지만요. 바람이라는 게 금방 들통이 나기 마련이거든요. 아무튼, 남편에게 집은 더 이상 편안한 곳이 아니었습니다. 그런 저를 보다 못한 친구가 반려동물을 키워 보라고 했어요. 아이가 없어도 반려동물을 키우면 부부 사이에 공통적인 화제가 생길 거라면서요."

"그래서 키우기 시작한 게 소크라테스였나요?"

"맞아요. 반려동물에 별 관심이 없던 남편이 이 아이의 얼굴을 보더니 묘하게 생기가 돌았어요. 소크라테스라는 이름을 지어준 것도 남편이에요. 소크라테스가 온 후 반년 동안은 친구의 말대로 효과가 있었죠. 밤늦게 집에 돌아오면 가장 먼저 소크라테스의 침대로 가서 잠자는 모습을 보곤 했어요. 인터넷에서 키우는 방법을 검색해 최적의 식사량을 찾아보는 등 적극적으로 소크라테스에게 관심을 쏟았죠. 소크라테스 얘기가 나오면 대화가 활발해지는 것이 정말 신혼 때 같았어요. 하지만 그것 역시 오래가지 못하더라고요."

"왜요? 이렇게 귀여운데."

무짱이 소크라테스의 목을 쓰다듬었다. 소크라테스는 기분이 좋은지 눈을 가늘게 떴다. 코다마 씨는 고개를 들어 천천히 돌아가는 풍차를 바라보았다.

"'제정신을 차렸다'는 말이 가장 정확한 표현일 것 같군요. 물론 소크라테스를 돌보는 일은 즐거웠어요. 하지만 '이건 아니야.'라고 생각했을 겁니다. 자신이 꿈꿔 왔던 가정이 기껏 돼지나 돌보는 곳이었나 싶었겠죠. 남편이 그런 생각을 하고 있다는 걸 단박에 알 수 있었어요. 다시 부부간의 대화가 줄어들었어요. 남편보다 소크라테스에게 말을 거는 횟수가 많아질 정도로요."

코다마 씨는 다시 무짱 쪽으로 시선을 돌렸다.

"표면적으로 보면 저는 행복한 여자입니다. 한적한 주택가에 있는 멋진 단독주택에 살면서 일하지 않아도 불편함 없이 생활할 수 있으니까요. 둘만 살고 있어서 시어머니와의 불화 같은 것도 없죠. 문화센터에 다니고, 반려동물을 돌보고, 그렇게 하루하루를 보내고 있으니까요. 하지만 남편 못지않게 저 역시 그런 삶을 원하지 않았어요. 어제와 오늘의 구분도 없는, 똑같은 일상의 하루. 나는 이대로 늙어 가는 걸까. 그렇게 생각하니 너무 무서웠어요. 그래서 일단 지금 있는 곳을 떠나 나를 다시 한번 돌아봐야겠다고 생각한 겁니다."

무짱은 이제야 알겠다는 표정을 지었다.

"그래서 가출하신 거군요."

"네."

코다마 씨는 힘없이 웃었다.

"생각해 보니 결혼한 이후 이렇게 혼자서 밖에 나간 적이 없었어요. 당연한 얘기죠. 전업주부가 되어 집을 지키고 있었으니까요. 행선지를 이즈로 선택한 이유는, 잡지에서 이곳에 있는 반려동물이 투숙 가능한 펜션과 이 풍차에 대해 봤기 때문이었습니다. 친구가 큰 건축물을 보고 있으면 머리를 비울 수 있어서 좋다고 조언해 줬어요. 집을 떠날 때는 걱정이 많았지만 나오길 잘한 것 같습니다."

"스스로를 돌아볼 수 있으셨나요?"

무짱의 물음에 코다마 씨는 가볍게 고개를 저었다.

"아뇨, 밖으로 나왔더니 그런 건 신경 쓰지 않게 되더군요. 소크라테스를 데리고 낯선 사람들과 이야기를 나누고 풍차를 바라보고 있었더니 왠지 모르게 숨통이 트이는 것 같았어요. 겨우 하룻밤이었지만 남편과 떨어져 있으니까 다시 새로운 기분으로 남편을 대할 수 있을 것 같아요."

"코다마 씨."

무짱은 코다마 씨의 눈을 들여다보았다.

"그것이 바로 스스로를 돌아보는 것이에요."

"네?"

잘 이해를 못 했는지 코다마 씨가 되묻자 무짱은 손아랫사람 같지 않은 어조로 대답했다.

"남편분은 출장이나 접대 골프로 자주 집을 비우시잖아요. 그렇다면 남편과 떨어져서 혼자 있는 시간은 얼마든지 있었을 텐데 고민만 커지셨구요. 이번에 그 고민이 해소된 건 코다마 씨가 떠나온 것이 '남편분'이 아니라 '가정'이기 때문입니다."

코다마 씨는 눈을 크게 뜨며 놀란 표정을 지었다. 무짱은 얘기를 계속했다.

"코다마 씨에게는 남편분 못지않게, 가정의 주부는 이래야 한다는 신념이 있었을 겁니다. 그것이 코다마 씨를 옭아매고 있었던 거죠. 이번에 집을 뛰쳐나옴으로써 당신은 한 가정의 주부에서 한 명의 여성으로 돌아갈 수 있었습니다. 숨통이 트였다고 느낀 건 자신의 가정관으로부터 해방되었기 때문일 겁니다. 그것으로 충분하다고 생각해요. 시어머니도 없고 아이도 없으시잖아요. 그렇다면 한 가정의 주부가 아니라 한 명의 여성으로서 남편분을 대하면 되지 않을까요. 생각을 조금만 바꾸시면 앞으로의 삶이 훨씬 편해질 거 같아요. 이것이야말로 스스로를 돌아보는 게 아닐까요?"

코다마 씨는 눈을 깜빡이며 가만히 무짱의 단정한 얼굴을 보고 있었다. 한동안 그렇게 소녀 같은 대학생인 무짱을 바라보더니 이내 작은 한숨을 내뱉었다. 그리고 "맞는 말씀이네요."라며 머리를 긁적였다.

"말씀을 들으니 그런 것 같네요. 그렇다면 저는 목적을 달성했다고 봐도 되겠군요."

"맞아요. 남편분을 하룻밤 동안 내버려 둔 보람이 있었다는 거죠."

무짱은 과장스럽게 동의했다. 코다마 씨는 빙그레 웃었다.

"그렇네요. 남편은 어제 평소처럼 골프를 치고 왔었을 텐데,

집에 와 보니 집이 텅 비어 있어서 놀랐을 거예요. 연락을 하려고 해도 저는 휴대폰까지 집에 두고 왔으니 못 했겠죠. 여기는 이즈니까 기념품으로 건어물이라도 사 가지고 가야겠어요. 남편이 좋아하는 음식이니 그걸로 기분을 달래 주죠, 뭐."

코다마 씨는 소크라테스의 등을 가볍게 두드렸다.

"그럼 이제 집에 갈게요. 바보 같은 소리를 길게 해서 죄송합니다. 그래도 두 분과 이야기할 수 있어서 좋았어요."

코다마 씨는 우리에게 인사를 건넸다. 무짱은 코다마 씨를 향해 미소를 지었다.

"바보 같은 소리라뇨. 저희와의 대화로 조금이나마 기분 전환에 도움 되셨다면 좋겠어요. 부디 행복하시길 바랍니다."

코다마 씨는 자신의 스테이션왜건에 올라탔다. 차의 스위치 조작에 조금 헤매는 듯했지만, 겨우 시동을 걸 수 있었다. 코다마 씨는 우리에게 가볍게 손을 흔들며 출발했다. 소크라테스는 인사까지는 하지 않았지만 뒷좌석 창문을 통해 우리를 바라봤다.

솔직히 코다마 씨가 자신에 관한 얘기를 하기 전까지는 짐작을 할 수 없었다. 남자는 보통, 방송에서 가끔 나오는 개인의 가정 문제 같은 건 별로 좋아하지 않는다. 코다마 씨가 무짱의 친화력에 이끌려서 얘기를 하게 된 듯하지만, 모처럼의 휴일에 막장 드라마 같은 얘기는 듣고 싶지 않았다. 애초에 인간의 인생 같은 것에 관심이 있을 리 없는 무짱도 그럴 거라 생각했다. 그래서 무짱은 무난하게 대화를 마무리한 것이다.

그래도 무짱이 이야기를 잘해서 코다마 씨의 생각을 정리해 준 덕분에 가정의 위기에서는 벗어날 수 있을 것 같다. 코다마 씨는 무짱의 설득으로 다시 전업주부에 전념할 수 있을 것이다. 그렇게 생각하니 무의미한 대화는 아니었고, 오히려 좋은 일을 한 기분이 들었다.

나와 무짱은 나란히 서서 코다마 씨의 차를 향해 손을 흔들었다. 무짱은 멀어지는 코다마 씨와 소크라테스를 보며 작고 건조한 목소리로 말했다.

"코다마 씨는 앞으로 어떤 삶을 살게 될까?"

말투가 너무 담담해서 자칫 못 듣고 넘길 뻔했다. 그래도 같이 사는 나의 귀는 그 말을 놓치지 않았다.

"그게 무슨 뜻이야?"

나는 무짱의 얼굴을 무심코 보고 놀랐다. 그녀가 마치 벌레 씹은 듯한 표정을 하고 있었기 때문이었다.

"설마 그걸 예상하고 소크라테스를 키운 건 아니겠지만 말이야."

점점 더 알 수 없는 소리만 했다. 나는 다시 한번 무슨 뜻인지 물었다. 하지만 무짱은 대답 대신 딴소리를 했다.

"추워진 거 같은데 차에 타는 게 어때?"

그 말을 듣고 나니 계속 밖에 서 있어서 그런지 몸이 좀 차가워진 것 같았다. 우리는 차에 타고 시동을 걸어 난방을 켰다. 그런데 아무리 주위에 다른 사람이 없다고 해도 자동차를 계속 공회전시키는 건 좀 그래서 근처 자판기를 찾아 따뜻한 음료를 뽑아 마시기로 했다.

차를 출발시켜 풍차가 있는 부지를 나와서 왔던 길을 되돌아갔다. 가는 길에 체육관이 하나 보였다. 그 근처에 자판기 하나쯤은 있지 않을까 했는데 운 좋게 정말 있었다. 나는 덜 단 캔 커피를, 무짱은 밀크티를 뽑았다. 그리고 다시 풍차가 있는 곳을 향해 언덕길을 올라갔다.

무짱이 입을 연 것은 아까 있던 곳에 차를 세우고 나서였다. 캔 뚜껑을 따서 밀크티를 한 모금 마시더니 이렇게 말했다.

"그 부인이 한 말은 거짓말 같아."

"뭐?"

무짱이 도대체 무슨 말을 하는 건지 감이 잡히지 않았다.

"거짓말이라고?"

"응, 아마 어제 남편분이 골프를 쳤다는 것도 거짓말일 거야."

"그걸 어떻게 알아?"

의외라고 해야 할까, 거의 그냥 흘려들었던 부분이었다. 나는 코다마 씨의 말이 거짓말로 느껴지지 않았다. 무짱은 뭘 근거로 거짓말이라고 생각했는지 궁금했다. 무짱은 도로 쪽을 턱으로 가리켰다.

"코다마 씨는 스테이션왜건을 타고 왔잖아. 이상하지 않아?

남편분은 어제 아침 일찍 골프를 치러 나갔을 텐데 말이야. 평소처럼이라고 했으니 골프채를 차에 싣고 이른 아침부터 나갔을 거야. 골프채를 싣고 나가기에 스테이션왜건만큼 적합한 차는 없을 텐데 왜 그 차를 타고 나가지 않았을까?"

"어, 그게……."

듣고 보니 그랬다. 하지만 반론의 여지가 있을 것 같았다. 그걸 머릿속으로 정리하기 전에 무짱이 먼저 말했다.

"다른 가능성이 있다면 이렇게 생각할 수 있겠지. 코다마 씨 집에는 스테이션왜건이 두 대 있는데 한 대는 남편용, 다른 한 대는 아내용이라고 말이야. 부잣집이라면 물론 그럴 수 있겠지만, 일반적으로 한 가정에 같은 종류의 차를 두 대나 두는 경우는 거의 없어. 게다가 아이가 있는 것도 아니고, 부모님과 함께 사는 것도 아니잖아. 한 대가 스테이션왜건이라면 다른 한 대는 쇼핑을 위해 소형차를 가지고 있거나 아니면 스포츠카를 가지고 있는 것이 낫지."

"그런 건가?"

나는 다른 반론을 제기할 수 없었다. 무짱의 말이 맞다는 생각이 들었다.

"또 다른 가능성도 있겠지. 남편이 간 골프장이 차로 갈 수 없을 정도로 먼 곳이었을 수도 있잖아. 남편분이 비행기를 타고 골프장으로 갔을 가능성도 있는 거지. 큐슈나 시코쿠의 컨트리클

럽 같은 데라면 그럴 가능성도 있겠네. 하지만 그런 곳까지 당일치기로 가지는 않을 거라고. 그래서 그랬을 가능성이 제로가 아니긴 하지만 무시해도 될 거 같아. 또 다른 가능성을 생각해 본다면, 코다마 씨가 남편분이 출발하기 전에 차를 타고 나와 버렸을 수도 있어. 하지만 이것 역시 이상해. 코다마 씨가 남편분이 골프를 치고 돌아와서야 자신의 가출을 알게 되었을 거라고 했으니까 말이야. 그 가능성이 맞으려면 남편분은 골프를 치러 가기 전에 그 사실을 알아야지. 그래서 그 역시 기각."

무짱의 말은 하나하나가 다 일리가 있었다. 그래서 나는 조용히 들을 수밖에 없었다.

"또 이런 가능성도 있겠네. 남편분이 어제 다른 사람의 차를 타고 갔을 경우야. 이 가능성은 비교적 높아. 하지만 그러기엔 좀 이상한 점이 있어. 그 부인은 스테이션왜건 조작에 익숙하지 않은 것 같았거든. 마치 그 차를 거의 운전해 본 적이 없는 것 같았단 말이지. 이 가설이 맞으려면 남편분이 사용하지 않는 차를 사용한다면 좀 더 능숙하게 출발했을 것 같아. 그러기 위해서는 평소에도 남편분의 차를 사용해야겠지. 하지만 그렇지 않았던 것 같아. 안 타던 차를 몰게 된 듯한데, 가출하는데 굳이 그럴 필요가 있었을까?"

"그 말도 일리는 있지만……."

나는 다른 이유가 있을 가능성을 생각해 봤다.

"코다마 씨는 소크라테스를 태우고 다녀야 하잖아. 반려동물을 태우기 위해 케이지 같은 걸 놓을 공간이 있어야 하니까 일부러 스테이션왜건을 선택한 건 아닐까?"

하지만 무짱은 차가운 눈빛으로 밖을 노려보며 말했다.

"소크라테스는 차가 출발할 때 어디에 타고 있었지?"

"그야, 뒷좌석에……."

나는 아차, 싶었다. 만약 코다마 씨가 타는 차가 따로 있었다면, 그 차를 사용하지 않을 이유가 없다는 것인가. 물론 그 차를 수리나 점검을 맡겼다든가 여러 가지 다른 이유를 대 볼 수도 있다. 하지만 종합적으로 생각했을 때 남편분이 골프를 치러 가는데 스테이션왜건을 가져가지 않았다는 것에 대한 적당한 설명은 하기 어려웠다. 무짱은 밀크티를 한 모금 마시더니 말을 이었다.

"결국 남편분이 골프를 치지 않았다고 판단할 수밖에 없어. 부인은 당연히 그것을 알고 있었고. 알고 있었기 때문에 스테이션왜건을 타고 나온 것이겠지. 그렇다면 남편은 아내가 가출하는 걸 가만히 보고만 있었을까?"

나는 바로 대답했다.

"그랬을 리가 없지. 그럼 가출이 아니라 그냥 여행이잖아."

무짱은 고개를 끄덕였다.

"코다마 씨는 분명히 가출했다고 말했어. 즉, 남편분의 허락을 받지 않고 나왔다는 뜻이잖아. 그럼 그때 남편은 뭘 하고 있었을까? 아니, 무엇보다 궁금한 건 이거야. 코다마 씨가 왜 처음 만난 우리에게 거짓말을 한 거지?"

무짱은 거기서 말을 끊었다. 침묵이 흐르는 사이에 나는 이유를 생각해 봤다. 별다른 묘안이 떠오르지 않아 그냥 생각나는 대로 말했다.

"다른 사람에게 남편분이 골프를 치러 간 것으로 해 두고 싶어서?"

"왜?"

"사실 안 갔으니까."

"가지 않았는데도 간 것처럼 말하면 어떤 이점이 생기지?"

역시 적당한 대답이 잘 생각나지 않았지만 즉흥적으로 말해 봤다.

"남편분이 골프장에 가지 않은 건 분명하니까 골프를 치러 갔다는 거짓말은 반드시 들통이 나겠지. 그렇다면 그냥 가출했다는 것을 사실로 해 두고 싶어서?"

무짱은 웃으며 고개를 끄덕였다.

"기타니시, 똑똑한데? 그럼 골프장을 간다고 집을 나왔다고 가정하고, 사실은 골프장에 가지 않았다고 가정해 보자고. 거기서 생각해 볼 수 있는 가능성은?"

"그건 아마……."

거기서 내 입이 멈췄다. 께름칙한 생각이 들었기 때문이다.

"설마 골프장 가는 길에 무슨 문제가 생겨서 실종된 걸까?"

무짱이 기분 나쁘게 웃었다.

"아주 좋아."

나는 갑자기 소름이 돋았다. 내가 지금 무슨 말을 한 거지?

"코다마 씨가 남편은 골프 치러 갔다고 했잖아. 그리고 남편분이 실종되었다면 이건 사건이네. 그럼 그 무렵 부인은 어디서 뭘 하고 있었지? 우리가 알듯이 가출을 했지. 코다마 씨가 이즈에 있었다는 건 많은 사람들이 증언해 줄 수 있어. 펜션 주인은 물론이고, 여러 숙박객들이 있어. 우리도 마찬가지고. 왜냐하면 그녀는 눈에 띄기 때문이야. 새끼 돼지를 데리고 다니는 사람은 흔치 않잖아."

"앗!"

나는 목소리를 높였다. 금방 무짱이 한 말의 의미를 파악했기 때문이다.

"무짱이 말하고 싶은 건 이거야? 코다마 씨는 개도 아니고 고양이도 아닌 새끼 돼지를 데리고 다녔어. 물론 가출하면 동물을 돌볼 사람이 없으니 어쩔 수 없이 데리고 가야겠지. 아주 자연스럽게 새끼 돼지를 데리고 여행을 떠날 수 있었던 거지. 우리도 느꼈던 것처럼, 새끼 돼지를 데리고 다니는 여성은 강한 인상을 남겨. 남편분이 어느 골프장으로 갔는지는 알 수 없지만, 그가 실종되었을 때 코다마 씨는 분명 이즈에 있었던 것이 된다 이 말이지."

"알리바이를 위해서라고 생각할 수 있지. 만약 앞으로 그렇게 할 것을 예상하고 새끼 돼지를 반려동물로 선택했다면, 모든 게 계획된 것일 수 있지."

무짱의 미소는 상당히 시니컬하게 느껴졌다.

"코다마 씨는 어떻게 남편분을 실종시킬 수 있을까? 우선 남편분을 실종시킬 수 있는 기회를 생각해 보자고. 가만히 있었다면 남편분은 스테이션왜건을 타고 가 버렸겠지. 그러면 기회를 잡을 수 없으니까 그러기 전에 할 수밖에 없었을 거야."

"코다마 씨가 남편분을 집에서?"

나는 침을 꿀꺽 삼켰다. 아까까지 얘기를 나누던 아름다운 여성이 남편을?

"그럼 왜 코다마 씨가 익숙하지 않은 스테이션왜건을 이용했는지 짐작할 수 있겠지? 스테이션왜건의 넓은 짐칸에 넣을 수 있는 건 골프채뿐만이 아니잖아."

나는 갑자기 머리가 어지러웠다. 그런 일이 있을 수 있을까? 코다마 씨가 남편의 시체를 트렁크에 싣고 집을 나왔다니. 그리고 이즈에서 얼굴을 판 다음 남편이 골프장으로 가는 길 어딘가에 차째로 버리고 간다? 그런 일이 정말 가능한 건가?

무짱은 밀크티를 다 마신 후 웃으며 "농담이야, 농담."이라고 했다.

"코다마 씨의 이야기에서 조금 이상한 점을 확대해 봤더니 그런 결론에 이르렀을 뿐이야. 그것이 사실일 가능성은 그리 높지 않을 거야. 하지만 그것으로 된 거 아니겠어? 만약 코다마 씨가 한 이야기가 전부 사실이라면 우리는 한 가정을 구한 셈이잖아. 반대로 내 농담이 맞는다고 해도, 그런 조잡한 계획이라면 경찰에게 금방 잡힐 거야. 경찰은 바보가 아니잖아."

무짱은 그렇게 얼버무렸지만 나의 오한은 사라지지 않았다. 아무리 가설이라고 해도, 아내가 남편에 대한 살의를 실행에 옮기기 위해 1년 전부터 반려동물을 기르고 있었다니……. 인간은 인간을 미워한다고 무짱은 말했다. 그건 진리라고 생각한다. 하지만 그것을 이런 식으로 보여 주면 같은 인간으로서 구원의 여지가 없지 않은가.

그렇다면 무짱들의 종족은 어떨까? 서로 미워하지는 않는 걸까? 무짱은 항상 태연한 모습만 보여서 잘 모르겠다. 혹시 그녀의 오빠를 만나 보면 알 수 있을까.

"아, 왔다."

무짱의 말에 고개를 들었다. 한 대의 렌터카가 이쪽으로 오고 있는 것이 보였다. 운전하는 사람은 남자다. 조수석에 여자가 타고 있다. 여자분은 확실히 둥근 얼굴이었다.

따뜻한 손

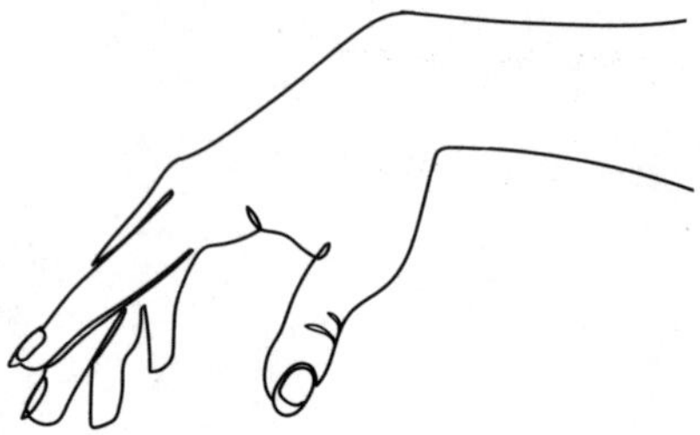

오치아이 토미에가 잠든 듯이 눈을 감고 있었다. 입가에는 행복한 미소를 짓고 있었다.

나와 기타니시 타쿠미 씨는 그 얼굴을 가만히 쳐다보고 있었다.

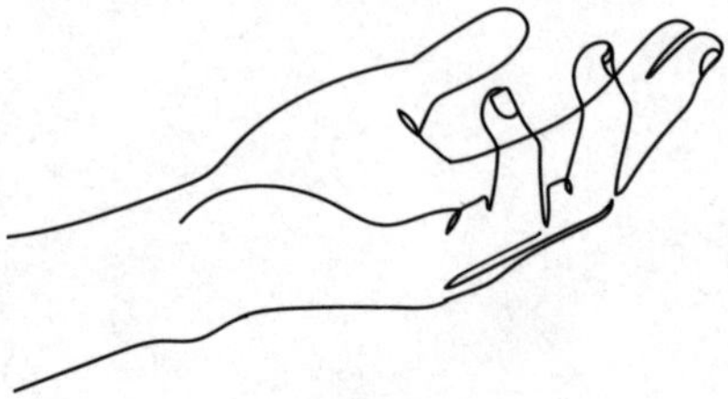

"약속 장소는 히가시이즈(東伊豆)에 있는 풍차 밑이야. 풍력 발전에 사용하는 큰 풍차가 있어."

긴짱이 렌터카를 운전하며 말했다.

"거기서 긴짱의 여동생과 만나게 되는 거네. 여동생과 여동생 남자 친구를."

내가 확인하자 긴짱은 옅은 미소를 지었다.

"남자 친구라기보다 동거인이라고 해야겠지."

"그렇겠네."

나는 바로 이해했다. 내가 긴짱의 여자 친구가 아닌 것처럼, 그 남자도 여동생의 남자 친구라고 할 수 없겠지.

3일 연휴의 한가운데, 일요일 아침. 우리는 이즈반도에 있다. 어젯밤은 슈젠지(修善寺, 이즈반도 중부에 위치한 사찰로 부근이 온천 마을로 유명) 온천 여관에서 둘이 묵었다. 생각해 보니, 둘이서만 여행하는 건 정말 오랜만이었다. 그동안 나에게 그런 정신적 여유가 없었기 때문이다.

작년 봄, 내가 근무하는 대학 연구실에서 살인 사건이 발생했다. 조교인 나는 그 후 수습에 정신이 없었고, 겨우 마음의 여유가 생긴 가을이 되자 이번에는 친구의 동반 자살 사건에 휘말리게 되었다. 불과 반년 사이에 연달아 지인이 죽는 사건을 겪게 된 나는 정신적 타격을 받게 되었다. 자칫하면 정신의 균형을 잃을 수도 있었던 나를 구해 준 건 긴짱이었다.

내가 동거하고 있는 긴짱은 사실 인간이 아니다. 겉모습은 인간과 똑같고 별다를 것 없는 인간의 생활을 하고 있지만, 사실은 인간의 생명 에너지를 흡수해 살아가는 미지의 생명체다.

도대체 어떤 생명체일까?

왜 그런 생명체가 존재하는 것일까?

생물학자로서 그 정체에 관심은 있지만, 긴짱의 정체에 관해서는 캐묻지 않는 것이 암묵적인 룰이다. 그래서 담담하게 그의 존재를 받아들이고 있다. 왜 그런 룰을 지키냐면, 긴짱과 함께 살면 그에 상응하는 이점이 있기 때문이다.

긴짱은 나의 생명 에너지를 흡수하며 살아가고 있다. 생명 에너지를 흡수한다는 건 인간의 잉여 에너지를 흡수해 준다는 것과 연결된다. 즉, 필요 이상의 칼로리를 섭취했을 때 원래는 지방으로 체내에 축적되어야 할 그것을 생명 에너지의 형태로 흡수해 주는 것이다. 결과적으로 긴짱은 내가 비만이 되는 것을 막아 주고 있는 거다. 요즘 같은 포식의 시대, 식단 조절도 운동도 하지 않고 건강하고 날씬한 몸매를 유지할 수 있는 시스템 같은 건 어디에도 존재하지 않는다. 말하자면 긴짱은 나의 다이어트 머신 역할을 톡톡히 하고 있는 것이다.

함께 동거를 함으로써 긴짱은 나라는 양질의 식량을 안정적으로 확보할 수 있고, 나는 그 덕분에 건강을 유지할 수 있다. 상리공생(相利共生)의 전형적인 예라고 할 수 있다. 생물로서의 종도 다르고, 서로가 자신의 이익을 위해 상대를 이용하고 있다. 그것이 현실이기 때문에 내가 긴짱의 여자 친구라는 건 도저히 성립할 수 없다. 동거하면서 겉으로는 연인 사이인 척하고 있지만 말이다.

동거를 결정하게 된 이유도 그것 때문이었다. 동거를 시작한 이후, 요리를 잘하는 긴짱이 맛있고 칼로리 높은 음식을 만들어 주면 나는 그것을 먹는다. 그리고 내가 섭취한 잉여 칼로리를 긴짱이 흡수하는, 그런 편안한 생활을 계속해 왔다. 그런데 연이어 사건을 겪게 된 나는 긴짱에게 다른 역할을 요구하게 되었다. 그것은 생명 에너지를 흡수하는 긴짱의 또 다른 특기, 즉 생명 에너지를 흡수하여 마음을 진정시킬 수 있는 능력이었다.

인간은 동요하거나 감정이 격해질 때 머릿속에서 필요 이상의 에너지를 발생시킨다고 한다. 그런 과잉 에너지는 본인을 혼란스럽게 할 뿐, 문제 해결에 전혀 도움이 되지 않는다. 긴짱은 그 에너지를 흡수함으로써 인간에게 이성을 되찾게 할 수 있다.

충격적인 사건을 겪고 정신적 데미지를 입은 내가 의지했던 건 긴짱의 그런 능력이었다. 내가 일을 마치고 집에 돌아와서 긴짱이 만들어 준 음식을 먹고 나면 그는 나에게서 에너지를 흡수한다. 그때 내 안에서는 상처받은 의식의 흐름이 정리되고, 자칫 흐트러지기 쉬운 감정이 가라앉는다. 생각해 보니 긴짱이 생명 에너지를 흡수하는 것은 다이어트 효과뿐 아니라 정신 치료 효과까지 있는 것이다.

반년 가까이 그렇게 했더니 나는 마침내 사건 이전과 같은 정신 상태를 되찾을 수 있었다. 물론 슬픈 기억이 사라진 것은 아니지만, 기억은 기억만으로 남을 수 있게 되었다. 정말이지 긴짱에게는 아무리 감사해도 부족한 거 같다.

나의 회복을 만족스럽게 지켜보던 긴짱이 나에게 여행을 권했다. 3일 연휴 동안 휴양지인 이즈에 가자는 것이었다. 그런데 긴짱이 생각지도 못했던 말을 꺼냈다. 거기서 여동생과 합류하자는 것이었다.

“지난번에 여동생 얘기했을 때 히로코가 놀란 걸 보고 본인을 직접 대면시켜 줘야겠다고 생각했거든."

진심인지 농담인지는 알 수 없었지만 나로서 흥미로운 얘기였다. 긴짱의 여동생이라면 역시 '흡수하는 생명'일 것이다. 긴짱을 처음 만난 날, 동생의 모습을 얼핏 봤지만 멀리서 잠깐 본 거라 제대로 보지 못했다. 만나서 긴짱과 어떤 공통점이 있는지 확인해 보고 싶다.

"이런, 차가 많이 막히네."

긴짱이 브레이크를 밟았다. 앞을 봤더니 차들이 줄지어 서 있었다. 3일 연휴라 교통량이 많을 것을 예상했지만 이 정도일 줄은 몰랐다. 슬슬 정체가 풀리면서 겨우 전진할 수 있었는데, 잠시 후 그 원인을 알 수 있었다. 사고가 났던 것이다.

"저 트럭이 반대편 차선에서 이쪽 차선으로 튀어나온 차와 충돌했군."

긴짱이 가리킨 반대편 차선 쪽으로 시선을 돌렸더니 대형 트럭이 진행 방향과 반대 방향을 향해 서 있었다. 그 바로 앞에는 승용차가 크게 파손되어 있었다. 나는 자동차에 대해 잘은 모르지만, 외국산 스테이션왜건이라는 것 정도는 알 수 있었다. 견고하고 튼튼한 것이 특징이라며 자동차를 좋아하는 친구 야마시로한테 들은 기억이 있다. 하지만 아무리 튼튼한 차라도 대형 트럭과 충돌하면 어쩔 수 없었을 것이다. 특히 운전석 손상이 심해 보였다.

"아, 죽었을 수도 있겠네."

긴짱이 그렇게 말했는데 전혀 감정이 느껴지지 않는 말투였다. 인간이 아닌 긴짱에게는 사람이 죽었을지도 모르는 교통사고 같은 건 별거 아닌 걸까. 나는 인간이라 애처롭게 느껴지긴 했지만, 그래도 어차피 남의 일이긴 마찬가지였다. 부디 살아 있기를 바라며 지나칠 뿐이었다.

그렇게 가다가 신호등에서 우회전하여 언덕길을 올라갔다. 가다 보니 풍차가 보이기 시작했다. 상상했던 것보다 더 컸다. 그대로 차를 달렸더니 탁 트인 곳이 보였다. 풍차 밑이었다. 풍차 아래에는 경차 한 대가 서 있었다. 차 안에 사람의 모습이 보였다. 운전석엔 젊은 남자, 조수석에는 어려 보이는 여자가 타고 있었다. 두 사람은 우리가 오고 있는 걸 봤는지 차에서 내렸다. 긴짱의 여동생과 그 동거인이 맞는 듯했다.

경차 옆에 차를 세운 긴짱이 시동을 끄고 차에서 내리더니 여자를 향해 말했다.

"늦어서 미안해."

손목시계를 보니 오후 1시 20분이었다. 약속 시간이 오후 1시였으니 20분 늦게 도착한 셈이다.

"왜 이렇게 늦었어!"

여자가 일부러 화난 표정을 지었다. 눈이 웃고 있는 걸 보니 진짜 화난 건 아닌 듯했다. 그 여자의 얼굴을 나도 모르게 말끄

러미 쳐다봤다. 동안이었다. 얼굴만 보면 어린애라고 해도 될 것 같았다. 머리카락을 포니테일로 묶어서 더 어려 보였다. 고등학생이나 대학생 정도일까. 확실한 건 아니지만 예전에 얼핏 봤을 때와 거의 변하지 않은 느낌이었다.

그녀는 상당히 반듯한 얼굴을 하고 있었다. 가는 턱은 긴짱을 닮았는데, 예전에 '생명 에너지를 얻을 수 있는 인간에게 쉽게 다가갈 수 있게 접근하기 용이한 얼굴을 하고 있다.'고 그가 말해 준 적이 있다. 쉽게 말해서, 그들은 대체로 인간이 좋아하는 유형의 얼굴을 하고 있다는 것이다. 역시 일종의 모방이겠지. 아직까지 내가 본 건 이 둘밖에 없지만, 확실히 둘 다 누구나 좋아할 만한 얼굴을 하고 있다. 긴짱이 여동생에게 사과했다.

"쏘리, 쏘리. 오는 길에 사고가 있어서 차가 많이 막혔어. 그것만 아니었으면 제시간에 도착했을 텐데."

"사고?"

"응, 스테이션왜건이 트럭에 부딪혀서 심하게 파손되어 있었어. 아마 스웨덴제였을 거야."

긴짱의 말을 들은 여동생의 눈이 갑자기 커지더니 옆에 있는 남자와 서로 마주 봤다. 여동생도 그렇지만 같이 있는 남자는 확실히 놀란 듯했다. 그가 중얼거렸다.

"설마……."

"왜 그래?"

긴짱이 의아한 표정을 지으며 묻자 여동생이 눈을 깜빡이며 말했다.

"조금 전까지 여기서 스웨덴산 스테이션왜건을 타고 온 여자분과 이야기를 나누고 있었거든. 그분이 이제 집으로 가야겠다며 차를 타고 간 지 얼마 안 돼."

긴짱이 무덤덤한 목소리로 말했다.

"흐음, 그 차는 많이 다니니까 사고당한 게 꼭 그분이라고는 할 수 없지."

"그것도 그렇네요."

여동생이 쿨하게 말한 다음 내 쪽을 보며 물었다.

"오빠, 이분이 그분?"

"맞아. 함께 살고 있는 하타 히로코 씨야. 대학에서 생물학 조교로 일하고 있어."

긴짱이 내 어깨를 가볍게 두드리며 말했다.

"안녕하세요. 하타라고 합니다."

나는 앞에 있는 두 사람에게 인사를 건넸다.

"안녕하세요. 스즈키입니다. 오빠가 신세를 많이 지고 있습니다."

여동생이 활짝 웃으며 반갑게 오른손을 내밀어서 나도 반사적으로 오른손을 내밀어 악수했다. 순간, 악수한 오른손이 살짝 따뜻해졌다.

아, 흡수하고 있어.

그녀는 나의 생명 에너지를 빨아들이고 있었다. 그렇다고 식사라고 할 만큼의 양을 빨아들인 것은 아니고, 일종의 '맛보기'를 한 듯했다. 그녀가 손을 놓고 내 얼굴을 들여다보았다. 그러더니 그때 긴짱이 했던 말을 했다.

"흐음, 영혼이 깨끗하시네요. 이 정도면 믿고 맡겨도 되겠어."

윗사람 같은 말투였다. 오빠와 같이 사는 나를 시누이 같은 느낌으로 평가한 것 같았다. 어린 나이와 어울리지 않는 태도에 웃음이 나왔다. 여동생은 옆에 있는 남자를 가리켰다.

"오빠, 이 사람이 나와 같이 사는 기타니시 타쿠미."

그 말을 들은 남자는 "기타니시라고 합니다."라며 긴짱과 악수를 했다. 조금 전과 같은 광경이 반복되었다. 기타니시라는 남자의 생명 에너지를 맛본 긴짱은 "이 친구라면 문제없겠어."라며 시아버지 같은 말을 했다.

나는 흥미 어린 눈으로 기타니시 씨를 보았다. 20대 후반 정도? 나보다 약간 어려 보인다. 하지만 그렇게 보이는 건 사람 좋아 보이는 얼굴에 남아 있는 소년 같은 느낌 때문일지도 모르겠다. 긴짱보다는 키가 약간 작지만, 일본 남성의 평균 키보다는 큰 것 같았다. 그리고 날씬한 체형을 가지고 있었다. 그건 긴짱의 여동생이 건강 유지 장치로써 제대로 기능하고 있다는 것을 알 수 있게 해 주었다.

긴짱의 여동생이 양질의 에너지원을 확보하고 있다는 건, 기타니시 씨가 영혼이 맑은, 즉 '맛있는 생명 에너지'를 가진 사람이라는 걸 의미한다. 그래서 나는 긴짱의 여동생이 기타니시 씨의 손을 잡고 생명 에너지를 빨아들이는 장면을 상상해 보았다.

그러다 갑자기 깜짝 놀랐다. 어떻게 된 건지 상상했던 광경이 두 사람이 침대에서 사랑을 나누는 장면으로 바뀌어 버렸기 때문이다. 나는 황급히 고개를 저어 생각을 떨쳐 버렸다. 저 두 사람도 다른 종이라 육체적인 사랑을 나눌 수 있을 리가 없다. 우리가 그런 것처럼. 나도 참, 왜 그런 생각을 했을까.

"두 분, 배고프지 않으세요? 메밀국수라도 먹으러 갈까요?"

긴짱의 말에 내 의식은 다시 현실로 돌아왔다. '두 분'이란 나와 기타니시 씨를 말하는 것이겠지? 긴짱도 그 여동생도 인간이 하는 식사는 필요 없으니까 말이다. 오후가 한참 지나서 배가 고픈 것은 맞았기 때문에 이의는 없었다.

"이즈고원에 맛있는 메밀국숫집이 있어요."

긴짱은 도로 지도를 펼쳐서 위치를 기타니시 씨에게 설명했다.

"그럼 저희 뒤를 따라오세요."

긴짱이 그렇게 말하고 차에 탔다. 내가 조수석에 타자 시동을 걸어 천천히 출발했다. 뒤에는 두 사람이 탄 경차가 쫓아왔다. 사고로 정체된 도로를 피해 이즈고원으로 향했다. 잠시 후 도착한 메밀국숫집에는 다행히도 두 대의 주차 공간이 비어 있었다. 차에서 내려 가게 안으로 들어갔더니 종업원이 네 명이 앉을 수 있는 테이블로 안내해 줬다. 긴짱이 말했다.

"이즈반도는 와사비의 명산지야. 고추냉이를 제대로 먹으려면 메밀국수가 탁월한 선택이지."

긴짱의 권유에 따라 국물에 담긴 국수가 아닌 장국에 찍어 먹는 메밀국수를 주문했다.

"긴짱은 어떻게…… 이런 이즈의 메밀국숫집을 알고 있어?"

메밀차를 한 모금 마신 후 내가 궁금해서 물었다.

"전에 쿠라시나와 함께 온 적이 있거든."

"아, 그랬구나."

나는 고개를 끄덕였다. 쿠라시나는 긴짱이 인간 사회에 적응해 살며 다니는 회사 동료로, 나에게 긴짱을 소개시켜 준 사람이다. 지금은 내 친구인 미모의 아내와 잘 살고 있다. 긴짱의 여동생이 후훗 하고 웃었다.

"오빠, 긴짱이라고 불리는구나."

그러더니 나를 보며 물었다.

"왜 긴짱이에요?"

너무도 익숙해져 버린 이름이라 그 유래가 바로 생각나지 않았지만 곧 기억을 되살렸다.

"혼소메와케베라(청줄청소놀래기)라는 물고기를 아시나요?"

나는 가게 안의 다른 손님들에게 들리지 않게 작은 목소리로 물었다. 여동생도 기타니시 씨도 모르는지 고개를 저었다.

“혼소메와케베라는 ‘청소어’라고 해서 다른 물고기의 몸에 붙어서 기생충을 먹어 주는 물고기예요. 유용한 물고기라 더 큰 물고기에게 잡아먹히지 않습니다.”

긴짱의 여동생이 흐음 하며 흥미롭다는 표정을 지었다.

“그런데 참 재미있는 게, 혼소메와케베라를 꼭 닮은 물고기가 있어요. 니세크로스지긴포(가짜 청소어)라는 물고기인데, 이 녀석은 청소를 하지 않는데도 불구하고 혼소메와케베라를 닮았다는 이유만으로 다른 물고기들이 잡아먹지 않아요. 그런 녀석이 있답니다.”

“그렇군요. 오빠는 사람을 닮았지만 다른 종이라서, 말하자면 니세크로스지긴포 같아서, 그래서 이름 중에 ‘긴’을 따서 ‘긴짱’?”

긴짱의 여동생이 눈을 크게 뜨며 말했다. 나는 고개를 끄덕였다.

“그런 거죠. 그렇다고 ‘가짜’라고 부를 수는 없잖아요.”

“너무하지 않아, 물고기 취급을 하다니?”

긴짱이 한탄하듯 말했다. 그 말을 들은 긴짱의 여동생이 웃음을 터뜨렸다.

“그래도 내 호칭인 ‘무짱’보다 낫네.”

“무짱?”

내가 반사적으로 물었다. 그렇게 부르는 사람은 당연히 같이 사는 기타니시 씨일 것이다. 그쪽으로 시선을 돌리자 기타니시 씨는 작게 고개를 끄덕였다.

"이쪽은 설명이 간단합니다. C. L. 무어라는 미국 작가의 이름에서 딴 겁니다."

바로 떠오른 것이 있어 내가 물었다.

"작가의 이름이요? 그러고 보니 그 작가분의 작품에 그런 캐릭터가 등장하네요."

"맞습니다. 캐릭터 이름으로 부르는 게 좀 그래서 작가 이름인 '무어'에서 '무'를 따 '무짱'으로 부르고 있습니다."

기타니시 씨가 웃으며 말했다. 지적이면서 상냥한 미소였다. 무짱이 얼굴을 찌푸렸다.

"'무짱'이라는 발음이 왠지 힘이 빠지는 느낌이야. 좀 더 예쁜 호칭으로 했으면 좋았을 텐데. '카밀라(영국 작가 조지프 셰리든 레 퍼뉴의 호러 소설에 나오는 흡혈귀 소녀 이름)'라든가."

"그 이름은 너무 노골적이잖아?"

테이블에 웃음이 터져 나왔다. 웃음이 가라앉은 후, 주문했던 메밀국수가 나왔다. 각각 고추냉이 한 개와 강판 한 개씩 같이 나왔다. 잠시 동안 조용히 고추냉이를 갈았다. 톡 쏘는 향이 코를 찔렀다. 그것을 섞은 국수장국에 메밀국수를 찍어서 먹기 시작했다. 와사비, 메밀, 장국의 향이 모두 좋았다. 역시 입맛이 까다로운 긴짱다운 선택이었다. 메밀국수를 먹으며 무짱이 말했다.

"그런데 오빠? 이즈에서 만나자고 한 건 메밀국수 때문이야?"

메밀국수를 먹던 긴짱의 움직임이 잠깐 멈췄다. 주의를 기울이지 않으면 눈치채지 못할 정도의 짧은 멈춤이었다. 긴짱은 메밀국수를 삼키고 나서 대답했다.

"그렇다고 할 수 있지. 물론 그것만 있는 건 아니지만."

"먹고 나서 다른 이벤트가 있어?"

"이벤트까지는 아니야."

긴짱은 소바를 다 먹고 젓가락을 내려놓았다.

"어떤 사람을 만나러 가려고 해. 오래전부터 알던 사이인데, 모두 같이 좀 가 줬으면 좋겠어."

처음 듣는 이야기에 나는 무심코 긴짱의 얼굴을 보았다. 이번 여행 얘기를 했을 때는 그런 말을 듣지 못했기 때문이다. 여동생을 소개해 주려던 것만이 아니었던 건가. 아니면 여행이 결정된 후에 생각난 건가. 아니다. 대화 전체를 생각해 보니, 그 사람을 만나기 위해 목적지를 이즈로 정한 것이다. 처음부터 긴짱은 그럴 생각이었다는 얘기다. 그렇다면 왜 그 말을 미리 하지 않았던 걸까.

긴짱의 얼굴은 평소와 다름없이 평온했다. 하지만 의심의 눈으로 봐서인지 조금 심각해 보이기도 했다. 메밀차를 마시기 위해 고개를 약간 숙인 것일 수도 있지만 말이다.

밥값을 자신이 내겠다는 긴짱에게 그럴 수는 없다며 기타니시 씨가 두 사람 몫의 돈을 건네주고 우리는 가게에서 나왔다.

"지인을 만나러 가는 거였군요. 어디에 사시는 분이세요?"

기타니시 씨가 긴짱에게 말을 걸었다. 기타니시 씨의 정중한 말투는, 그렇다고 너무 지나친 것도 아니라 그다지 불편함이 느껴지지 않았다. 긴짱은 기타니시 씨를 보지 않고 대답했다.

"카와나(川奈)입니다."

카와나라면 여기서 그리 멀지 않은 곳이었다. 약간 아타미(熱海) 방면으로 돌아가는 느낌이랄까. 긴짱은 주머니에서 주소를 적은 종이를 꺼내 지도에서 그 주소 위치를 찾았다. 옆에 있던 기타니시 씨가 그것을 보며 말했다.

"이 근처군요. 바로 출발할까요?"

"……그럴까요?"

긴짱은 한 박자 늦게 대답했다.

"빨리 끝내야 나중에 느긋하게 보낼 시간을 확보할 수 있겠죠."

기타니시 씨가 의아한 표정으로 긴짱의 얼굴을 봤다. '빨리 끝낸다'는 말에서 자진해서 만나고 싶었던 게 아니라는 뉘앙스가 느껴졌기 때문일 것이다. 기타니시 씨는 긴짱의 반듯한 얼굴을 가만히 쳐다보더니 작게 고개를 저었다.

아까처럼 긴짱의 차량이 앞장섰고 기타니시 씨의 경차가 뒤따라왔다.

"긴짱이 그런 표정을 짓는 거 처음 봐. 만나기 껄끄러운 사람이야?"

지도를 무릎에 올려놓은 내가 말을 건넸다. 운전 중인 긴짱은 정면을 보며 왼손으로 자신의 얼굴을 쓰다듬었다.

"내 표정이 그렇게 이상했어?"

"이상하다기보다, 뭔가 내키지 않는 느낌이었어. 긴짱한테도 불편한 사람이 있구나."

항상 태연자약한 태도를 취하는 긴짱이었는데 이상하게 여유가 없어 보였다. 나는 그런 모습을 속으로 흥미롭게 생각하고 있었다. 그때 문득 떠오른 생각이 있었다.

"아, 인간이 아닐 수도 있겠네. 혹시, 긴짱 같은? 그런 거야?"

나는 긴짱의 옆모습을 보며 물었다. 일부러 여동생 무짱까지 데리고 왔다는 건 그럴 가능성이 높지 않을까, 하고 생각한 것이다. 하지만 긴짱은 아무렇지도 않게 고개를 저었다.

"아니, 인간이야. 어디에 내놓아도 부끄럽지 않은 인간이지."

묘한 말투에 나도 모르게 웃음이 나왔다. 동시에 수수께끼가 더 깊어진 것 같다는 생각도 들었다.

기본적으로 긴짱에게 인간은 먹이이기 때문에 두려워할 존재가 아니다. 평상시에는 내 몸에 손상을 입히지 않도록 에너지를 흡입하지만, 마음만 먹으면 인간의 생명력을 마지막 한 방울까지 빨아먹을 수 있다. 그래서 나는 긴짱이 인간을 어려워한다는 건 있을 수 없는 일이라고 생각했다.

아니면 이런 걸까? 긴짱은 인간 사회에서 인간의 삶을 살고 있다. 가상의 신분으로 회사도 다니고 있다. 업무상 관계라면 싫어하는 사람들도 있을 수 있다. 그렇다면 앞으로 만나러 가려는 사람은 거래처의 높은 사람이 아닐까?

아냐. 나는 고개를 저었다. 그랬다면 혼자 왔을 것이다. 누군가를 데리고 온다고 해도 회사 동료였겠지. 거래처 사람을 만나러 가는데 나처럼 표면상이지만 여자 친구, 그리고 여동생까지 데리고 올 리가 없다. 역시나 사적인 지인이 맞는 것 같다.

어쩌면 이즈에 사는 지인을 만난 건 나를 무짱과 대면시키는 것과는 무관한 것일지도 모른다. 나에게도 무짱에게도 물론 기타니시 씨에게도 무관한 것이며, '겸사겸사'의 범주를 벗어나지 않은 행위인 걸까? 그 가능성이 가장 높아 보인다. 만나려는 사람이 불편한 것이 아니라 단순히 귀찮은 것일 수도 있다. 그럼에도 불구하고 만나야 하는 사정이 있는 것이다.

카와나는 바닷가 쪽이 아닌 듯했다. 코무로야마산 부근에서 조금 더 안쪽으로 차를 몰고 갔다. 어느덧 눈앞에 흰 건물이 보였다. 아무래도 여기가 목적지인 것 같았다. 개인 별장이라고 하기에는 너무 크고, 그렇다고 회사 연수원이라고 하기에는 너무 따뜻한 느낌을 주는 디자인이었다. 그렇다고 완전히 캐주얼한 느낌도 아니었다. 그런 어중간한 인상의 건물이었다. 부자가 자신의 별장을 병원으로 개조하면 이런 느낌일 것 같다는 생각이 새삼스럽게 들었다. 그래, 이 건물과 가장 가까운 분위기는 병원이었다.

긴짱은 차를 부지 안으로 진입시켜서 현관 앞에 세웠다.

"주차장에 차를 세우고 올 테니 여기서 잠깐 기다려 줄래?"

긴짱의 말에 나는 귀중품을 넣은 파우치만 손에 들고 차에서 내렸다. 자연스럽게 현관에 눈이 갔다. 그곳에는 간판이 걸려 있었다.

'특별양로원 카와나노사토(川奈の郷)'

"무짱, 여기가 어딘지 알아요?"

나는 옆에 서 있던 무짱에게 물었다. 무짱은 고개를 저었다.

"몰라요, 저도 처음 왔어요."

무짱은 오빠에게 어울리지 않는 곳인데, 라고 했다. 나도 동감이었다. 양로원에 무슨 볼일이 있는 걸까.

"긴짱에게 아는 노인분이 있는 줄 몰랐네요."

내가 그렇게 말하자 무짱은 다시 고개를 저었다.

"만나러 온 사람이 꼭 입소자라고는 할 수 없죠. 여기 직원일 수도 있고, 경영하는 사람일 수도 있고."

"아, 그렇군요."

역시 긴짱의 여동생답게 사고가 유연하다. 반대로 생각하면 내 머리가 너무 딱딱한 거겠지. 양로원이라서 바로 노인을 만나러 왔다고 한 건 너무 단순한 생각이었다.

그런데 뒤에서 갑자기 "입소자야."라는 소리가 들렸다. 뒤돌아보니 긴짱이 기타니시 씨와 나란히 서 있었다. 둘 다 주차장에 차를 세우고 온 것이다. 긴짱은 그대로 걸어가더니 현관 유리문을 열었다. 긴짱이 유리문 안으로 들어가자 우리도 그의 뒤를 따라갔다.

건물 안으로 들어서자마자 기이한 냄새가 코를 자극했다. 나도 모르게 얼굴을 찡그렸다. 이건 도대체 무슨 냄새지? 형용하기 어려운 불쾌한 냄새였다. 아까 먹은 메밀국수를 다시 토해 낼 것 같은 냄새. 나는 입을 굳게 다물고 손으로 배를 눌렀다.

"입소자들의 입냄새군요."

기타니시 씨가 말했다.

"고령자들은 노화로 인해 타액 분비량이 줄어듭니다. 약물 부작용으로 타액이 나오지 않는 사람도 있다네요. 구강건조증 증상이 나타나면 입 안에 세균이 번식해서 입냄새가 발생하기 쉽습니다. 입소자 전원의 입냄새가 섞여 양로원 전체에 퍼지니까 이런 냄새가 나는 거죠. 노인들을 위한 시설에서는 흔한 일이라고 들은 적이 있어요."

알기 쉬운 설명이었다. 단순히 듣기만 해서는 이런 설명을 할 수 없을 것이다. 기타니시라는 남자, 자기 것으로 만든 지식도 꽤 있는 것 같다.

들어가자마자 바로 앞에 접수처가 있었다. 하지만 사람이 보이지 않았다. "실례합니다!" 하고 큰 소리로 불렀더니, '삑삑' 하고 바닥이 고무인 신발 소리를 내며 젊은 여성이 나타났다. 명찰에는 '토미나가(富永)'라고 적혀 있었다. 간호사 유니폼과 작업복을 합친 듯한 복장을 하고 있었다. 요양사 같았다. 긴짱이 사람 좋은 미소를 지었다.

"얼마 전 전화로 연락드렸던 스즈키라고 합니다. 오치아이 토미에 씨를 만나 뵙기 위해 왔습니다."

남자다운 긴짱의 모습에 무표정이었던 토미나가라는 분이 무심코 미소를 짓더니, 잠시만 기다려 달라는 말과 함께 접수처의 노트를 넘기기 시작했다.

"아, 여기 있네요. 스즈키 씨. 오치아이 토미에 씨 면회 예정."

토미나가 씨가 긴짱의 얼굴을 올려다보았다.

"예전에 사셨던 곳 이웃분이라고 되어 있네요."

긴짱은 조용히 고개를 끄덕였다.

"네, 꽤 오랫동안 뵐 기회가 없었습니다만."

토미나가 씨가 진지한 표정으로 말했다.

"뵙게 되어도 대화를 못 하실지도 모릅니다."

토미나가 씨의 표정은 '그럴지도 모른다'가 아니었다. 대화할 수 있는 상태가 아니라는 것으로 느껴졌다. 그렇다고 면회를 거부하는 것도 아닌 것을 보면, 건강 상태에 문제가 있는 것은 아닐 것이다. 어쩌면 치매 증상 때문일지도 모르겠다는 생각이 들었다.

슬리퍼로 갈아신고 세면대에서 손을 씻었다. 씻은 손에 세정제를 뿌린 후, 우리는 입소자가 있는 층으로 안내받았다. 걷다 보니 독특한 냄새에도 익숙해졌다. 주변을 살필 여유도 생겼다. 당연한 이야기지만 노인들만 보였다. 빤히 쳐다보는 건 실례가 될 것 같아서 스치듯 보기만 했다. 이 양로원에는 돌봄이 필요한 분들이 많이 입주해 있는 듯했다. 대개가 기운이 없어 보였다. 이들 중에 긴짱이 만나러 왔다는 오치아이 토미에 씨가 있는 걸까.

토미나가 씨는 우리를 식당으로 안내했다. 식당에 들어서자마자 멈춰 서서 안쪽을 가리켰다.

"저쪽입니다."

토미나가 씨가 가리킨 곳을 보니 한 할머니가 휠체어에 앉아 있었다. 노인의 나이는 짐작할 수 없었지만 80세는 넘은 듯했다. 옆에는 중년의 요양사가 있었다. 할머니는 턱받이를 두르고 요양사가 내민 숟가락으로 음식을 받아먹고 있었다. 입술부터 턱까지 음식을 흘린 흔적이 보였다. 요양사가 천천히 숟가락을 입에서 꺼냈다.

"오치아이 씨, 이제 식사 끝나셨어요. 오늘도 많이 드셨네요."

중년의 요양사가 다소 연극적인 말투로 오치아이 토미에 씨에게 말을 건넸다. 턱받이를 벗기고 냅킨으로 입을 닦아 주었다. 오치아이 토미에 씨는 아무런 반응도 하지 않았다. 요양사의 말을 알아들은 것 같지 않았다. 눈은 뜨고 있지만 아무 곳도 보지 않는 느낌이었다.

갑자기 오치아이 토미에의 오른손이 움직였다. 무릎에 올려져 있던 오른손을 천천히 들어 올리더니 앞으로 내밀었다. 무언가를 찾는 듯 손이 허공을 헤매다가 이내 다시 무릎 위로 돌아왔다. 그러더니 토미에 씨의 입에서 아주 작은 소리가 들렸다. 그건 말소리가 아니었다. 흐느끼는 듯한 소리였다. 나는 약간 놀랐다. 동시에 토미에 씨의 두 눈에서 눈물이 흘러나왔다. 하지만 눈물의 양은 아주 적었고, 이윽고 천천히 눈을 감았다. 잠이 든 것일까. 움직이지 않았다.

"1년 전 뇌일혈을 일으켰어요. 그 이후로 치매 증상이 나타나기 시작했어요. 그나마 식욕이 있는 건 다행인데, 왠지 모르게 식사할 때마다 저렇게 눈물을 흘리신답니다."

토미나가 씨가 말했다. 무척 친절하고 인정이 많으신 분이라 다들 좋아하셨다고 토미나가 씨는 덧붙였다.

이럴 때 나는 어떻게 반응해야 할지 감이 잡히지 않았다. 아직 풋내기인 나는 노인의 심정 같은 건 상상조차 할 수 없었다. 그저 눈앞에 있는 한 인격체를 바라볼 뿐이었다. 이분은 태어나서 어떤 인생길을 걸어왔을까. 행복한 인생이었을까. 지금도 행복한 걸까. 그런 생각들을 했지만, 그에 대한 답을 알 수 없었다.

곁눈질로 기타니시 씨를 보았다. 그 역시 입을 꾹 다물고 눈앞의 노인을 바라보고 있었다. 인생의 선배를 상대로 불쌍하게 여기는 감정은 무례한 것이다. 그걸 알고 있지만. 그렇지만…….
굳게 다문 기타니시 씨의 입은 그렇게 말하고 있었다. 그것으로 성실한 그의 인품을 느낄 수 있었다.

긴짱은 무표정이었다. 평소처럼 인간에게 별 관심 없다는 듯한 무표정이 아니었다. 그냥 무표정이었다. 인간인 나로서는 그 속내를 들여다보는 것이 도저히 불가능하다는 생각이 들게 하는, 완전한 '무(無)'였다. 그의 여동생도 마찬가지였다. 무짱은 이곳에 처음 왔다고 했다. 그렇다면 무짱 역시 오치아이 토미에 씨를 오늘 처음 보는 것이다. 그럼에도 불구하고 무짱은 지금 오빠와 같은 '무'를 구현했다.

중년의 요양사가 문득 우리의 존재를 알아차리고 이쪽을 봤다. 토미나가 씨가 다가가서 예약된 면회객이라고 전했다. 중년의 요양사는 곤란한 표정을 지었다. 그 표정은 아까 봤던 토미나가 씨의 것과 같았다. 어차피 만나 봤자 소용없는데, 라는 눈빛이었다. 그래도 긴짱은 조용히 그쪽으로 다가갔다. 우리도 그의 뒤를 따랐다.

"제가 아는 오치아이 씨는 독신이었는데요. 현재 가족관계는 어떻게 되시죠?"

긴짱이 묻자 토미나가 씨는 고개를 저었다.

"결혼을 안 하셨다고 들었습니다. 그래서 자녀분도 없이 이곳에 입주하신 것으로 알고 있습니다."

긴짱은 “그렇군요.” 하더니 오치아이 토미에 씨의 곁으로 다가가서 무릎을 꿇고 눈높이를 맞췄다. 긴짱은 오치아이 토미에 씨에게 말을 걸지 않았다. 대신 그녀의 오른손을 살며시 잡았다. 그리고 그대로 움직이지 않았다. 두 명의 요양사가 어리둥절하고 있는 앞에서 긴짱은 토미에 씨의 손을 계속 잡고 있었다. 갑자기 등골이 오싹해졌다.

긴짱은 지금 뭘 하고 있는 거지?

이성적으로 의문을 품긴 했지만 답은 이미 알고 있었다. 긴짱은 오치아이 토미에 씨의 생명 에너지를 빨아들이고 있는 것이다. 물론 눈에는 보이지 않지만, 그에게 생명 에너지를 공급해왔던 나는 알 수 있었다. 긴짱은 조금씩, 천천히, 그래도 확실하게 오치아이 토미에 씨의 에너지를 빼앗고 있었다. 그렇지 않아도 얼마 남지 않은 그녀의 생명력은 급속도로 줄어들고 있었다.

‘왜? 왜, 그런 짓을? 그만둬! 긴짱, 그만둬!’

그렇게 말하고 싶었다. 하지만 말하지 못했다. 몸이 굳어져서 말을 듣지 않았다. 나는 그대로 서서 긴짱이 생명 에너지를 흡수하는 모습을 지켜볼 수밖에 없었다.

그런데 그때, 믿을 수 없는 광경이 눈앞에 펼쳐졌다. 오치아이 토미에 씨가 웃고 있는 것이다. 방금 전까지만 해도 요양사의 말에 전혀 반응하지 않고 자신의 의지를 보이지 않던 얼굴에 웃음이라는 꽃이 피어 있었다. 그건 너무나도 행복해 보이는 미소였다. 나는 이 정도로 환한 미소를 보이는 노인을 만난 적이 없었다. 그만큼 오치아이 토미에 씨는 행복해 보였다.

살며시, 아주 살며시 긴짱은 오치아이 토미에 씨의 손을 놓았다. 그 손을 다시 무릎 위에 올려놓았다. 그리고 조용히 일어서더니 토미나가 씨에게 가볍게 고개를 숙였다.

"인사는 끝났습니다. 정말 감사합니다."

토미나가 씨는 얼떨떨한 표정으로 고개를 끄덕였다. 물론 토미나가 씨는 방금 무슨 일이 일어났었는지 짐작조차 못 할 것이다. 그래도 오치아이 토미에 씨의 미소를 보고 적어도 이 젊은 남자에게 면회를 허락한 것이 오치아이 토미에 씨에게 좋은 일이었다는 건 이해한 듯했다.

우리는 다시 왔던 길로 돌아갔다. 나는 머릿속이 혼란스러운 상태로 걸었다. 긴짱은 오치아이 토미에 씨의 생명 에너지를 빨아들였다. 아마 그녀의 몸에는 생명 에너지가 거의 남아 있지 않을 것이다. 때문에, 오치아이 토미에 씨는 곧 그 삶을 마감할 터였다. 긴짱은 그래서 빨아들인 것이다. 즉, 긴짱은 오치아이 토미에 씨를 죽일 생각으로 빨았던 거다. 좀 더 분명하게 말하면, 긴짱은 오치아이 토미에 씨를 죽였다.

어지러워서 상체가 휘청거렸다. 쓰러질 듯한 내 몸을 지탱해 주는 누군가의 힘이 느껴졌다. 기타니시 씨였다. 기타니시 씨가 내 어깨를 잡고 부축해 줬다. 그의 손이 한번 떨렸다. 기타니시 씨 역시 오치아이 토미에 씨의 몸에 무슨 일이 일어났는지 짐작하고 있는 듯했다. 긴짱이 사람을 죽였다. 그와 같은 존재만이 할 수 있는 생명 에너지를 빨아들이는 방법을 사용해서.

오치아이 토미에 씨의 사망이 확인되면, 토미나가 씨와 중년의 요양사는 직전에 면회 온 젊은 남자와 입소자의 죽음을 연결지어 생각할 수도 있다. 하지만 사인은 타살로 인정될 수 있는 것은 아니다. 아마도 자연사나 심부전 등으로 판단될 것이다. 그리고 그들은 생각할 것이다. 잘은 모르겠지만, 죽기 직전에 저렇게 행복한 미소를 지을 수 있었으니 오치아이 씨는 분명 행복했을 거라고. 긴짱은 그렇게 될 것을 알고 그런 행동을 했을 것이다. 거기까지는 혼란스러운 머리로도 이해할 수 있다. 다만, 알 수 없는 건 그 동기였다. 왜 그는 그런 행동을 한 걸까?

긴짱은 접수처 앞에서 다시 한번 토미나가 씨에게 감사 인사를 건넸다. 그리고 유리문을 열고 나가려다가 걸음을 멈췄다. 그가 돌아서서 나를 봤다.

"가기 전에 화장실을 갔다 오는 게 좋을 것 같아."

그 말을 듣고 나는 아랫배에 의식을 집중했다. 동요된 상태인 나의 머리는 화장실에 가고 싶은지 아닌지조차 알 수 없었다. 그래도 만약을 위해 화장실에 가기로 했다. 토미나가 씨에게 위치를 물어보고 화장실로 향했다. 기타니시 씨도 마찬가지인 듯 남자 화장실로 들어갔다.

화장실에서 용무를 마치고 심호흡을 한 뒤 손을 씻고 다시 접수처로 돌아왔다. 그곳에는 기타니시 씨가 혼자서 나를 기다리고 있었다.

"긴짱과 무짱은 어디 갔죠?"

기타니시 씨는 고개를 저었다.

"저도 잘 모르겠습니다. 주차장으로 먼저 나간 거 아닐까요?"

기타니시 씨는 토미나가 씨에게 인사를 한 다음 현관문을 나섰다. 바깥 공기를 들이마시니 조금 안심이 되었다. 방금 전의 악몽에서 현실로 돌아온 것 같았다.

"주차장은 이쪽입니다."

나는 기타니시 씨를 따라 건물 뒤편으로 갔다. 거기에는 기타니시 씨의 경차가 주차되어 있었다. 하지만 나와 긴짱이 타고 온 렌터카는 없었다. 다리의 힘이 쑥 빠져나가는 듯했다. 긴짱이 사라졌다. 나는 정신을 차리고 주변을 둘러봤다. 긴짱뿐 아니라 무짱의 모습도 보이지 않았다.

"이거 하타 씨 거예요?"

그때 기타니시 씨의 목소리가 들렸다. 나는 기타니시 씨를 봤다. 그의 손에는 내 여행 가방이 들려 있었다.

"제 차의 후드 위에 놓여 있었어요."

내 여행 가방은 원래 렌터카 안에 있었다. 무슨 일이 일어났는지는 분명했다. 나와 기타니시 씨가 화장실에 간 사이, 긴짱과 무짱은 렌터카를 타고 떠나 버린 것이다. 내 여행 가방을 기타니시 씨의 차에 두고. 시야가 흔들렸다. 가벼운 현기증을 느꼈다. 계속되는 이상 상황에 뇌가 반응하지 못했다.

"하타 씨, 하타 씨."

기타니시 씨가 내 이름을 불렀다.

"일단 제 차에 타세요."

그의 권유에 따라 경차 조수석에 올라탔다. 기타니시 씨가 운전석에 타더니 시동을 걸었다.

"우선 여기서 나갑시다. 계속 있어 봤자 소용없을 테니까요."

기타니시 씨의 표정은 굳어 있었다. 하지만 혼란스러워 보이지는 않았다. 무언가를 견디고 있는 듯한 눈빛에는 이성의 빛이 깃들어 있었다. 그는 뭔가 알아차린 듯했다.

기타니시 씨는 말없이 차를 몰았다. 나도 조용히 있었다. 아직 머리가 혼란스러운 상태였다. 지금 긴짱이 여기 있으면 내 머릿속에 생긴 쓸데없는 에너지를 흡수해 줄 텐데……. 그런 생각을 멍하니 하고 있는데 차가 멈췄다. 주위를 둘러보니 다시 그 풍차 밑으로 와 있었다.

기타니시 씨는 시동을 끄고 사이드 브레이크를 당겼다. 주위에 다른 사람의 모습은 보이지 않았다. 나는 처음 만난 남자와 단둘이 좁은 차 안에 있었다. 평소 같았으면 두려움을 느꼈겠지만, 이상하게도 불안하지는 않았다. 기타니시 씨는 긴짱의 여동생과 함께 살고 있었다. 그 사실이 기타니시 씨가 믿을 만한 사람이라는 걸 증명하는 것 같았다.

기타니시 씨는 한동안 말이 없었다. 내가 이성을 되찾기를 기다리고 있는 듯했다. 침묵이 흐르는 차 안에서 기타니시 씨와 같은 공기를 호흡하는 사이에 혼란은 어느 정도 가라앉았다. 이제 말을 할 수 있을 것 같다는 생각이 들자 내가 먼저 입을 열었다.

"긴짱이 사라졌네요."

기타니시 씨는 고개를 끄덕였다.

"네, 무짱도요."

"어째서……."

안 돼. 또다시 혼란에 빠질 것 같았다. 머리를 흔들며 이성을 되찾으려 했다.

"하타 씨, 확인하고 싶은 게 있습니다."

기타니시 씨가 단호한 목소리로 말했다.

"오늘 우리는 이곳에서 만나기로 약속했었죠. 그 후에 양로원에 간다는 것을 긴짱이 미리 알려 줬나요? 그리고 이런 식으로 사라진다는 것도?"

나는 고개를 저었다.

"그렇군요."

기타니시 씨가 한숨을 내쉬었다. 예상은 하고 있었다는 의미의 한숨 같았다.

"기타니시 씨는 알고 계셨나요?"

"전혀요. 전혀 몰랐어요."

기타니시 씨도 고개를 저었다.

"무짱은 오빠가 누군가를 만나러 갈 줄 몰랐던 것 같아요. 그런데도 긴짱과 함께 사라졌다는 건 두 사람 사이에 어떤 약속이 있었던 거겠죠. 즉, 그 남매는 처음부터 그럴 생각으로 여길 왔던 게 아닌가 싶어요."

"처음부터라……."

이성을 되찾았다고 생각했지만, 머리는 여전히 제대로 작동하지 않았다. 그저 기타니시 씨의 말을 반복할 뿐이었다.

긴짱이 사람을 죽였다.

긴짱이 사라졌다.

그 말만 계속해서 머릿속에 맴돌았다. 그것만 생각하면 그냥 도주한 살인범이다. 하지만 그렇게 단순한 사실이 아니라는 것을 본능적으로 알고 있었다. 다만 그것을 이성적으로 증명할 수 없을 뿐.

"하타 씨, 제 생각을 이야기해도 될까요?"

기타니시 씨가 말했다. 시선은 앞 유리에 고정된 채였다. 나도 앞을 바라보며 "네."라고 대답했다.

"생물학자인 하타 씨에게 이런 말을 하는 것이 부끄럽지만, 들어 보세요. 그들, 그러니까 무짱과 긴짱은 인간의 생명 에너지를 흡수해서 살아가고 있어요. 우리가 알고 있는 것처럼, 그들은 죽이지 않고 건강을 유지시키며 빨아먹을 수도 있고, 완전히 빨아서 인간을 죽음에 이르게 할 수도 있어요. 이것은 즉, 그들은 인간에게 '포식자'라고 정의할 수 있겠네요. 이 지구에서 먹이 사슬의 정점에 군림하는 존재라고 할 수 있죠."

"맞아요. 그렇게 생각해도 좋을 것 같습니다."

나는 간결하게 대답했다. 전문 분야는 아니지만 그 정도는 기초 지식이다. 기타니시 씨는 고개를 끄덕였다.

"먹이 사슬은 흔히 피라미드에 비유되곤 하죠. 그들과 인간의 관계도 이에 대입하면 그들은 피라미드의 꼭대기에 있는 존재로, 인간보다 수가 적다고 봐도 될까요?"

"그렇다고 할 수 있겠죠. 포식자가 너무 많아지면 먹이가 부족해져 자연적으로 개체 수가 줄어듭니다. 하지만 일반적으로 포식자의 수는 적은 편입니다."

"그래서 적군요."

기타니시 씨는 내 설명을 확인한 후 말을 이어 갔다.

"여기서부터 제 상상입니다만, 수량이 적은 종은 수명이 짧으면 금방 사라져 버리겠죠? 그래서 먹이 사슬의 정점에 있는 종은 일반적으로 수명이 긴 편 아닌가요?"

"……."

나는 이번 질문에 대답하지 않았다. 기타니시 씨의 가설이 틀린 것은 아니다. 증명할 수 있을지는 모르겠지만, 아마도 그의 생각이 맞을 것이다. 그보다 내가 두려워하는 이유는, 그가 무슨 말을 하려는지 내 안 어딘가에서 상상하고 있기 때문이다. 하지만 그 상상은 밖으로 표출할 수 없었다. 나는 자신의 상상을 이성적으로 인식하지 못하고 있었으니까. 그래서 질문을 던졌다.

"그러니까, 긴짱이나 무짱이 인간보다 더 오래 살 것 같다는 말씀이신가요?"

기타니시 씨는 고개를 끄덕였다.

"그렇습니다. 그래서 저는 생각해 봤습니다. 그들의 수명은 대체 어느 정도일까 하고요. 외형이 인간을 닮았으니 인간보다 약간 더 오래 사는 것일 수도 있겠죠. 하지만 저는 훨씬 더 긴 수명을 가정해 봤습니다. 그리고 그것을 뒷받침하는 것이 바로 양로원이었습니다."

뭐?

목덜미 털이 삐죽 섰다. 기타니시 씨는 도대체 무슨 말을 하고 싶은 거지?

"양로원에 있던 오치아이 씨, 그녀는 예전에 긴짱과 함께 살았던 것 같습니다. 그것도 아주 젊은 시절에요. 지금의 하타 씨처럼……."

자, 잠깐만.

오치아이 토미에 씨가 몇 살인가? 적게 잡아도 80세는 넘었을 것이다. 나보다 50세 이상 많다. 기타니시 씨가 하고 싶은 말은 긴짱이 50년 전에도 저 모습이었다는 건가? 그럴 리가…….

그렇게 생각하면서도 동시에 깨닫고 있었다. 우리가 만난 이후 긴짱이 거의 변하지 않았다는 것을. 그리고 기억나는 것도 있었다. 토미나가 씨는 오치아이 토미에 씨가 친절하고 인정이 많아서 다들 좋아했던 사람이라고 했다. 긴짱도 이런 말을 했다. "어디에 내놓아도 부끄럽지 않은 인간이지."라고. 그것은 긴짱의 종족이 선호하는, 영혼이 깨끗한 인간이었다는 뜻이 아닐까?

기타니시 씨는 내 표정의 변화를 읽고 이야기를 다시 시작했다.

"그들은 우리 인간보다 훨씬 더 오래 사는 종족입니다. 그거까지는 좋습니다. 생명의 법칙으로 수명이 긴 것은 어쩔 수 없죠. 문제는 인간인 척하며 인간 사회에 섞여 살아야 하는 것입니다. 언제까지나 늙지 않는 인간은 의심받습니다. 이를 피하려면 정기적으로 자리를 옮기는 방법밖에 없습니다. 그리고 새로운 곳에서 모든 인간관계를 리셋하는 거죠. 자신도 이름과 신분을 바꾸고 다음 '숙주'를 만나는 겁니다. 그렇게 하지 않으면 그들은 종족을 유지할 수 없을 테니까요."

아, 또 이성이 날아갈 것 같다. 진정하자. 진정하자. 자, 심호흡을 하고.

갑자기 숨을 들이마셨더니 기침이 나왔다. 몸을 굽혀 기침을 하는 나의 등을 기타니시 씨가 문질러 주었다.

"오래전에 긴짱은 오치아이 씨와 함께 살았을 겁니다. 매일같이 생명 에너지를 얻고, 오치아이 씨는 건강을 유지할 수 있었겠죠. 하지만 그 생활은 오래 지속할 수 없었죠. 오치아이 씨는 점점 늙어 가는데 긴짱은 조금도 늙지 않았으니까요. 그것을 주변에서 알아차리기 전에 긴짱은 오치아이 씨와 헤어져야만 했을 것 같습니다. 그렇게 수십 년 전 두 사람은 헤어졌습니다. 충분히 이해할 수 있는 상황이죠."

문득 예전의 대화가 떠올랐다. 스물아홉 살 생일. 어머니가 전화를 걸어 와 결혼을 진지하게 생각해 보라고 했다. 그때 나는 생각했다. 긴짱과의 생활은 모라토리엄에 불과하고, 언젠가는 헤어져야 할 것이라고. 오치아이 토미에 씨도 그렇게 생각하고 긴짱과 헤어졌을까?

기타니시 씨의 이야기는 계속되었다.

"그렇게 오치아이 씨는 긴짱과 헤어졌지만 인간 남자와 결혼하지 않았던 것 같습니다. 그냥 인연이 없었을 수도 있고, 긴짱을 잊을 수 없었을지도 모르죠. 어쨌든 그녀는 독신으로 지내다가 나이가 들어 양로원에 들어갔다는 건 요양사분의 얘기로 알 수 있습니다. 아무튼, 그렇게 그곳에서 지내다가 아시다시피 뇌일혈을 일으켰고, 생명은 건졌지만 치매에 걸렸습니다. 그런 오치아이 씨가 그리워했던 건 50년 전 자신의 생명 에너지를 흡수해 줬던 사람이었던 겁니다."

오치아이 토미에 씨가 보였던 동작, 그것은 어떤 의미였을까. 식사 후 오른손을 들어 올려 무언가를 찾는 듯한 동작을 했다. 그리고 그 동작을 멈추더니 눈물을 흘리지 않았던가. 그 동작은 식사 후 잉여 에너지를 흡수해 줄 손을 찾고 있었던 것이 아닐까. 하지만 그것을 찾지 못해서 눈물을 흘린 것이 아니었을까.

기타니시 씨도 오치아이 토미에 씨를 떠올렸던 걸까. 그가 더욱 침통한 표정으로 이야기를 이어 나갔다.

"긴짱은 어떤 계기로 과거에 자신과 헤어졌던 여자의 행방을 알게 되었던 것 같습니다. 헤어진 후 결혼한 줄 알았던 여자가 홀로 남겨져 돌봄을 받아야 하는 존재가 되었다는 사실을 알게 된 거죠. 그래서 찾아간 긴짱은 더욱 애석한 마음이었을 겁니다. 매일같이 오래전 자신을 그리워하며 울부짖는 여자를 봤으니까요. 그래서 긴짱은 마지막으로 오치아이 씨의 소원을 들어주기로 결심한 것 같습니다. 그리고 편안한 마음으로 눈을 감을 수 있게 하고 싶었던 거죠. 그것이 우리가 봤던 양로원에서의 행동으로 이어진 것입니다."

그렇다. 나는 그런 사실을 이해하고 있었다. 긴짱은 오치아이 토미에 씨의 생명 에너지를 한 번 더 빨아 주고 싶었을 것이다. 하지만 그건 마지막이어야 했다. 다시 양로원에 홀로 남아 계속해서 자신을 그리워하게 할 수는 없었을 것이다. 그래서 그 한 번으로, 오치아이 토미에 씨를 만족시킨 상태로 떠나보낸 것이다.

내 눈에서 눈물이 흘렀다. 긴짱에게 인간은 그저 '식량' 같은 존재일 뿐이지만, 그래도 오랜 시간 함께 있으면 정이 드는 것이다. 긴짱은 헤어진 후 오치아이 씨의 행복을 보장해 주지 못한 자신을 원망했을지도 모른다. 그래서 제삼자 앞이라는 위험을 무릅쓰고라도 그녀의 소원을 들어줬던 것이다. 그렇게 된 것일 것이다. 나는 울었다. 긴짱의 마음을 생각하며. 그리고 오치아이 토미에 씨의 마음을 생각하며.

기타니시 씨는 깊은 한숨을 쉬었다.

"오래전에 오치아이 씨와 그랬던 것처럼, 우리와도 때가 되었다고 생각했던 것 같습니다."

그는 내가 울고 있는 것을 모르는 척해 주었다.

"긴짱은 하타 씨와, 그리고 무짱은 나와 헤어질 때가 되었던 거죠. 그냥 평범하게 헤어지면 되는데, 굳이 이번처럼 사라지는 방법을 선택한 건 왜인지 아시겠어요?"

나는 고개를 저었다. 생각하기 싫었다. 답은 알고 있었지만, 생각하기 싫었다. 기타니시 씨는 대답을 기대하지 않았는지 그냥 이야기를 이어 갔다.

"긴짱이 오치아이 씨를 보고 책임을 느꼈다면, 하타 씨를 그렇게 만들고 싶지 않다고 생각했을 겁니다. 그래서 양로원까지 동행하게 했던 것 같습니다. 함께 살고 있는 당신이라면 긴짱이 한 행동의 의미를 알 수 있었을 겁니다. 그리고 긴짱이 전달하고 싶었던 메시지를 읽을 수 있었을 겁니다. 자신이 사라진 뒤에는 꼭 행복하게 살았으면 좋겠고, 그렇게 되기 위한 준비를 해 두었으니……."

기타니시 씨는 끝부분을 말하기 힘들어했다. 순수한 영혼을 가진 사람이니 당연한 것이었다.

이곳, 풍차 아래에서 몇 시간 전 우리는 서로를 소개받았다. 무짱은 내 손을 잡고 "이 정도면 믿고 맡겨도 되겠어."라고 했다. 그리고 긴짱은 기타니시 씨의 손을 잡고 맛본 후 "이 친구라면 문제없겠어."라고 했다.

그때는 그들이 자신의 오빠나 여동생과 함께 살기에 적합함을 확인했다는 의미로 이해했었다. 하지만 사실은 그런 의미가 아니었던 것 같다. 자신들이 떠난 뒤에는 하타 히로코에게 기타니시 타쿠미를 맡길 수 있고, 기타니시 타쿠미라면 하타 히로코를 행복하게 하는 데는 문제가 없을 거라고 판단한 것이다. 그 근거는 확실했다. 두 사람 모두 영혼이 맑기 때문이다. 서로가 서로를 배려하며 따뜻한 가정을 이룰 수 있을 거라고 생각했던 것 같다.

인간이 아닌 다른 존재인 남매는 인성만 보고 우리를 멋대로 붙여 놓고 아무렇지 않게 사라져 버린 것이다. 솔직히 너무 당황스러웠다. 기타니시 씨도 나와 같은 생각을 하고 있었는지 한동안 침묵이 흘렀다.

모든 생각이 정리된 다음, 나는 천천히 고개를 돌려 기타니시 씨를 봤다. 기타니시 씨 역시 나를 봤다. 어색했다. 당장은 다른 생각을 할 수 없었다. 긴짱을 잃은 충격이 너무 커서 앞으로 어떻게 해야 할지 생각조차 할 수 없었다. 하지만 조금 진정되면 기타니시 씨와 연락을 취해도 괜찮을 것 같다는 생각도 들었다. 왜냐하면, 이 사람은 믿을 수 있을 것 같으니까.

우리는 누가 먼저라고 할 것도 없이 손을 맞잡고 있었다. 물론 기타니시 씨는 긴짱처럼 내 생명 에너지를 빨아들이지는 않았다. 하지만 기타니시 씨의 손은 따뜻했다. 그것은 인간으로서의 확실한 온기였다. 나는 그 온기를 힘껏 움켜쥐었다.

작가의 말

히가시이즈(東伊豆)의 발전용 풍차 야경 사진

저는 원래 잔소리하는 것을 좋아하는 성격입니다. 일상생활에서도 여기저기 잔소리를 하다 보니 주변에서 '말이 많다'거나 '또 그 소리 한다'는 말을 자주 듣습니다. 타고난 성격이니 어쩔 수 없다며 자기변명을 할 수도 있지만, 저 같은 경우 작가라는 편리한 직업의 특성을 살려 '이런 놈이니까 작가가 된 거지'라는 자기 합리화를 하고 있습니다(다른 작가님들도 그렇다는 뜻은 아닙니다.).

하지만 잔소리를 하는데도 규칙이 있어서, 마음에 들지 않는 것에 대해서는 거의 잔소리를 하지 않는 편입니다. 왜냐하면 잔소리를 한다는 건 관계를 맺는 것이기 때문입니다. 저는 싫은 것과는 관계를 맺고 싶지 않습니다. 그래서 잔소리하는 건 주로 내가 좋아하는 것, 혹은 즐거운 것에만 합니다. 사랑하기 때문에 자꾸 건드리는 거죠. 청춘 연애 소설 같은 얘기지만, 그게 사실입니다. 그래서 미스터리 소설가로서 '진실의 사도'인 저도 그런 자신의 성격을 반영하고 있습니다.

'본격 미스터리'라는 장르를 생각해 보면, 이만큼 잔소리하기 좋은 장르도 없을 것 같아서 읽고 난 후 이것저것 물어보고 싶은 게 많습니다. 걸작일수록 잔소리하기 쉬운 것도 이 분야의 특징이기 때문에, 재미있는 작품이라면 엘러리 퀸 작품이든 애거서 크리스티 작품이든 "그거 어떻게 생각해?" 하며 친구들과 이야기꽃을 피웁니다.

오해의 소지가 없도록 말씀드리자면, 이 경우의 잔소리한다는 건 결코 '흠을 들추는 것'이 아닙니다. 이야기가 가지고 있는 기본 골격, 이야기를 지배하고 있는 규칙, 그런 것들이 현실 세계와 어긋나면 거기에 잔소리를 한다는 뜻입니다. 그리고 작품 세계를 지배하는 규칙이 현실 세계와 동떨어져 있을수록, 독창성이 강할수록 그 작품은 걸작이 됩니다. 그건 바로 본격 미스터리이기 때문에, 아무래도 재미있는 작품에 대해선 잔소리하며 꼬집게 되는 겁니다. 본격 미스터리가 잔소리하기 좋은 장르라는 것은 바로 그런 의미입니다.

그런 가운데 본격 미스터리에서 가장 소박하고 근원적인 '잔소리'는 '살인 사건에 휘말렸는데 왜 그렇게 냉정하냐'는 것입니다. 정말 그렇지 않습니까? 눈앞에서 사람이 죽어 가는데 보통 사람이 그렇게 냉정할 리가 없잖아요. 물론 탐정이라면 이해할 수 있습니다. 탐정이라는 역할은 어느 정도 초인적인 면이 있으니까요. 초인이라면 냉정해도 문제없습니다.

하지만 왓슨 역은 독자와 같은 수준이거나 조금 더 낮은 수준이어야 합니다. 왓슨 역은 초인간적인 성격을 가져서는 안 됩니다. 그런데도 어째서 왓슨 역의 남성 혹은 여성은 탐정 역할만큼, 아니 그 이상으로 냉정할 수 있을까요(화자인 왓슨을 보면, 말로는 '크게 충격을 받았다'고 하면서 이상하게도 냉정한 시각으로 주변을 관찰하고 있잖아요.)?

『따뜻한 손』이란 작품은 그런 본격 미스터리만의 의문, 혹은 궁금증에 대한 하나의 해답으로 썼습니다.

탐정 역할은 사건에 대해 냉정하다.

왓슨 역도 사건에 대해 냉정하다.

그뿐만이 아니라, 상황에 따라서는 사건 관계자도 냉정하게 사실을 기억하고 증언할 수 있다.

그런 편리한 설정이 가능할까요?

그럴 수 있다고 저는 생각했습니다. 그 하나의 제안이 이 작품입니다. 탐정 역의 긴짱과 무짱. 왓슨 역의 하타 히로코와 기타니시 타쿠미. 그들은 어째서 냉정하고 이성적으로 충격적인 사건에 맞설 수 있는 걸까. 그런 점을 조금만 염두에 두고 읽어 주시면 감사하겠습니다.

이시모치 아사미

石持浅海

Aphros
ORIGINAL

요괴도시
배명은 외 저

요괴 호러
도시괴담 앤솔러지

명탐정6
홍정기 외 저

한국 최초
탐정소설 앤솔러지

다감 선생님은 아이들
이 싫다
공민철 저

가슴이 따뜻해지는
힐링 미스터리

런어웨이
장세아 저

반전에 반전의
K고딕 스릴러

재생
정명섭 저

세계최초 타임루프
좀비 스릴러

안드로메다 구하기
김설아 저

여성 장르 서사의
만화경

레시피
최정원 저

소울푸드
미스터리 스릴러

붉은 기억
최정원 저

인간의 어두움을 그린
심리 스릴러

8인의 사육사
김남겸 저

궁극의 복수를 그린
미스터리 스릴러

로하의 세상
김남겸 저

충격의 서바이벌
SF 미스터리 스릴러

아귀도
조동신 저

몬스터 하이브리드
본격 미스터리 스릴러

차가운 숨결
박상민 저

현직 의사가 쓴
감성 메디컬 미스터리

기생록
프리키 저

미친 몰입감의
미스터리 스릴러

마라의 요람
고태라 저

민속학
추리소설

네메시스의 단검
이정훈 저

놀라운 반전의
범죄 미스터리

투고는 이메일로 보내주세요.
spitz70@aphrosmedia.com

따뜻한 손

초판 1쇄 인쇄 2024년 7월 17일
초판 1쇄 발행 2024년 7월 17일

지은이 이시모치 아사미
옮긴이 주자덕
윤문 및 교정 김미숙
발행인 주자덕
인쇄 미래피엔피
펴낸 곳 아프로스미디어
출판등록 제 2016-000073호
주소 서울특별시 성동구 금호로 173, 101동 904호
전화 02-6352-5133
팩스 02-6455-5891
홈페이지 www.aphrosmedia.com
전자우편 spitz70@aphrosmedia.com
ISBN 979-11-89770-50-1 (03830)